Voir Venise et mourir

Les enquêtes des cousins Clifford, 03

DU MEME AUTEUR

POLARS HISTORIQUES

◆ **LES ENQUÊTES DES COUSINS CLIFFORD**

1. *Premières armes*, 2017.
2. *Près du tsar, près de la mort*, 2017.
3. *Voir Venise et mourir*, 2018.
4. *La dame en rouge*, 2018.
5. *L'homme en vert*, 2020.
6. *L'enfant en bleu*, 2021 *(à paraître)*.

◆ **WORTHINGTON & SPENCER, DÉTECTIVES PRIVÉS**

1. *Sombres secrets*, 2018 (Version anglaise : *Dark secrets*, 2019).
2. *Esprits tueurs*, 2019.
3. *Exquises miniatures*, 2020.

LIVRE POUR ENFANTS

◆ **LES AVENTURES DE LOUIS CLIFFORD**

1. *Le mystère de Noël*, 2018.

ROMAN FEEL-GOOD

1. *La vie dont tu rêvais enfant*, 2019.

COMÉDIES POLICIÈRES

1. *Et si je vous offrais des coups de pelle pour Noël*, 2020.

OUVRAGES HISTORIQUES

1. *Les droits de la reine. La guerre juridique de Dévolution 1661-1674)*, 2018.

Voir Venise et mourir

Les enquêtes des cousins Clifford, 03

Delphine Montariol

Couverture : *Masqueraders,* Raimundo DE MADRAZO Y GARRETA (1875), avec l'aimable autorisation du METROPOLITAN MUSEUM OF ART (New York).

À mes parents,
avec tout mon amour.

St. Mark's Place, with campanile, Venice, Italy, ca. 1890, avec l'aimable autorisation de la Bibliothèque du Congrès (Washington - USA).
https://www.loc.gov/item/2001701007/

Chapitre I

Manoir Clifford, janvier 1901

L e cri transperça les ténèbres. Hayley se redressa dans son lit, la masse sombre de ses longs cheveux bruns encadrant son visage. Tremblante, elle était encore tourmentée par le cauchemar qui, une fois de plus, venait de déchirer son sommeil. Comme tous les soirs depuis son retour de Saint-Pétersbourg, ses souvenirs les plus sinistres venaient la hanter. Elle se concentra sur sa respiration, fixant son attention sur l'air qui allait et venait dans ses poumons, pour reprendre le dessus sur ses frayeurs nocturnes. Toutefois, plus son esprit s'éveillait, moins elle parvenait à se calmer. Les images d'elle tuant deux hommes n'étaient pas l'œuvre de son imagination. *Tu as tué ces hommes*[1]. Miss Hayley Fortescue, ancienne infirmière, digne gouvernante de l'honorable Meredith Clifford, n'était rien moins qu'un assassin. Elle se saisit du verre d'eau, posé sur son élégante table de nuit, et contempla de son regard myosotis sa chambre à la lueur de la lune.

Quelques mois auparavant, Lady Rosalinde Clifford avait remarqué les modestes conditions de logement qu'elle offrait à la gouvernante de sa fille. Loin d'imaginer un changement radical de ses conditions de vie, Hayley avait au mieux espéré un nouveau fauteuil. De retour de Russie, elle avait découvert

---

[1] Cf. *Près du tsar, près de la mort. Les enquêtes des cousins Clifford*, 2, 2017.

avec surprise une riche chambre rénovée, remeublée et dotée de tout le confort moderne. Un large lit en bois aux édredons de plumes avait remplacé son petit lit de fer, une élégante toilette ornée d'un grand miroir trônait à côté d'une solide bibliothèque où tous ses livres de médecine avaient trouvé place et, comble du luxe, une confortable bergère au chintz fleuri avait succédé à son vieux fauteuil en rotin. Hayley était encore bouleversée de cette attention inespérée de Lady Clifford.

La contemplation de sa nouvelle chambre lui avait permis de retrouver son calme. *Tu les as certes tués, mais le monde se porte mieux sans eux.* Elle but une gorgée d'eau fraîche et s'enfouit sous ses édredons. *Un bandit et un terroriste, la belle affaire !* La fin du mois de janvier 1901 était polaire dans les campagnes anglaises. Était-ce l'hiver, leur départ imminent pour Londres, le souvenir de ses meurtres ou toutes ces raisons réunies, Hayley l'ignorait, mais elle était rongée par le froid qui la glaçait jusqu'aux os. Elle enfonça son visage dans son oreiller de plumes et espéra que le sommeil ne tarderait pas à s'emparer d'elle.

☙ ✦ ❧

L a salle à manger du manoir des Clifford bruissait d'une rare énergie. Toute à sa joie de revoir son cousin préféré, Meredith emplissait la salle de ses pépiements sur Londres. Lady Rosalinde regardait avec bienveillance sa fille, dont les yeux bleu foncé brillaient d'une joie sincère en cet instant. Elle lui avait proposé de se rendre à Londres pour préparer son entrée dans le monde comme il se devait et, à sa grande stupéfaction, Meredith avait accepté de faire les boutiques sans regimber. La seule condition que la jeune lady avait posée était de rendre visite à Alistair, leur neveu et cousin. Lady Clifford y avait accédé de bonne grâce, cet homme étant fort avenant et toujours d'excellente compagnie. Il avait donc été convenu que l'épouse et la fille se joindraient à Lord Clifford lors de son prochain voyage londonien.

Plongé dans la lecture de son journal, Lord Henry Clifford marmonnait dans sa barbe, conscient que son voyage mensuel à Londres serait beaucoup moins reposant qu'à l'accoutumée. Toutefois, la perspective de rendre visite à son neveu Alistair le rassérénait quelque peu. L'homme, qu'il avait injustement rejeté la majeure partie de sa vie, était devenu pour lui une sorte de fils aîné idéal. Lord Clifford adorait ses enfants, mais il ne s'accordait guère avec leurs caractères respectifs.

Meredith, sa fille, était vive, intelligente, indisciplinée, passionnée et indépendante, ce que le père admirait, mais que le lord ne pouvait tolérer. Selon lui, la délicatesse, la douceur et la compassion étaient autrement plus souhaitables au caractère féminin que le courage, l'ardeur et la vaillance. Une jeune fille de la noblesse devait être éduquée pour être mariée et devenir une maîtresse de maison irréprochable. Toutefois, les six derniers mois avaient éclairé les qualités de sa fille sous un tout autre jour et Lord Clifford ne savait plus vraiment ce qui était souhaitable pour une jeune fille de bonne famille. Entraînée dans de sombres affaires d'espionnage international, Meredith devait à son courage, son intelligence et sa fougue d'avoir survécu. La jeune fille avait même sauvé Benedict, son frère jumeau, d'une mort imminente. Lord Clifford devait reconnaître que la délicatesse, la douceur et la compassion n'auraient servi à rien à sa fille lors de ces événements. Il avait donc décidé de ne plus exiger d'elle qu'elle changeât son caractère pour se conformer à l'image qu'il avait de la jeune fille parfaite. Il tolérait désormais son énergie débordante, sa volonté de pratiquer l'équitation, l'escrime, le tir et même le combat au couteau... discipline moins traditionnelle, mais très efficace dans certaines circonstances. Le père avait surpris le lord en lui, quand il avait demandé à l'un des tueurs les plus expérimentés de Russie de bien vouloir enseigner ce type de combat à sa fille. Depuis lors, il prenait la vie avec plus de philosophie et observait Meredith grandir d'un œil bienveillant.

En revanche, Lord Clifford ne partageait pas le fol espoir de son épouse de voir Meredith rentrer dans le droit chemin, lorsqu'elle rencontrerait ses premiers soupirants... Lady Clifford soutenait que, face à des jeunes gens de bonne famille, Meredith comprendrait qu'elle devait se conformer à l'étiquette sociale pour se marier. Pour sa part, Lord Clifford était convaincu que sa fille rejetterait, sans ménagement, tous ceux qui oseraient venir l'importuner avec leur désir de faire sa connaissance ou, pire, de l'épouser. Il envisageait, avec de plus en plus de sérieux, sa vie future avec une fille célibataire, pratiquant à l'occasion l'espionnage international comme loisir.

Quant à son fils Benedict, Henry Clifford ne pouvait rien reprocher au jeune homme, si ce n'était un caractère un peu trop taciturne à son goût. Doté de la même épaisse chevelure châtain clair et des mêmes yeux bleu foncé que sa sœur, Benedict était réfléchi, d'une courtoisie sans défaut, intelligent et travailleur. Toutefois, il était peu porté à l'exercice physique, comme il seyait à un homme de sa condition, et refusait avec force toute compromission. Benedict avait retiré de ses aventures française et russe un goût certain pour les études, une volonté affirmée de ne plus quitter le territoire de l'empire britannique et une exécration avérée pour toute aventure. Benedict avait exigé, à son retour de Saint-Pétersbourg, que Lord Clifford usât de toute son influence pour qu'il pût intégrer la formation en ingénierie de Cambridge. Depuis lors, le jeune homme vivait avec délectation dans le cocon universitaire et ne voulait pas même aborder la question d'une éventuelle future mission. Sans pouvoir le blâmer, Lord Clifford aurait souhaité trouver un peu plus de l'esprit d'aventure de sa fille dans son fils... comme il aurait souhaité trouver un peu plus du flegme de son fils dans sa fille.

Son neveu Alistair possédait cet étrange équilibre entre civilité et entrain, qui faisait de lui le plus parfait exemple de gentleman qu'il ait eu l'honneur de rencontrer. Henry Clifford était heureux que ces terribles aventures aient, au moins, eu l'avantage de lui faire découvrir l'étendue de son erreur sur cet homme.

Le babillage joyeux de Meredith le détourna de son journal et de ses réflexions, quand la mine déconfite de Lady Clifford le fit s'intéresser à la conversation.

— Il est hors de question que nous profitions de notre séjour à Londres pour visiter les armureries, comme tu le dis ! s'indigna Rosalinde Clifford.

Meredith parut choquée.

— Mais, mère, il faut bien que je m'équipe !

Lady Clifford prit sur elle de se calmer avant de répliquer.

— Tu dois oublier ces deux mésaventures, Meredith. Ce n'est que par un coup de sort que ton frère, ton cousin et toi avez été entraînés dans ce monde déplorable. L'honorable Meredith Clifford n'a que faire des armes à feu !

— Mais j'ai besoin d'une paire de pistolets ! Ceux de père sont trop lourds pour moi et déséquilibrent mon tir !

Lord Clifford tourna la page de son journal et intervint :

— Nous irons chez *Purdey* t'acheter ce dont tu as besoin.

Le silence tomba. Meredith regardait son père sans oser parler de peur qu'il ne changeât d'avis, alors que Lady Clifford manquait s'étrangler d'indignation.

— Henry ! C'est hors de question !

Lord Clifford quitta son journal à regret.

— Je ne suis pas plus enthousiasmé que vous par l'attrait de Meredith pour les armes à feu. Toutefois, nous devons être réalistes et, tout comme vous lui avez confectionné un gilet cousu d'acier pour la préserver des balles, si elle doit retourner en mission un jour, je préfère qu'elle parte avec des armes de précision correspondant à sa taille et à son poids. Nous irons donc chez *Purdey*.

Meredith n'en croyait pas ses oreilles. Son père, encore si strict six mois auparavant, proposait de lui acheter l'armement dont elle avait besoin. La jeune fille se leva d'un bond et enserra son père de ses bras. Peu habitué aux démonstrations d'affection, Lord Clifford se raidit à ce contact, mais ne la repoussa pas.

— Merci, père !

— Si j'avais su qu'il suffisait de t'offrir des pistolets pour m'attacher ton affection, je t'en aurais procuré depuis fort longtemps ! trancha-t-il.

Henry Clifford se rendait à l'évidence : sa fille n'avait vraiment rien d'une lady.

CR✦SO

L as de leur voyage jusqu'à Londres, les Clifford et Hayley n'arrivèrent dans la capitale que pour trouver la ville en grand deuil. Ce 22 janvier 1901, la reine Victoria venait de s'éteindre après un peu plus de soixante-trois ans de règne. Avec la mort de celle qui avait été reine du Royaume-Uni, du Canada, d'Australie et impératrice des Indes, les Britanniques sentirent l'Empire vaciller sous leurs pieds pendant quelques instants. Édouard VII succédait à son illustre mère à l'âge de cinquante-neuf ans. Longtemps écarté des questions politiques par la défunte, ce prince était devenu l'incarnation de l'élite aristocratique frivole, mais aussi un fervent soutien des arts et des sciences. Homme de goût, d'une courtoisie sans faille, il traitait, à la stupeur de nombre de ses contemporains, ses interlocuteurs de la même façon, quelle que soit leur origine sociale, leur couleur de peau ou leur religion. Un bel atout politique et diplomatique à n'en pas douter. Très populaire parmi ses sujets, Édouard VII avait désormais la charge du plus vaste empire du monde.

À l'annonce de la mort de la reine, le regard de Meredith trouva d'instinct celui de sa fidèle gouvernante, Miss Hayley Fortescue. Ce décès signifiait-il leur libération de tout service à la couronne ? Le chantage que Meredith avait subi de la part de Sir Robert Arthur Talbot Gascoyne-Cecil, Premier ministre de sa Majesté la reine Victoria, allait-il prendre fin avec la mort de la souveraine ? Les deux femmes se regardèrent en silence, conscientes qu'elles quittaient un monde pour plonger dans l'inconnu. Depuis leur retour de Russie, ni Meredith, ni Hayley, qui avait poussé le dévouement jusqu'à suivre la jeune fille dans ses péripéties européennes, n'avaient reçu de nouvelles des services secrets de sa Majesté la reine. Hayley en avait conçu l'espoir d'un retour à la normale, quand les sentiments de Meredith à ce sujet avaient été plus partagés. Elle avait enragé d'être obligée d'obéir aux ordres de sombres bureaucrates, sous peine d'être poursuivie pour meurtre. Elle avait détesté se sentir responsable de la mise en danger de son frère, de son cousin et de sa gouvernante. Toutefois, elle avait aimé le sentiment de liberté ressenti pendant ces deux missions. Elle avait apprécié les contacts et échanges directs, qu'elle avait eus avec les autres membres des divers services de sécurité. Elle n'était plus alors l'honorable Meredith Clifford, obligée de se conformer à la stricte étiquette de l'aristocratie britannique. Elle était simplement Meredith, une apprentie espionne plutôt douée, quelque peu inconséquente dans certaines de ses actions, mais toujours respectée comme une sœur d'armes. Même s'il lui en coûtait de se l'avouer, Meredith regretterait l'espionnage.

Le fiacre ralentit et les Clifford reconnurent l'hôtel particulier d'Alistair. Au pied de l'élégante bâtisse aux pierres claires et aux formes géométriques modernes, le strict majordome de leur neveu et cousin, Monsieur Barnett, attendait leur arrivée. Dès que la voiture s'arrêta dans la cour, un valet de pied surgit de l'ombre du porche et se précipita pour ouvrir la porte. Lord Clifford sortit le premier pour aider lui-même son épouse à descendre. Comme à son habitude, Meredith refusa la main qui lui était tendue et sauta au sol sans autre forme de cérémonie. Seule Hayley accepta l'aide de l'infortuné valet, qui saisit sa main avec reconnaissance.

Le bruit de la course de bottines sur les pavés de la cour attira l'attention d'Hayley, qui put voir Meredith se jeter dans les bras d'Alistair sous les regards contrariés de ses parents. D'une élégance troublante, comme à son habitude, l'Anglais réceptionna sa jeune cousine et la fit tourner dans ses bras pour leur plus grand plaisir à tous deux. Brun, les cheveux aux épaules, les yeux noisette et rieurs, Alistair Clifford avait un charme absolu et plaisait autant aux femmes qu'aux hommes. Après avoir reposé sa cousine par terre, il salua son oncle et sa tante avec la dignité qu'ils réclamaient, surtout après la démonstration d'affection outrageante de leur fille, et chercha Hayley du regard. Le sourire éclatant qu'il lui adressa transperça le cœur de la gouvernante. *Il m'a manqué.* Cette pensée perturba la sévère Anglaise qu'elle était. Aussi charmant fût-il, Alistair demeurait un membre de la famille, qu'elle servait depuis de nombreuses années, et il était pour le moins ridicule qu'elle s'attachât à lui au-delà de ce que la bienséance autorisait.

Hayley se redressa et se para de toute sa rigueur britannique retrouvée, avant de rendre un sourire calme et empreint de dignité à son hôte. S'approchant de lui, elle décela derrière Alistair un petit garçon roux au visage mangé de taches de rousseur, qui saluait Lord et Lady Clifford avec timidité. Hayley rayonna de bonheur et de bienveillance à la vue de Louis. Le fils adoptif d'Alistair avait connu une vie tragique jusqu'à ce que le sort ne le mette sur la route de l'espion anglais. Sur un coup de tête, sur un coup de cœur, Alistair avait décidé d'adopter le petit Français, réduit en esclavage à Saint-Pétersbourg, et s'occupait désormais de lui.

Quand Hayley passa à côté de lui, Alistair saisit sa main entre les siennes. Les yeux d'Hayley s'ouvrirent de surprise, alors que le regard d'Alistair trouvait le sien. Elle déglutit avec quelques difficultés, la gorge soudain fort sèche.

— Vous m'avez manqué, Miss Fortescue, dit Alistair en plantant son regard dans celui de la gouvernante.

— Vous m'avez manqué aussi, Monsieur Clifford, répondit Hayley en clignant des yeux, stupéfaite par sa propre honnêteté. Puis-je vous poser une question ?

— Faites, je vous en prie.

— Comment Louis s'adapte-t-il à sa nouvelle vie ?

— Fort bien, dit Alistair dans un sourire lumineux.

Hayley avait découvert, pour la première fois, ce sourire quelques mois auparavant, quand Alistair avait appris que l'adoption plénière en droit français avait fait de lui le seul et unique père de Louis. Depuis lors, le gentleman arborait ce sourire de fierté paternelle à chaque fois que le garçon apparaissait ou que son nom venait dans la conversation.

Hayley se tourna vers Louis, qui observait son père, inquiet de savoir s'il s'était conduit comme il le fallait. Alistair posa une main protectrice sur l'épaule du garçon, qui se détendit.

— Comment vous portez-vous, Monsieur Louis ? s'enquit-elle.

— Fort bien, Madame. Je vous remercie de prendre de mes nouvelles, Madame. J'espère pour ma part que vous vous portez bien, Madame.

— Mais vous avez fait d'énormes progrès en anglais ! s'exclama-t-elle dans un sourire. Je vous félicite pour votre bonne maîtrise de notre langue et votre extrême courtoisie. Nul doute que Monsieur Clifford saura faire de vous un vrai gentleman.

Un sourire timide illumina le visage de l'enfant. Tous trois entrèrent, le regard d'Alistair oscillant entre les cheveux roux de Louis et le strict chignon brun d'Hayley.

L e lendemain, Lord Henry Clifford, pair du royaume et membre de la chambre des Lords, se rendit au Parlement. En ce mercredi 23 janvier 1901, non loin de la Tamise embrumée, le nouveau roi Édouard VII recevait le serment d'allégeance des parlementaires britanniques, qu'ils soient membres de la chambre des Lords ou des Communes. Le palais de Westminster, merveille du style néogothique avec sa célèbre tour de l'Horloge abritant Big-Ben, bruissait d'une foule qui se pressait pour apercevoir le nouveau monarque. L'événement avait de quoi passionner la nation britannique, la plupart des sujets d'Édouard VII n'ayant connu qu'un seul souverain depuis leur naissance : la défunte reine. Les larges couloirs avaient bien du mal à contenir les curieux qui avaient envahi le palais et se pressaient dans tous les sens, nombre d'entre eux ignorant dans quelle direction ils devaient se rendre.

Au milieu de la foule, Alistair se frayait un passage vers la salle abritant la chambre des Lords, dans la partie sud du palais. Alors qu'il avançait d'un pas décidé, il perçut plus qu'il ne vit le mouvement traversant le rassemblement. Poussant, bousculant, frappant tout ce qui s'opposait à lui, un homme passa en courant à côté de lui. L'Anglais aperçut du coin de l'œil le barbare qui fendait la foule, étonné par un tel manque de civilité en un jour si mémorable. Un tintement attira son attention et il vit rebondir sur le sol un fin cylindre doré. Alistair plongea vers le sol et se saisit de l'objet, avant que des coups de pied malencontreux ne vinssent le projeter aux quatre coins du palais. Se relevant d'un bond et jaillissant du sol où sa recherche l'avait plongé, il fut bousculé par un autre énergumène qui poursuivait le premier. Bel homme, la trentaine, blond roux, à la fine moustache soignée…

— Kieran ?

Que faisait l'espion irlandais dans cette foule ? Alistair

regarda la silhouette familière disparaître dans la marée humaine. D'instinct, il resserra sa prise sur le tube doré repêché de justesse. Abandonnant son projet initial de rejoindre la chambre des Lords, Alistair bifurqua et s'enfonça dans un dédale de couloirs jusqu'à trouver un endroit plus calme. Le passage adjacent où il parvint lui parut assez tranquille pour abriter ses premières observations. À la lumière d'une grande fenêtre ouvragée, il tint le fin cylindre entre le pouce et l'index pour observer les bords de l'objet. Lisse, sans aspérité, ni marque d'aucune sorte, le tube était fait en tout ou partie de cuivre. S'intéressant aux extrémités, Alistair confirma son opinion première : le cylindre était hermétique et devait servir au transport d'un message roulé et dissimulé à l'intérieur. *Un espion irlandais qui poursuit un homme dans la foule, un message scellé abandonné… Il va falloir te défaire de cet objet dans les plus brefs délais, si tu veux éviter d'être entraîné, une fois de plus, dans une aventure désagréable.*

Une main tomba sur son épaule. *Trop tard…*

— Alistair ?

L'Anglais se tourna vers l'importun et reconnut Kieran Donough, l'agent irlandais, qui les avait aidés lors de leur escapade parisienne[2]. Kieran fixait Alistair avec incompréhension.

— Mais qu'est-ce que tu viens faire au milieu de cela ? Je croyais que tu avais quitté le service.

— J'ai effectivement quitté tous les services possibles et imaginables et j'entends bien rester en dehors de ceci aussi. Tiens !

Alistair plaqua le tube doré dans la main de Kieran, qui s'en empara sans même réfléchir.

— Tu ne vas pas me faire croire que c'est une coïncidence…

Alistair leva la main pour intimer le silence à son

---

[2] Cf. *Premières armes. Les enquêtes des cousins Clifford*, 1, 2017.

interlocuteur.

— Je ne veux rien savoir, je me désintéresse du tube, je nierai même avoir jamais ramassé quelque tube que ce soit. Je te souhaite bien du plaisir, mon ami, et sois prudent. L'homme que tu poursuivais avait l'air dangereux.

Alistair s'éloigna d'un pas pressé, saluant Kieran d'un geste de la main. Il rejoignit un couloir plus important et replongea dans la foule sous le regard dubitatif de l'Irlandais.

CR✦ℰ⟡

À l'issue de la cérémonie au palais de Westminster, Alistair avait rejoint son hôtel particulier, où il avait eu la joie de retrouver Louis en train d'étudier sous la férule de son précepteur, le sévère Thomas MacMillan. Il se demandait d'ailleurs si cet homme n'était pas trop sévère avec Louis. Le garçon avait déjà subi tant d'injustices et de mauvais traitements qu'Alistair avait été très strict quant à la discipline à user avec l'enfant. Si Louis se conduisait mal ou n'étudiait pas assez, il était exclu de recourir à une quelconque punition corporelle. Alistair avait informé son majordome, Monsieur Barnett, de sa décision pour qu'il veillât sur l'enfant en son absence. Il entendait bien que nul ne portât la main sur Louis sous quelque prétexte que ce fût. Thomas MacMillan avait montré quelque étonnement face à cette lubie, mais avait acquiescé. Toutefois, le précepteur était exigeant et Monsieur Barnett avait déjà surpris Louis en train de pleurer, car il ne parvenait pas à faire les exercices demandés. Rongé par l'inquiétude de décevoir son père adoptif, le garçon se rendait malade à force de travail. Alistair comprenait que la tâche pouvait sembler insurmontable à son fils. Âgé d'une dizaine d'années, Louis n'avait reçu aucune formation intellectuelle, ni physique. Orphelin très jeune, le petit Français avait travaillé quelques années comme mousse sur un navire de commerce, avant d'être vendu à un tavernier de Saint-Pétersbourg où Alistair l'avait trouvé. Le nouveau père savait que l'enfant était intelligent, son rapide apprentissage de l'anglais le démontrait assez. Toutefois, il ignorait comment s'y prendre pour convaincre Louis de ses capacités intellectuelles et du fait qu'il disposait de temps pour combler les lacunes accumulées. *Hayley...* Alistair s'étonnait de ne pas y avoir songé avant. La digne gouvernante de sa cousine avait une sérieuse expérience de l'enseignement et avait d'ailleurs initié Louis à la lecture pendant le voyage de retour de la capitale russe. *Il faut que je demande à Hayley.*

La voiture s'arrêta dans la cour. Hayley, encore étonnée par la requête d'Alistair, en descendit avec l'élégance qui la caractérisait. Avant même de poser le pied au sol, elle put constater qu'elle était attendue avec empressement. Alistair et Louis patientaient sous le porche, l'enfant calquant son maintien sur celui de son père. Hayley s'approcha d'eux en songeant qu'il serait bien agréable de rentrer chez soi pour trouver cette compagnie. Cette pensée la stupéfia. Il fallait qu'elle se reprît et retrouvât sa place. Elle était domestique et le resterait. Les deux aventures communes avaient brouillé les cartes entre Hayley et les Clifford, mais elle savait en son for intérieur que la situation ne durerait pas et que si elle souhaitait conserver un emploi chez eux, il lui fallait être irréprochable. D'autant plus irréprochable que ses relations avec les autres domestiques s'étaient dégradées ces derniers temps...

— Bonjour Monsieur Clifford. En quoi puis-je vous être utile ?

— Bonjour Miss Fortescue. Je vous remercie d'être venue si vite. J'ai grand besoin de vos précieux conseils au sujet de Louis.

Alistair se tourna vers le garçon et posa avec affection sa main sur sa tête.

— Notre petit jeune homme se rend malade à force de travail, alors que je n'exige rien de lui, simplement qu'il apprenne à son rythme.

Hayley fronça les sourcils, plongée dans ses réflexions. Le garçon était sans conteste intelligent, voire très intelligent, mais il était torturé par le passé. Comment pouvait-elle l'aider ?

— Nous allons avoir une conversation Louis, si vous le voulez bien, conclut-elle.

Hayley enleva le gant, qui recouvrait sa main droite, et la tendit au garçon. Louis l'observa, ne sachant comment réagir.

— C'est un signe amical, Louis. Je suis gouvernante, une domestique, vous pouvez prendre ma main sans vous poser de questions.

Louis plaça avec hésitation sa main dans celle d'Hayley.

— Quelle est votre pièce préférée, Louis ? demanda-t-elle.

— Le bureau de père, répondit l'enfant sans l'ombre d'un doute.

Les adultes parurent surpris par la réponse, mais Alistair acquiesça à la demande silencieuse de la gouvernante.

— Très bien, nous allons parler dans le bureau de Monsieur Clifford.

Hayley avança, tenant la main de l'enfant dans la sienne. Alistair les suivait à quelques pas de distance, quand ils entrèrent dans le bâtiment.

La porte du bureau se referma derrière Hayley et Louis. Tout en ôtant son deuxième gant et son chapeau, la gouvernante observait le bureau d'Alistair avec curiosité. C'était une belle pièce en vérité. Les murs étaient recouverts d'une bibliothèque s'élevant presque jusqu'au plafond, le sol était orné d'épais tapis d'orient et la pièce était agrémentée d'un élégant lustre en cristal coloré.

— Vous avez bon goût, Louis. C'est une très belle pièce, quoique un peu austère pour un enfant. Pourquoi l'aimez-vous ?

L'enfant était droit comme un i, n'osant bouger. Hayley

l'observa un instant et l'invita à s'asseoir d'un signe la main. Louis s'enfonça dans le premier fauteuil à sa portée. La gouvernante s'assit en face de lui et croisa ses mains sur ses genoux, attendant que Louis parlât. Voyant qu'elle ne reprendrait pas la parole, l'enfant se décida :

— J'aime cette pièce, parce qu'il y a beaucoup de livres, dit-il dans un anglais hésitant.

Hayley acquiesça d'un signe de tête.

— Vous pouvez me parler en français, si vous voulez.

Les yeux de Louis s'illuminèrent d'un seul coup.

— Merci, Madame. Je suis si fatigué de parler anglais toute la journée, d'apprendre à lire, à compter, à monter à cheval et tout le reste !

Le petit garçon sursauta d'horreur, collant ses mains sur sa bouche.

— Vous ne le direz pas à père, n'est-ce pas ?

Apeuré, Louis se voyait déjà renvoyé vers son funeste destin pour avoir osé dire ce qu'il ressentait. La possibilité de s'exprimer dans sa langue maternelle avait libéré sa parole et il prenait conscience, un peu tard, de ce qu'il venait de dire. Pourtant, loin des peurs de l'enfant, Hayley n'en conclut qu'une chose : le garçon était écrasé par la tâche.

— Ne vous inquiétez pas, Louis. Je comprends. On vous demande beaucoup… Trop peut-être.

Hayley prit le temps de l'observer. Le calme de la gouvernante rasséréna quelque peu le petit Français.

— Vous avez fait des progrès exceptionnels en anglais, Louis. Vous êtes un garçon très intelligent, mais comprenez-vous tout ce que votre précepteur vous dit.

Louis fit une moue peinée.

— Non, Madame.

— Si vous ne comprenez pas les explications que vous donne votre précepteur, il est normal que vous n'y arriviez pas. Lui avez-vous déjà demandé de vous expliquer ce que vous ne compreniez pas en français ou en russe, puisque vous parlez les deux langues.

Louis se tortilla sur son fauteuil, mal à l'aise. En face de lui, Hayley demeurait assise, le dos droit, les mains croisées sur les genoux, immobile tel un sphinx qui attend des réponses.

— Il ne parle ni français, ni russe, Madame.

— Dans ce cas, il faut remédier à cette difficulté. Ce n'est pas à vous de faire tous les efforts, Louis. Vous avez trop à apprendre. Il faut que ceux qui vous enseignent se mettent à votre portée. Êtes-vous heureux ici, Louis ?

Le visage de l'enfant s'illumina.

— Oh, oui, Madame.

— Et vous avez très peur que tout s'arrête, n'est-ce pas ?

L'enfant se rembrunit, pris d'un haut-le-cœur.

— Oh, oui, Madame...

— Monsieur Clifford est un homme d'honneur. Vous êtes son fils désormais et rien ne pourra changer ce fait. Vous n'allez pas être abandonné, Louis. Vous n'allez pas être rejeté. Vous allez être aimé et respecté pour ce que vous êtes : un petit jeune homme courageux, intelligent et gentil. Monsieur Clifford a choisi d'être votre père et il le restera. Voulez-vous me dire autre chose, Louis ? Je suis là pour vous aider.

L'enfant roux hésita un instant, puis se lança :

— Est-ce que vous pourriez m'apprendre ?

Hayley fut surprise.

— Vous apprendre quoi, Louis ?

— Tout ! Avec vous, je comprends, j'ai l'impression de pouvoir y arriver.

Hayley sentit la détresse du jeune garçon et tous les espoirs qu'il fondait en elle. *Puis-je devenir la gouvernante de Louis ? Meredith n'a plus guère besoin de moi, alors que cet enfant est perdu...* Hayley décroisa les mains, lissa sa robe et se releva.

— Nous allons discuter de ce point avec votre père.

L'enfant sauta sur ses pieds et tendit la main à Hayley, les yeux brillant d'un nouvel espoir. La gouvernante sourit et prit la main de l'enfant dans la sienne. Au moment où ils allaient ouvrir la porte, la poignée tourna sur elle-même et Alistair entra. Hayley fit une moue réprobatrice quand elle le vit, moue qui n'échappa pas au destinataire qui y opposa, comme à son habitude, un large sourire. Alistair avait été espion la majeure partie de sa vie, on ne pouvait pas lui reprocher d'écouter aux portes tout de même !

Louis s'était endormi dans un fauteuil, pendant qu'Alistair et Hayley discutaient. Installée dans un profond fauteuil club en cuir cognac, Hayley était mal à l'aise. La conversation qu'elle avait eue avec Louis allait coûter sa place à son précepteur, ce qui l'ennuyait beaucoup. Elle aurait eu une sainte horreur qu'une domestique extérieure vînt mettre son grain de sel dans son travail. De plus, Alistair, ou plutôt Monsieur Clifford, comme il fallait qu'elle s'astreignît à l'appeler, était désormais décidé à la prendre à son service.

— Miss Fortescue, vous êtes une femme exceptionnelle et je ne doute pas une minute que vous saurez aider Louis bien mieux que tout autre précepteur. En outre, vous avez l'avantage irremplaçable à mes yeux d'avoir gagné la confiance de l'enfant. Aussi, avec votre permission, vais-je demander à mon oncle et à ma tante de bien vouloir vous libérer de votre service auprès de Meredith, qui en sera d'ailleurs ravie.

— Monsieur Clifford ! Ma relation avec Miss Meredith est bien meilleure désormais et une jeune fille de la bonne société ne saurait paraître dans le monde sans chaperon.

Alistair sourit, contemplant Hayley à travers l'or de son whisky.

— Ma chère Miss Fortescue, ma cousine n'a plus l'âge d'avoir une gouvernante et, quant à lui servir de chaperon, il me semble que ce rôle incombe aux femmes mariées dans notre société. Si j'osais, je vous dirai que, d'une manière ou d'une autre, vous n'êtes plus à votre place auprès de ma cousine, bien que je sois conscient que Meredith m'arracherait les yeux si elle m'entendait.

Alistair sut qu'il avait fait mouche. Hayley gardait le silence, ses grands yeux violets fixant un point de la bibliothèque derrière lui. La gouvernante savait qu'il avait raison, le manoir Clifford ne disposait plus réellement de place pour elle, sauf à redevenir femme de chambre, ce qui constituerait une régression dans la hiérarchie domestique. Le poste de gouvernante qu'il lui offrait était une belle opportunité... Du moins, l'aurait-elle considérée comme telle sans la proposition inattendue qu'elle avait reçue le matin même.

— Bien évidemment, je triple vos gages, conclut Alistair en avalant une gorgée du liquide doré.

— Mais, Monsieur Clifford, vous ne savez même pas combien je gagne !

— Pas assez, Miss Fortescue, pas assez.

Hayley regarda Alistair en fronçant les sourcils. Le savait-il ? Avait-il déjà pris les devants et parlé à Lord et Lady Clifford ? La situation ne convenait guère à Hayley, qui veillait avec soin à son indépendance. Elle n'était pas un pion que l'on pouvait bouger d'une famille à l'autre sans lui demander son avis. Et il y avait l'autre proposition...

— Monsieur Clifford, je vous suis très reconnaissante de la confiance que vous placez en moi, mais je vais être obligée de décliner votre offre.

À ces mots, Alistair s'étouffa avec son whisky. Lui qui pensait l'affaire conclue, se voyait opposer un refus.

— Mais pourquoi ? bégaya-t-il entre deux quintes de toux.

Hayley se releva, lissa sa robe et reprit ses affaires.

— Parce que j'aime mon indépendance, Monsieur Clifford. J'apprécie beaucoup Louis et, si vous le souhaitez, je vous aiderai à trouver une gouvernante ou un précepteur qui lui conviendra, mais cela ne sera pas moi.

Alistair clignait des yeux de dépit et d'incompréhension.

— Quel lien avec votre indépendance ? Si j'ai été maladroit, je...

— Ce n'est pas vous, Monsieur Clifford, cela vient de moi. J'ai eu une proposition étrange et, pour tout dire incroyable, mais qui a piqué mon intérêt. Je fais peut-être une erreur grossière, mais je pense que je vais ouvrir un nouveau chapitre de ma vie.

Alistair la regarda sans comprendre. Elle avait pourtant l'air sûre d'elle et guère disposée à revenir sur sa décision. *Une proposition ? Quelle proposition ? Tu n'aurais pas dû vendre la peau de l'ourse avant de l'avoir tuée...*

Alistair se leva d'un bond pour raccompagner Hayley, qui repositionnait son chapeau et s'apprêtait à sortir, quand elle conclut :

— Je vais prendre contact avec des gouvernantes de ma connaissance, dont je connais le sérieux, et je vous communiquerai quelques noms.

— Merci, Miss Fortescue.

— Merci à vous, Monsieur Clifford.

Alistair ouvrit la porte devant Hayley et la laissa partir. *Ton oiseau précieux est en train de s'envoler et tu ne dis rien...*

ੴ✦ੴ

Quelques jours plus tard, quand l'inspecteur principal Jasper Brixton entra dans le club le plus huppé de Londres, il ne s'imaginait pas une minute être confronté au plus irascible des espions de l'Empire britannique. Enfoncé dans un fauteuil, le cigare vissé à la bouche, Alistair lisait le journal en froissant chaque page avec ardeur. Le bruit occasionné avait depuis longtemps incommodé ses voisins, mais il n'en avait cure, tant son humeur était exécrable.

Hayley avait tenu parole et lui avait communiqué les noms et coordonnées de deux dames, à n'en pas douter fort compétentes, mais qui ne correspondaient en rien à ce qu'Alistair voulait pour Louis. Toutefois, à son grand désarroi, l'enfant avait jeté son dévolu sur une dame âgée, tout en rondeur, qui avait eu l'avantage de lui rappeler une *babouchka* de sa connaissance. Ainsi, en lieu et place de la parfaite Miss Fortescue, superbe créature aux yeux myosotis, Alistair se retrouvait avec une grand-mère gâteau parlant à la perfection français et qui s'était réjouie de prendre sous son aile un enfant de l'âge de Louis. Miss Mary Taylor avait donc emménagé la veille au soir dans l'hôtel particulier et s'était aussitôt fait un devoir de lire un conte de fées à Louis, qui ignorait même jusqu'à leur existence. Alistair devait avouer que cette dame semblait expérimentée et dévouée. Il avait aussi apprécié la sincère sollicitude, qu'il avait lue sur son visage, quand il avait raconté le passé de Louis. Il devait encore admettre qu'il avait confiance en cette dame, dont les références étaient plus qu'élogieuses mais… elle n'était pas Hayley !

Sur ces sombres pensées, Alistair vit arriver sans plaisir l'inspecteur principal Jasper Brixton, oiseau de mauvais augure aux moustaches proéminentes. Le chef de la *Special Branch*, l'unité d'élite de la police chargée du renseignement, du contre-espionnage et de lutter contre toutes les menaces terroristes, s'installa sans autre façon en face d'Alistair et se tint coi. Alistair en fut fort déconfit. Lui qui se faisait par avance une joie de couper court à toute conversation se voyait privé de cette satisfaction. Son humeur ne s'en améliora pas.

Patient, l'inspecteur principal sortit sa pipe, l'alluma et profita du confort du fauteuil. Il avait tout son temps et se préoccupait fort peu d'incommoder Alistair.

— Inspecteur principal, ma réponse est non à tout. Vous pouvez disposer.

L'inspecteur principal se contenta de sourire, ce qui inquiéta Alistair. Brixton était trop sûr de lui pour que l'espion prît cette visite à la légère.

— Admirable, ce que vous avez fait pour ce jeune garçon en Russie. Vous êtes un homme étrange, Monsieur Clifford.

Alistair rabattit son journal.

— Si vous touchez à un cheveu de Louis, je vous exécute sur place.

L'inspecteur leva la main en signe de paix.

— Vous vous méprenez sur mon compte, Monsieur Clifford. Je n'attaque jamais les enfants, ce sont les gens que je poursuis qui le font. C'était juste sincère. Je ne m'attendais pas à un tel geste d'altruisme de la part d'un dandy de votre réputation.

Alistair le fixa d'un œil sombre, mais comprit qu'il disait la vérité.

— Que voulez-vous ? finit-il par demander. Vous comprenez bien que l'arrivée de Louis va quelque peu contraindre ma fougue habituelle.

— Je n'en doute pas, Monsieur Clifford. Et croyez-le ou non, je vous ai déjà épargné plusieurs missions depuis votre retour de Saint-Pétersbourg. Toutefois, aujourd'hui, je n'ai d'autre choix que de venir vous montrer un document.

Jasper Brixton posa d'un geste délicat sa pipe sur le rebord du fauteuil et fouilla dans la poche intérieure de son manteau. Il en sortit un petit feuillet et le tendit à Alistair. L'espion sentait que ce message était porteur de sombres menaces mais, curieux comme toujours, il s'en empara. Ses yeux s'étaient à peine posés sur le papier qu'il fusilla du regard l'infortuné messager.

— Où avez-vous trouvé cela ?

— En vérité, Monsieur Clifford, c'est vous qui l'avez trouvé. C'est le message que contenait le cylindre doré, que vous avez remis à Monsieur Donough. Je vous ai donné la version décryptée, bien évidemment, mais le texte conserve encore son secret.

Alistair reprit le papier et relut le message :

« *Atropos est sur les traces de l'avorton du Lion* ».

Atropos. Ce nom surgi des ténèbres lui glaça le sang. Allait-il être confronté aux fantômes de son passé à chaque fois qu'il tenterait de retourner à une vie normale ? Sa volonté d'abandonner les services secrets n'était-elle qu'une illusion ? *Clotho, Lachésis et Atropos. Les Moires.* C'était folie que d'imaginer pouvoir quitter le service de sa Majesté. Bienheureux déjà d'avoir survécu jusque-là.

Le son de la voix de l'inspecteur principal le fit sortir de sa bulle.

— Je vous demandais si vous saviez qui est l'avorton du Lion ?

Alistair regarda l'inspecteur, l'œil vide pour une fois. *L'avorton du Lion ?*

— Non, désolé, Monsieur l'inspecteur, ce code ne me dit rien.

L'inspecteur principal se renfrogna et tira avec philosophie sur sa pipe.

— Cela ne nous dit rien non plus. Nous avons eu beau fouiller dans tous les dossiers liés à Atropos ou aux Moires, nous n'avons rien trouvé sur un quelconque avorton. C'est bien le diable qu'une telle plaie ressurgisse presque quatorze ans après son exécution.

L'inspecteur retourna à sa pipe et plongea dans ses pensées. Alistair observa le message, essayant de le lire à l'envers, de trouver une clé de lecture, de modifier l'ordre des mots, de jouer avec les lettres ou les majuscules pour percer le secret de la phrase énigmatique… sans résultat. Les services secrets avaient intercepté un message crypté, l'avaient décodé, mais son contenu n'en était pas devenu plus lisible.

— Que vient faire la *Special Branch* dans cette affaire ?

L'inspecteur souffla la fumée avec application et esquissa un sourire sous sa large moustache brune.

— Rien du tout. Mais quand il y a une corvée à faire, nos amis des services secrets aiment à se décharger sur la *Special Branch*. Disons que je suis là en observateur inquiet. Le nom même d'Atropos a de quoi glacer le sang des plus braves. Que quelqu'un ait estimé opportun de reprendre le flambeau de ce tueur patenté m'inquiète autant que s'il venait la fantaisie à l'un ou l'autre de nos criminels de ressusciter Jack l'éventreur.

— Atropos n'avait pas la même notoriété, intervint Alistair.

— C'est vrai. Il n'était célèbre que dans certains milieux, mais son savoir-faire était grand et son réseau criminel l'était encore davantage... Mais ce n'est pas à vous que je vais l'apprendre, Monsieur Clifford.

Brixton étouffa sa pipe.

— Aucune idée de votre côté, donc ?

Alistair regarda une dernière fois le message.

« *Atropos est sur les traces de l'avorton du Lion* ».

— Non, mais je suppose qu'il va falloir que je m'en forge une et d'ici peu.

— Cela, Monsieur Clifford, vous appartient. Je n'étais là que pour vous informer de la teneur de votre découverte. Puisque vous ne savez rien sur l'avorton qui nous préoccupe, je ne vais pas vous importuner plus longtemps. Toutefois, quelles qu'aient été nos relations dans le passé, je vous donne un conseil non pas comme un ami, mais comme un allié au moins. Peu importe qui a repris le nom d'Atropos, vous et les vôtres êtes en danger. Si j'étais vous, j'enverrai mon fils ailleurs, en m'assurant que personne ne sache où est l'enfant.

— Nous ne pouvons pas nous cacher toute notre vie...

— Certes non, Monsieur Clifford, certes non. C'est pourquoi la seconde partie de mon conseil est de repartir sur les traces d'Atropos et de le tuer à nouveau, avant qu'il ne vous tue.

L'inspecteur principal se leva, faisant disparaître dans le

même geste le message et sa pipe à l'intérieur de son manteau.

— Bonne chance, Monsieur Clifford.

Brixton s'apprêtait à partir, quand Alistair demanda :

— Si je devais repartir sur les traces d'Atropos, comme vous le suggérez, par où devrais-je commencer ?

— Venise, Monsieur Clifford. Le messager était vénitien.

— Était ?

— Nous avons repêché son corps dans la Tamise. Nul besoin de vous préciser qu'il ne s'agit pas d'une mort naturelle.

Brixton prit congé d'un geste de la main et s'éloigna, laissant Alistair à ses réflexions. *Atropos est de retour.* Telle l'hydre de Lerne, ce genre de criminel ne mourrait jamais vraiment.

— Venise…

Alistair tira une dernière bouffée de son cigare incandescent et grimaça. Il fallait vraiment qu'il ait été contrarié pour fumer une telle horreur. Le cigare s'écrasa dans le plus proche cendrier, alors que l'espion se relevait au grand soulagement de tous ses voisins. L'atmosphère allait peut-être se détendre.

— D'abord, Louis.

Alistair observa les hommes assis autour de lui. Il en connaissait la plupart, mais cela n'était pas un gage de sécurité. Si Atropos était réapparu, sous une forme ou une autre, il ne pouvait plus faire confiance à personne. Il devrait en outre réintégrer les services secrets de façon officielle cette fois-ci. Nul ne pouvait affronter Atropos sans le soutien d'un puissant service. Quant à Louis, à qui confier l'enfant ? Le front d'Alistair s'orna d'un pli soucieux. Le bonheur d'être père avait été de courte durée.

ᘉ✦ᘊ

L ouis s'était montré raisonnable, même si Alistair avait ressenti la profonde détresse de l'enfant. Heureusement pour eux, Miss Mary Taylor avait montré, sous son aspect inoffensif de *babouchka*, le cœur indomptable d'une amazone. Alistair avait été quelque peu décontenancé, lorsque cette auguste dame lui avait certifié qu'elle abattrait sur le champ tout individu se montrant menaçant envers Louis. Pire, liant le geste à la parole, la brave dame avait sorti de son sac à main, caché derrière des pelotes de laine, un revolver en parfait état de marche. Alistair n'avait pas osé demander à cette honorable gouvernante si elle avait déjà eu l'occasion de s'en servir, car la façon dont elle manipulait le revolver démontrait une habitude certaine des armes à feu. *Hayley a bien choisi...*

Louis et sa nouvelle gouvernante avaient donc pris le train en direction du Nord, vers un cottage qu'Alistair venait de louer. Du moins, était-ce la version officielle, Louis et Miss Mary Taylor étant en fait attendus au manoir Clifford. Son oncle et sa tante s'étaient fait un point d'honneur de veiller sur l'enfant pendant son absence. Alistair soupçonnait d'ailleurs Lady Clifford d'être très heureuse d'accueillir le jeune garçon et de faire sa connaissance.

Rassuré sur la sécurité de Louis, Alistair était retourné au ministère des Affaires étrangères et avait demandé sa réintégration au sein des services secrets de sa Majesté le roi. Il avait été reçu par le directeur desdits services, qui avait déjà préparé l'ensemble de ses faux papiers, réuni la documentation et lui avait adjoint trois autres agents dont il découvrirait l'identité dans le train… Ce dernier point avait fort contrarié Alistair, mais le directeur s'était montré inflexible.

L'espion anglais reprenait donc du service de façon officielle et se demandait combien d'années il allait encore devoir parcourir l'Europe au service du roi. Il n'était jamais simple de se défaire de ce genre de profession, surtout quand l'agent en question était efficace et survivait à ses missions.

ങ✦ൟ

S ur le quai de la gare Victoria, Alistair perdait patience. Le dossier du ministère était fort complet, sauf en ce qu'il avait omis de préciser dans quelle voiture il devait prendre place pour rencontrer ses alliés. Élégant, comme à son habitude, Alistair portait sous son manteau de vigogne le gilet pare-balles de Casimir Zeglen. Cette invention lui avait déjà sauvé la vie à plusieurs reprises et l'agent britannique avait pu constater que ses derniers voyages en train n'avaient pas été des plus paisibles. Aussi, avait-il pris le parti de voyager armé et protégé.

— Voiture deux.

L'inconnu, qui venait de le frôler, marchait d'un pas vif et le précédait déjà vers ladite voiture. Alistair fit un signe à l'employé chargé de ses bagages, qui se mit à le suivre avec entrain. *Un riche industriel anglais voyageant à Venise...* Alistair bougonnait encore à l'évocation de la couverture que lui avaient choisie les services secrets. Pour sa part, il aurait préféré se fondre dans la masse, se faire passer pour un ouvrier sans le sou cherchant quelques travaux rémunérés. Le peuple parlait plus vite que les élites toujours méfiantes et conservant une défiance face à la nouveauté. *Un riche industriel de surcroît...* Nul doute que nombre de familles patriciennes de Venise le regarderaient avec dégoût, comme le parvenu qu'il était supposé être.

Alistair monta dans le deuxième wagon et sourit lorsqu'il rencontra son premier compagnon d'armes : Kieran Donough.

— Comment vas-tu mon frère ?

Kieran éclata de rire. L'Irlandais avait donc été choisi pour interpréter le frère cadet du riche industriel qu'était devenu Alistair.

— Je vais devoir veiller à prendre le même accent que le tien, mon frère ! répondit Alistair.

Alistair et Kieran se donnèrent une accolade toute fraternelle.

— Ton épouse et notre petite sœur nous ont précédés.

Le sourire de Kieran s'élargit encore quand il poussa la porte de la cabine et découvrit aux yeux stupéfaits d'Alistair, une Hayley en grande tenue accompagnée d'une Meredith scandaleusement en pantalon. Les deux femmes posèrent les yeux sur lui et retirèrent leurs mains délicates des armes qu'elles dissimulaient.

— Vous n'imaginiez tout de même pas partir seul en mission, grand frère ? grinça Meredith.

— Mais qu'est-ce que vous faites là toutes les deux ? s'emporta Alistair.

Il se retourna, ferma la porte derrière eux et regarda Kieran avec désarroi. Le directeur des services secrets ne l'envoyait tout de même pas combattre Atropos flanqué de deux amatrices ?

— Je ne comprends pas, Kieran. Nous partons sur les traces d'Atropos et l'idée d'affronter ce criminel, en compagnie de deux espionnes en herbe, ne t'effraie pas ?

Les yeux verts de Kieran s'égayèrent d'un éclat malicieux.

— Non. Pour ma part, je ne connais ces deux dames que par ce que j'en ai vu à Paris et dans leurs fiches des services secrets. Elles me semblent fort capables et loyales.

Alistair ne pensait pas pouvoir être plus abasourdi qu'il ne l'était déjà, mais la réponse de Kieran repoussa les limites de sa stupéfaction. *Leurs fiches des services secrets ?* Il se tourna résolument vers les deux femmes.

— Vos fiches des services secrets ? Mais, de quoi parle-t-il ?

Meredith haussa les épaules et regarda le plafond dans un même mouvement.

— Vous ne pensiez pas que nous allions continuer à travailler pour les services de sa Majesté sans être intégrées en leur sein ?

Hayley acquiesça d'un air sérieux.

— Rassurez-moi, Miss Fortescue, pas vous !

Hayley parut surprise et quelque peu contrariée.

— Et pourquoi pas moi, Monsieur Clifford ? rétorqua-t-elle dans un calme glaçant.

Alistair s'approcha d'elle et la saisit par le bras plus rudement qu'il ne l'aurait voulu.

— Parce que vous êtes infirmière et gouvernante ! Vous n'êtes pas qualifiée pour l'espionnage !

Hayley se dégagea de sa prise d'un geste sec.

— Ce n'est pas l'opinion des recruteurs des services secrets. Je ne nie pas avoir été étonnée par leur proposition, mais j'en ai conçu une certaine fierté et ce travail tombe à point nommé car, comme vous le savez, Miss Meredith n'a plus l'âge d'avoir une gouvernante et je ne peux pas non plus être son chaperon, cette tâche incombant aux femmes mariées de son milieu d'après vous.

Alistair inspira avec vigueur afin de retrouver son calme. Attaquer de front les deux femmes n'était certes pas la meilleure tactique pour obtenir ce qu'il désirait d'elles. La sécurité de Meredith et d'Hayley nécessitait qu'elles quittassent à l'instant cette mission.

— Atropos n'est pas un tueur de deuxième zone, plaida Alistair. Je n'aurai pas le loisir de vous défendre quand nous serons attaqués.

— Sauf votre respect, mon cher collègue, dit Hayley avec un grand sourire, j'ai lu tous les dossiers concernant Atropos. Ce n'était qu'un homme, homme que vous avez abattu il y a de cela quatorze années désormais. Qui que soit celui ou celle qui a repris ce nom, il n'est pas de retour. Notre mission consiste à découvrir qui il est, dans quel secteur il agit, avec qui et de supprimer l'ensemble de ces données.

— Le directeur a été très clair sur ce point, acquiesça Meredith. *Vous identifiez, vous éliminez.*

Le train démarra, la secousse arrêtant la conversation pour quelques instants.

Alistair était contrarié. Sa première pensée avait été de jeter les deux femmes dehors et de partir avec Kieran mais, maintenant que le train roulait, il ne pouvait plus se défaire des deux apprenties espionnes de cette manière, sans enfreindre un nombre certain de règles de savoir-vivre du parfait gentleman britannique.

— Je comprends mieux pourquoi vous avez refusé de vous occuper de Louis, grogna Alistair.

Meredith parut abasourdie.

— Vous avez essayé de me voler ma gouvernante ?

La profonde indignation de Meredith parvint à faire sourire Hayley. Elle avait été très sollicitée ces derniers jours, mais se réjouissait de son choix. Pour la première fois depuis de nombreuses années, elle n'était plus domestique. Sa décision avait peiné Lord et Lady Clifford, mais ils avaient compris son besoin de changement. Ils avaient toutefois été beaucoup moins compréhensifs, quand Meredith leur avait annoncé sa volonté de rejoindre les services secrets. Lady Clifford en était restée sidérée de longues minutes, pendant que Lord Clifford admonestait sa fille. Il ne pouvait pas comprendre par quel chemin tortueux son esprit avait pu passer, pour en conclure que risquer sa vie pour le Royaume-Uni était une activité convenable pour une lady en devenir. Henry Clifford pensait clore la conversation en refusant de donner son consentement à cette décision. Ainsi, sa fille allait-elle rester au manoir et préparer son entrée dans le monde, comme il convenait à une jeune noble de son rang. Meredith avait alors tendu à son père une lettre revêtue du sceau royal et le débat avait été clos, mais pas dans le sens espéré par les parents. Pour les besoins exceptionnels de la couronne, Miss Meredith Clifford était appelée à rejoindre les services secrets de sa Majesté le roi.

Meredith avait été quelque peu peinée de devoir imposer son choix à ses parents, mais quand elle avait reçu la proposition de rejoindre les services secrets britanniques, elle y avait vu la chance de sa vie. La chance d'échapper au rôle dévolu aux femmes de sa classe, à une vie d'ennui et de futilités. La chance de continuer à parcourir le monde. La chance de vivre une vie peut-être courte, mais intense. La jeune fille aurait voulu parler de ce choix avec ses parents ou son frère, mais le silence était un prérequis dans les services secrets. Quelle ne fut pas sa joie quand elle s'aperçut que l'espionne devant jouer la partie à ses côtés n'était autre qu'Hayley. Sa gouvernante avait elle aussi choisi de changer le cours de sa destinée.

Alistair observa les deux femmes en face de lui. Fortes désormais de leurs nouveaux statuts, elles n'allaient pas s'en laisser conter. Il haussa les épaules avec résignation. Puisqu'il fallait partir affronter le nouvel Atropos, autant partir en bonne compagnie. Au moins, avec Meredith et Hayley était-il sûr de leur loyauté...

Chapitre II

A listair inspira à pleins poumons une nouvelle fois afin de retrouver le calme qui seyait à un gentleman. S'il commençait à perdre son sang-froid dès les premières minutes du voyage, il ne donnait pas cher de sa peau à Venise. Il retira le manteau du riche industriel et s'installa en face d'Hayley, à côté de Meredith. Sentant que le plus gros de la tempête était passé - du moins était-ce ce qu'il espérait -, Kieran prit le parti de s'asseoir à côté d'Hayley.

— Que savez-vous d'Atropos ? demanda Alistair.

— Lequel ? répondit Hayley.

— Les deux.

— Concernant le nouveau, bien peu de choses en réalité, intervint Kieran. Quand tu m'as confié le cylindre, nous ignorions ce que nous allions trouver à l'intérieur.

— C'est un point intéressant. Pourquoi poursuivais-tu cet homme au parlement ?

— Comme vous pouvez vous en douter, tous les services ont été mobilisés pour la sécurité du roi et des membres du parlement. Avec tous les attentats qui jalonnent l'Europe depuis quelques années, il était évident que l'accession au trône d'Édouard VII pouvait constituer une cible de choix. J'étais donc affecté à la sécurité des lieux, comme tous les membres disponibles des différents services, quand une dépêche est arrivée de Milan. Une équipe de tueurs issus de la Triple Alliance était supposée rejoindre Londres pour assassiner des personnages de haut rang.

Alistair parut dubitatif.

— Nous avons déjà eu des renseignements plus précis…

— C'est aussi ce que je me suis dit mais, dans le doute, je me suis concentré sur les accents italiens et germaniques. Mes recherches étaient restées infructueuses, lorsque j'ai été bousculé par un énergumène qui est parti en courant à travers la foule. J'ai essayé de le rattraper mais il a disparu. En revenant sur mes pas, je t'ai vu te faufiler vers un endroit tranquille où je t'ai suivi.

Alistair conserva le silence. *Étrange… Un message portant le nom d'Atropos tombe dans une foule juste à mes pieds et ce ne serait que le fruit du hasard ?* Alistair ne croyait pas au hasard. Cela ne pouvait pas être une coïncidence. Il était face à un puzzle et ne disposait pour l'heure que d'une seule pièce. Difficile d'avoir une vue d'ensemble dans ces conditions…

— C'est absurde, conclut Hayley.

— Qu'est-ce qui est absurde ? demanda Kieran.

— Cette histoire ! Les services secrets britanniques reçoivent une information fort vague de Milan, selon laquelle un groupe inconnu de tueurs viendrait assassiner on ne sait qui pour une raison inconnue. Comme par hasard, un Italien vous bouscule, laisse échapper devant vos pieds un message qui évoque, comme c'est étrange, le nom de code de l'une de vos victimes.

— On nous prend clairement pour des imbéciles, ajouta Meredith.

— Et avec raison ! Les imbéciles en question fonçant têtes baissées dans le piège qui leur a été tendu, conclut Alistair.

Les trois autres prirent le temps de mesurer ce commentaire et l'estimèrent fondé.

— Reprenons l'affaire sous un autre angle. Quelle valeur attachez-vous à l'information selon laquelle l'Italie songerait à assassiner des personnalités de haut rang au Royaume-Uni ? demanda Hayley.

— Possible, répondit Kieran.

— Les relations du Royaume-Uni avec l'Italie ne sont pas

aussi tendues que celles que nous entretenons avec nos amis allemands ou autrichiens, mais nous sommes très loin de pouvoir les considérer comme des alliés, précisa Alistair. Plus précisément, les volontés expansionnistes de l'Italie sont considérées d'un très mauvais œil par Londres.

— Pourquoi ? demanda Meredith.

— L'équilibre des forces en Europe, cousine. L'Italie est demeurée durant de nombreux siècles un pays morcelé, terrain de jeux et de combats favori des puissances européennes. Au siècle dernier, les États italiens ont surtout pu se plaindre de la France et de l'Autriche. Toutefois, avec le *Risorgimento*, la donne a changé en Italie. Pour la première fois depuis des siècles, l'unité italienne est une réalité. Même s'il faudra encore du temps pour stabiliser la situation du pays, l'Italie est plus forte aujourd'hui qu'elle ne l'a été depuis longtemps. Ce point déplaît à nos diplomates d'autant plus que la monarchie italienne semble privilégier l'alliance avec le Deuxième Reich sur toute autre.

— Encore les Allemands ! souffla Meredith.

— Miss Meredith ! gronda Hayley. Nous avons eu affaire une fois à des Allemands fort peu convenables, je vous l'accorde, mais vous ne devez pas tous les rejeter systématiquement.

Meredith fit une grimace pour illustrer sa pensée, mais se tut. Depuis sa rencontre sanglante avec le Caméléon, espion allemand de haute-volée, elle n'aimait plus guère les sujets de Guillaume II.

— Si mes souvenirs sont bons, la Triple Alliance est une réalité depuis 1882, précisa Hayley, et, depuis lors, l'alliance de l'Italie aux deux empires a été renouvelée par plusieurs traités.

— Exact.

— Dans ce cas, qu'est-ce qu'un criminel comme le nouvel Atropos irait faire en Italie ? Et plus particulièrement à Venise ?

— C'est toute la beauté de notre mission que de le découvrir, très chère.

Alistair avait recouvré son flegme habituel. Puisque ces dames étaient disposées à risquer leur vie pour le service de la couronne britannique, il ne pouvait pas le leur reprocher, ayant lui-même fait ce choix quelques années auparavant.

— Et l'ancien Atropos, est-il intéressant pour notre mission ? interrogea Meredith.

— Le fait que quelqu'un ressuscite ce nom de code n'est pas anodin, selon moi, répondit Alistair. Il y a une quinzaine d'années, Atropos était l'équivalent de Jack l'éventreur pour les services secrets. Ses crimes étaient multiples, sanglants et effrayants. L'homme était malin, insaisissable, sans pitié et excessivement dangereux.

— Qui était-il ? s'enquit Hayley.

— Un espion français. Robert Ferrières, de son vrai nom, avait commencé à servir son pays dans la police. Il n'y resta pas longtemps, les services secrets ayant repéré en lui des aptitudes spécifiques en faisant une recrue de premier ordre pour eux.

— Aptitudes spécifiques ? murmura Meredith à l'adresse d'Hayley.

— Le meurtre, répondit Alistair. Robert Ferrières tuait sur demande, sans poser de question, sans laisser de trace. Une compétence fort appréciée. Les problèmes pour les services français et européens ont surgi après que Ferrières a achevé sa formation. Passé maître dans l'art de supprimer son prochain, Ferrières a commencé à vendre ses services au plus offrant en parallèle de son activité officielle. Peu à peu, les services secrets ont pris conscience qu'à chacune de ses missions, une ou deux personnes disparaissaient. Quel que soit le lieu de sa mission, des morts annexes survenaient sans exception. Marcel Sergent, le père de Philippine[3] que vous connaissez, a été le premier à

---

[3] Cf. *Premières armes. Les enquêtes des cousins Clifford*, 1, 2017.

faire le rapprochement entre les missions officielles de Ferrières et les services officieux qu'il rendait contre monnaie sonnante et trébuchante. Marcel a mené une enquête personnelle, minutieuse, argumentée et précise avant d'apporter l'entier dossier à sa hiérarchie. Malheureusement, au moment où les services français se sont décidés à agir, Ferrières avait disparu. Marcel restait convaincu que quelqu'un l'avait averti de l'attention dont il était l'objet. Averti ou pas, celui que l'on ne nommait plus autrement qu'Atropos restait introuvable. Les meurtres se multiplièrent en France et à l'étranger. Services secrets, ambassades, administrations, industriels, rien ne semblait l'arrêter. Marcel reprit son bâton de pèlerin et essaya de comprendre, de dénouer les fils de son organisation et il y parvint. Il mit à jour un réseau criminel, qui rayonnait sur plusieurs pays européens et s'ancrait dans tous les milieux. Atropos avait des agents partout. Ceux dont il avait besoin comme rouage de sa machine criminelle avaient deux choix : soit ils percevaient de l'argent en rémunération de leur aide, soit ils mourraient. Certains essayèrent de résister, mais ils n'eurent pas même le temps de prévenir leurs hiérarchies, des proches, la justice ou qui que ce fût ; au moment même où Atropos leur proposait de rejoindre son organisation, ils étaient déjà menacés de mort. Ceux qui acquiesçaient sur l'instant vivaient, les autres périssaient.

— Mais c'est épouvantable, s'indigna Meredith.

Alistair sourit à cette remarque. *Bienvenue dans mon monde, petite cousine.*

— Marcel parvint à démembrer l'organisation d'Atropos en France, mais sa cible principale lui avait échappé. Atropos avait quitté la France pour le Royaume-Uni où il comptait bien affermir son empire criminel.

— De quel empire parlez-vous ? Il n'y avait nulle trace de ce genre d'organisation dans les dossiers que l'on m'a donnés à lire, intervint Hayley.

— Parce que vous n'avez eu accès qu'à des dossiers tronqués, très chère. Vous êtes une débutante et, dans l'attente de pouvoir juger de vos capacités, nos amis de la direction vous envoient en mission avec des informations parcellaires. Nous parlons de trafics en tous genres, incluant le trafic d'armes, d'êtres humains, d'opium et de toutes autres marchandises lucratives. Nous parlons d'assassinats, d'enlèvements, de chantages, de vols. Peu importait ce dont vous aviez besoin ou envie, Atropos vous le fournissait à condition que vous y mettiez le prix.

— Si cette organisation avait une telle ampleur, je serai très étonnée d'apprendre que la mort d'un seul homme, serait-ce son fondateur et chef, ait pu permettre d'éradiquer l'ensemble du problème.

Hayley réfléchissait plus à haute voix qu'elle ne souhaitait dialoguer.

— C'est vrai, acquiesça Alistair. La mort d'Atropos n'a qu'en partie désorganisé son empire, mais les services secrets de la France, du Royaume-Uni, de la Russie et de la Belgique se sont alliés pour mettre un point d'arrêt à cette hydre criminelle. Nous pensions avoir coupé les têtes et les bras principaux mais, manifestement, il en restait encore beaucoup et ils se sont réorganisés.

— Et nous partons à quatre ? grommela Meredith.

— Oui, ma chère, nous partons à quatre car nous ignorons quelle est l'ampleur de la tâche à accomplir. De la simple provocation à la résurrection d'un empire criminel, nous allons devoir... comment disiez-vous, cousine ? Ah oui ! *Vous identifiez, vous éliminez.*

Meredith secoua la tête avec contrariété. Elle se demandait si le directeur des services secrets ne s'était pas joué d'elle... La jeune fille inspira à pleins poumons et sortit un magnifique revolver ouvragé de dessous sa veste. Puis, avec calme et professionnalisme, elle se fit un devoir de vérifier l'arme.

— Vous voilà bien équipée, ma cousine.

Le visage de Meredith s'illumina.

— C'est un cadeau de père !

Alistair ne put s'empêcher de ricaner à cette nouvelle. Il n'osait pas imaginer par quelle manœuvre indigne sa cousine avait obtenu du strict Lord Henry Clifford qu'il lui offrît un revolver. Pire, il n'osait pas imaginer l'expression de Lady Rosalinde Clifford apprenant que son strict époux avait offert un revolver et un pantalon à sa fille, en lieu et place des robes et autres fanfreluches dont elle rêvait pour l'entrée dans le monde de Meredith. Alistair éclata de rire.

ೞ✦ℰ

L e voyage se déroula sans difficulté notable jusqu'à Venise ce qui perturbait quelque peu Alistair. De deux choses l'une : soit le cylindre avait été jeté sciemment à ses pieds pour l'attirer à Venise et, dans ce cas, il pouvait s'attendre à être attaqué pendant le voyage ; soit le cylindre était tombé à ses pieds par un pur hasard et il partait à Venise courir après des chimères. Le calme relatif du voyage vers la cité des Doges bouleversait son analyse. L'Anglais ne pouvait se convaincre que ce message relatif à Atropos était parvenu jusqu'à lui par le seul fait d'un coup du sort. Une conclusion s'imposait : Atropos souhaitait le voir arriver à Venise mais pourquoi ? Si le nouvel Atropos voulait le voir périr, il était tout de même plus simple de l'assassiner à Londres sans le prévenir. Alors pourquoi cette mascarade ? Pourquoi ce message ? À bien y réfléchir, à sa connaissance, l'ancien Atropos n'avait jamais prévenu quiconque qu'il était sur les traces de l'une de ses victimes. Atropos était froid, taiseux et efficace. Il ne prévenait pas, il ne parlait pas et il ne parlementait pas. Quel que soit son successeur, l'ancien Atropos n'aurait pas apprécié ses méthodes… Ou alors c'était personnel… Qui pouvait encore lui en vouloir ? Alistair pensa par-devers lui que le nombre de ses ennemis était déraisonnable. Un gentleman pouvait se faire un ou deux ennemis mortels au cours de sa vie, mais des dizaines à travers l'Europe marquaient un certain manque d'élégance de sa part.

L'attention d'Alistair fut détournée par Meredith qui, telle une enfant, avait le front collé à la fenêtre de la cabine et observait le franchissement de la lagune par le pont ferroviaire. Construit par les Autrichiens de 1841 à 1846, ce pont reliant Mestre à l'un des quartiers historiques de Venise, le *sestiere* du Cannaregio, avait fait perdre à la cité des Doges son caractère insulaire, ce qui dans l'esprit d'Alistair était déjà un crime en soi. Pire, cet ouvrage avait aussi accéléré l'envasement entre la ville et la terre ferme, ce qui ralliait Alistair à l'opinion commune des Vénitiens sur les Autrichiens : des barbares ! Si rien n'était fait, la superbe cité serait bientôt envasée et perdrait l'étincelle magique qui faisait d'elle une place unique au monde.

Esthète dans l'âme, Alistair ne pouvait être que bouleversé par la Sérénissime. Il se souvenait encore avec une acuité particulière du jour où ses pas de jeune espion l'avaient mené aux portes de Venise. Son cœur avait eu un raté et, dès cet instant, il avait su que cette ville serait toujours avec lui, compagne de ses pensées, où que son corps se trouvât. La vision enchanteresse de Venise l'avait déjà aidé à affronter quelques jours sombres de sa vie, de ces jours sans lumière où les ombres vous cernent et où l'espoir paraît si lointain. En ces instants de ténèbres, le souvenir de Venise avait toujours été présent pour le sortir de la nuit et le ramener vers les rives de la vie. La beauté de la création humaine était pour Alistair la preuve de la part divine de l'homme et, par-dessus tous les autres peuples, les Italiens en avaient reçu plus que leur dû.

— Nous arrivons, s'émerveilla Meredith.

La jeune fille ouvrait grand les yeux afin de ne rien perdre de cet instant où, sortie des eaux, Venise apparaissait à travers la brume des lagunes. Comme un mirage miroitant, la Sérénissime surgissait des flots telle une Vénus de pierre. En cet instant sublime, son frère Benedict lui manqua. Elle aurait voulu partager avec le jeune homme cet émerveillement si particulier.

La pensée de son frère lui remémora l'une de ses acquisitions. Elle fouilla dans son sac et en sortit un petit guide touristique intitulé « Guide de Venise accompagné d'un manuel de conversation ».

— Je ne pense pas que vous ayez le temps de faire du tourisme, ma chère cousine.

— Détrompez-vous, mon cher cousin, il me semble que nous devons nous faire passer pour de simples touristes anglais. Aussi, ai-je jugé opportun d'apporter ce guide avec moi.

— Comme il vous plaira, ma chère sœur, puisque c'est le rôle qui vous a été imparti. Vous pourrez donc faire du tourisme en compagnie de ma charmante épouse, pendant que nous écumerons les bas-fonds de la Sérénissime en compagnie de mon frère cadet.

Sentant le vent tourner, Kieran que chacun pensait endormi prit quelques distances avec Alistair. Toutefois, loin de déclencher la juste révolte que ces paroles auraient dû provoquer, Alistair ne se vit opposer qu'un froid silence. Après quelques instants, Hayley répondit simplement :

— Il est dommage que nous n'ayons plus d'ordres à recevoir de vous, mon cher époux.

Un frisson parcourut l'échine de l'Anglais, sans qu'Hayley ne s'en aperçut.

— Il me semble pourtant que je suis votre supérieur hiérarchique.

Hayley le considéra avec quelque surprise.

— Il me semble pour ma part que notre ordre de mission est fort clair. Nous sommes une équipe d'espions, sans hiérarchie, ni autre autorité que le directeur que nous avons laissé loin derrière nous à Londres.

Alistair ne put s'empêcher de sourire. Le fait qu'Hayley ait rejoint les services secrets britanniques l'avait d'abord contrarié mais, à la réflexion, il y voyait un avantage considérable. Elle n'était plus la domestique de son oncle et de sa tante, mais une femme indépendante, libre et qui, comme telle, pouvait être courtisée. Cette mission vénitienne s'annonçait sous les meilleurs auspices.

Kieran décida d'intervenir, le bon sens le plus commun semblant échapper à ses partenaires.

— Je suis vraiment navré de devoir tous vous contrarier, mais la prudence la plus élémentaire a toujours fait que les agents chevronnés prenaient la direction des opérations, tandis que les débutants exécutaient les ordres et apprenaient ainsi le métier. Pour ma part, mon ordre de mission est simple : je suis supposé faire équipe avec Miss Meredith et jouer le grand frère veillant sur sa petite sœur pendant un voyage de tourisme. Ce faisant, nous disposons de deux duos équilibrés tant en force qu'en sagesse.

Hayley fronça les sourcils et fit la moue. Elle n'avait certes pas compris son ordre de mission sous cet angle. Selon elle, il relevait de l'évidence même qu'elle ferait équipe avec Meredith pour lui servir de chaperon. Toutefois, le ton sérieux de Kieran la fit douter et elle préféra relire son ordre de mission avant de se prononcer. Quand Alistair vit Hayley sortir la feuille reconnaissable entre toutes de son sac à main, il croisa les bras sur sa poitrine et l'observa avec quelque froideur. Kieran fut moins discret dans sa réprobation.

— Ne me dites pas qu'il s'agit de votre ordre de mission, Miss Fortescue ! s'indigna-t-il.

Hayley finit de relire le document et le regarda avec méfiance.

— Avez-vous fini, très chère ? demanda Alistair.

— Oui, je l'ai relu et il n'est fait nulle mention de…

Alistair prit la feuille des mains d'Hayley, sortit son briquet à essence et enflamma la page.

— Ne jamais conserver sur soi quoi que ce soit établissant votre état, très chère. Meredith, pouvez-vous me confier le vôtre ?

Meredith n'était pas fière d'elle. Elle avait elle aussi apporté son ordre, comme la débutante qu'elle était, et s'était imaginée pouvoir le conserver comme souvenir de sa première mission officielle. Elle sortit le papier de sa poche et le tendit à son cousin.

— Merci, petite sœur.

Alistair l'enflamma comme le précédant.

— Maintenant, nous entrons dans nos rôles. Nous sommes en territoire non allié, attendus par un nombre incertain d'adversaires dont nous ignorons les objectifs. Aussi, ai-je besoin d'une chose, Mesdames, votre entière collaboration. Je sais votre valeur, votre intelligence, votre loyauté et j'avoue avoir mal réagi à votre apparition dans cette enquête. Toutefois, en mission, nous devons tous remettre nos vies entre les mains de nos compagnons d'aventure et la logique veut que nous fonctionnions par duos. Je ferai équipe avec Hayley et Kieran fera équipe avec Meredith. Avez-vous des questions ?

— Oui ! Qui sera le chaperon de Miss Meredith dans ces conditions ? intervint Hayley.

— Personne, trancha Alistair. Meredith n'a pas besoin de chaperon en mission. Elle sera bien assez chaperonnée à son retour en Angleterre.

La bonne éducation d'Hayley ne pouvait tolérer un tel état de fait. Sa raison savait qu'Alistair et Kieran disaient vrai, mais elle se retrouvait une fois de plus dans un contexte aberrant… et c'était elle qui l'avait voulu cette fois-ci !

CR✦SO

S i la traversée en train depuis Mestre n'avait pas ébloui Hayley, son arrivée dans le quartier du *Cannaregio* la bouleversa au-delà des mots. Construite sur le site de l'église *Santa-Lucia*, d'où elle tirait son nom, la gare vénitienne avait tout d'une grande gare européenne. Point d'entrée privilégié des voyageurs, commerçants et autres Vénitiens résidant sur la terre ferme de Mestre, la gare *Santa-Lucia* était animée d'une vie dense, bruyante et odorante, les effluves du Grand Canal et de la lagune proche se mêlant aux odeurs de métal chaud et de charbon communes à toutes les gares.

L'Anglaise n'avait aucune difficulté à imiter les touristes. Tout autour d'elle la stupéfiait de beauté. Jouant son rôle d'épouse, elle prit le bras qu'Alistair lui présentait et tous deux descendirent du train, couple d'amoureux riches, beaux et comblés de tout ce qu'ils pouvaient espérer de la vie. Si l'apparition de la belle Hayley avait de quoi troubler le cœur sensible de nombre d'Italiens, la vision de Meredith en pantalon et veste perturba fort les badauds de la gare *Santa-Lucia*. La stupeur première qui avait saisi les Vénitiens à la vue d'une femme en pantalon commença à se transformer en une hostilité palpable. Kieran proposa alors son bras à Meredith, qui l'observa avec étonnement.

— Ma chère sœur, nous ne sommes plus à Londres. Si vous considérez l'autorité masculine comme peu tolérable dans notre bon vieux Royaume-Uni, vous n'allez guère apprécier le paternalisme profond de l'Italie. Pour votre sécurité, je vous engage à prendre mon bras afin que nous montrions à tous ces charmants Vénitiens que vous êtes sous ma protection.

Meredith fronça les sourcils mais ne répliqua pas, un coup d'œil circulaire l'ayant alertée sur la réalité de la menace pesant sur elle. Elle s'empara du bras de Kieran qui toisa alors les plus vindicatifs des badauds. La jeune fille excentrique étant désormais au bras d'un homme semblant peu porté sur le dialogue, chacun retourna vaquer à ses occupations comme par enchantement. Meredith leva les yeux au ciel et se dit que la route serait encore longue pour les femmes. Kieran accéléra le pas afin de ne pas se laisser distancer par Alistair, qui traversait la gare au bras d'Hayley. L'Irlandais ignorait depuis combien de temps l'Anglais n'était pas venu à Venise, mais il semblait en avoir un souvenir précis.

Ils débouchèrent tous les quatre sur le Grand Canal à la sortie de la gare et prirent une minute pour admirer cette merveille. L'embarcadère était plein d'une foule criarde, qui se pressait pour ne pas rater le prochain *vaporetto*. Introduit à Venise en 1881, ce mode de transport collectif avait vite trouvé des amateurs au grand désarroi des gondoliers. Toutefois, étant supposé jouer un riche industriel anglais en vacances, Alistair n'eut pas même un regard pour cette machine à vapeur et réquisitionna sur l'instant quatre grandes gondoles. Il prit place dans la première avec Hayley, la deuxième se chargeant de Meredith et de Kieran. Les autres gondoliers installèrent les bagages pour équilibrer leurs embarcations. En quelques minutes, l'équipage était prêt à partir et ils s'élancèrent sur le Grand Canal en une luxueuse procession.

Hayley aurait apprécié un peu plus de calme sur cette voie d'eau vénitienne pour pouvoir admirer les merveilles, qui défilaient devant elle. Toutefois, le calme et le silence n'avaient jamais fait partie des priorités des gondoliers. Ils ponctuèrent l'ensemble du voyage vers la place Saint-Marc de grands cris amicaux à ceux qu'ils apercevaient de leurs amis et d'imprécations multiples à l'encontre des *vaporetti* croisant leur sillage. L'Anglaise ronchonna un instant et, considérant qu'elle ne pouvait pas changer la situation dans un sens lui convenant davantage, elle en prit son parti et décida de se concentrer sur les palais superbes, qui croisaient sa route jusqu'à l'hôtel.

De son côté, Meredith sortit son guide touristique et se fit un devoir de reconnaître un maximum de bâtiments. Elle croisa la route du palais *Flangini*, de l'église *San Marcuola* et de son *campo*, puis vint le *Ca' d'Oro*, le *palazzo dei Camerlenghi*. Ils passèrent pour leur plus grand éblouissement sous le pont du Rialto, longèrent la *Riva del Vin*, le *Ca' Angeli*, avant de passer sous le pont de l'Académie et son esthétique industrielle, qui lui avait apporté le désamour de nombre de Vénitiens, quoique son caractère pratique empêchât quiconque de remettre en cause sa construction. Apparut alors le *palazzo Cavalli-Franchetti*, prémices à la beauté hors des mots de la place Saint-Marc et du palais des Doges. À cinquante mètres de cette dernière merveille, les gondoles s'arrêtèrent en face de l'un des hôtels les plus luxueux de Venise, le *Danieli*.

Situé sur le quai *degli Schiavoni*, le prestigieux grand hôtel installé dans un palais édifié par la famille Dandolo au XVème siècle, fut fondé en 1822 par Giuseppe Da Niel. Transmis de génération en génération, l'hôtel devint un lieu incontournable de Venise où les hôtes illustres de passage résidaient. Ainsi, ses murs abritèrent-ils Goethe, Balzac, Wagner et les amours tumultueuses de George Sand et d'Alfred de Musset.

Hayley aurait été encore plus intimidée si elle avait su quels personnages l'avaient précédée entre ces célèbres murs. Elle ressortait de cette heure passée à descendre le Grand Canal en gondole un peu perturbée, comme choquée de tant de grâces et de beautés. Si elle avait pu se douter que la Sérénissime était un lieu si enchanteur, elle serait venue bien plus tôt… Hayley avait aimé Paris et son art de vivre, elle avait été touchée par Saint-Pétersbourg et sa froide douceur, mais elle était submergée par Venise. Elle était si marquée par cette première expérience de la cité des Doges qu'elle se demandait si le reste de leur enquête n'allait pas démolir l'image de pureté que son esprit avait conçue. À vivre dans un tel cadre, les Vénitiens devaient être des gens d'une haute culture et d'une infinie douceur… Du moins, telle était la logique que l'esprit d'Hayley avait suivie. *Malheureusement, je pense que je vais rapidement déchanter*… Sans y penser, elle glissa sa main dans celle que lui tendait Alistair pour assurer sa descente de la gondole. Le pied léger, l'œil un peu mouillé d'émotion, Hayley attirait les regards bien malgré elle. Quelques « *Bellissima* ! » fusaient sur son passage, sans qu'elle ne les entendît ou n'y prêtât attention. L'accueil de Meredith fut quelque peu plus glacé, mais Kieran y mit bon ordre en arborant à son bras une canne trop lourde pour être honnête.

— Le carnaval va vous servir bien au-delà de vos espérances, Miss, conclut-il.

Meredith eut l'air surprise.

— Pourquoi ?

— Parce que vous allez pouvoir dissimuler sous un masque votre frimousse de jeune fille et nous aurons la paix !

L'idée plut aussitôt à Meredith. Elle aimait ménager des surprises à ses adversaires. Pour la première fois, elle accorda toute son attention à son compagnon d'aventure. Elle était si habituée à faire équipe avec Mikhaïl, le jeune prince russe, qu'elle n'avait pas même envisagé devoir changer de partenaire. L'Irlandais, qui lui était échu pour cette mission, était sympathique, beau garçon, plus expérimenté et, manifestement, bagarreur. Meredith sourit. Le sort avait bien fait les choses, elle aussi aimait la bagarre !

Les quatre compères s'engouffrèrent dans le *Danieli*, suivis par nombre de chasseurs encombrés de leurs bagages.

Quelques minutes plus tard, Alistair et Hayley s'installaient dans leur suite tandis que, dans la chambre d'à côté, Meredith et Kieran admiraient la vue sur l'église *San Giorgio Maggiore*, située sur une île en face de l'hôtel. Les employés du *Danieli* se retirèrent en quelques instants avec discrétion. À n'en pas douter, ces gens étaient riches au vu des pourboires princiers qu'ils laissaient. Alistair jeta un coup d'œil dans le couloir, puis inspecta la chambre à la recherche de quelque incongruité. À la fenêtre, Hayley observait son manège du coin de l'œil sans vraiment s'y intéresser tant le paysage devant elle la captivait. Elle savait qu'elle aurait dû prêter davantage attention aux allées et venues de l'Anglais, mais elle ne parvenait plus à se convaincre qu'elle travaillait. Il aurait peut-être été plus profitable pour elle de partir en mission avec de parfaits inconnus.

— Avez-vous bien profité de la vue, très chère ? demanda Alistair en s'accoudant à côté d'elle à la fenêtre.

— Oui, parfaitement. Avez-vous trouvé ce que vous cherchiez ?

— Non, pas pour le moment... ce qui me surprend.

Hayley se tourna vers Alistair.

— Que cherchiez-vous ?

— La trace d'une visite inattendue, la marque d'une compagnie insidieuse, quelque chose qui me ferait dire que nous sommes attendus.

— Vous êtes résolu à croire que rien n'est le fruit du hasard dans cette histoire.

— Certes non, très chère.

Hayley l'observa avec un grand sourire et conclut :

— Je suis de votre avis, cher ami. D'autant plus que, depuis notre arrivée, un gondolier et son passager n'ont pas quitté le quai. Ils nous ont suivis une bonne partie de notre traversée de Venise et se sont arrêtés en face de l'hôtel sans pour autant y descendre.

Alistair eut une moue appréciatrice.

— Belle, intelligente et maligne... Cela ne m'étonne pas que je vous aie épousée, très chère.

Hayley sourit.

— Vous oubliez armée et dangereuse, mon ami.

— Deux autres de vos qualités. Si j'osais, je vous demanderai ce que vous dissimulez sous vos jupons.

— Un pistolet et trois couteaux de jet, plus la dague dans mon décolleté.

52

Alistair releva un sourcil et observa la femme à côté de lui. *Une dague dans le... Cette idée ne peut venir que d'un côté.*

— Je suppose que le colonel Pouchkine n'est pas étranger à cette fantaisie...

— Fantaisie qui m'a déjà sauvé la vie.

Alistair sourit d'un air carnassier.

— Nul doute que l'adversaire a dû être surpris. Bien, puisque vous êtes en grande forme, nous allons revêtir nos plus beaux atours et nous faire inviter aux fêtes privées vénitiennes.

Hayley détacha à regret son attention du paysage et se concentra sur le portique trônant au milieu de la pièce. Alistair ouvrit la première housse et révéla une merveille de robe bleu nuit et argent. Hayley s'approcha de la « robe de la nuit » d'un pas hésitant. Elle glissa sa main sur le tissu irisé et sourit.

— Vous serez la lune, très chère, pendant que je serai le soleil.

La deuxième housse tomba, laissant apparaître un costume de cour somptueux tout de velours et d'or. Deux grandes boîtes dévoilèrent un masque doré en forme de soleil et un masque argenté en forme de lune. Pour compléter leurs tenues deux lourdes capes l'une bleu nuit, l'autre noire permettraient aux « masques vénitiens » qu'ils allaient devenir de se dissimuler aux regards des autres une fois la nuit tombée.

Une heure plus tard, quand Kieran et Meredith entrèrent dans la suite d'Alistair et d'Hayley, ils les trouvèrent en grande tenue, prêts à arpenter la place Saint-Marc en quête d'une invitation à rejoindre l'une des fêtes privées, lieu privilégié de rencontres et d'échanges. Nul ne sut la réaction des autres, puisqu'ils avaient tous revêtu leurs costumes. Pour leur part, Meredith et Kieran portaient de classiques *baute* vénitiens. Constitué d'une cape noire, d'un tricorne noir et d'un masque blanc long et quadrangulaire modifiant la voix, le costume de la *bauta* était l'un des plus utilisés et avait l'avantage d'être porté par les hommes et les femmes. Pour finir leurs costumes, Meredith et Kieran avaient enfilé des pantalons noirs et des chemises blanches aux larges jabots dentelés. Côte à côte, ils étaient méconnaissables et d'un anonymat inquiétant.

Alistair, tout d'or vêtu, tendit un bras ganté à sa compagne la lune, qui y posa un gant bleu nuit. Le couple était spectaculaire et les deux masques noirs et blancs derrière eux ne ressemblaient à rien d'autre qu'à des gardes du corps. Ils sortirent de la chambre et rejoignirent le hall où ils firent sensation. *Le tout est désormais d'inspirer la même admiration aux familles patriciennes de la Sérénissime*, songea Alistair.

Alistair n'aurait pas dû douter du charme du couple qu'il formait avec Hayley. À peine avaient-ils paru sur la place Saint-Marc que nombre d'admirateurs s'approchèrent d'eux. Les masques étaient peu nombreux en ce 3 février et la lumière émanant de leurs costumes contrastait avec le gris bleuté de Venise ce jour-là. Ils avaient traversé la moitié de la célèbre place quand un grand masque bleu ciel et parme s'approcha d'eux et sortit de son gant un carton, qu'il tendit à Alistair avec discrétion. L'Anglais salua d'un élégant signe de tête, quand Hayley fit une gracieuse révérence. L'invitation était acquise. Ils poursuivirent leur exploration de Venise et reçurent deux autres cartons, avant de retourner à l'hôtel à la nuit tombée.

Dans la suite principale, les quatre espions étudièrent les cartons reçus pendant qu'ils se pavanaient dans la ville. Le plus prometteur d'entre eux les invitait à se joindre à la fête privée donnée par le comte Albrizzi au premier étage du palais des Doges. Il fut convenu qu'Alistair et Hayley se rendraient en grande tenue à cette soirée-ci, pendant que Meredith et Kieran exploreraient avec leurs costumes noirs et blancs les deux autres réceptions.

À la grande déconvenue d'Hayley, il lui fallait abandonner la

« robe de la nuit », un masque ne pouvant pas paraître à une soirée privée avec le costume de l'après-midi. Heureusement, Alistair et les services secrets s'étaient montrés prévoyants et quatre jeux de costumes se trouvaient encore sur le portique. Pour la soirée, Alistair sortit des housses des costumes coordonnés fuchsia et noir. Le rose dominait dans la robe d'Hayley, alors que le noir recouvrait presque tout le costume d'Alistair. Ainsi assortis et après une bonne heure de déshabillage et d'habillage, ils quittèrent tous deux le *Danieli*, Meredith et Kieran les ayant précédés dans la nuit.

◌◈◌

L es ruelles sombres de Venise avaient de quoi inquiéter une frêle jeune fille, mais Meredith n'y prêtait aucune attention tant elle était satisfaite de l'anonymat que lui procurait sa *bauta*. Nul regard de colère, de malveillance ou de stupéfaction ne croisait plus sa route alors que, tout comme quelques heures auparavant, elle demeurait une femme en pantalon. Si seulement elle avait pu faire de cette tenue son quotidien ! Les femmes étaient tenues en cage à tout instant de leurs vies, jusque dans leurs vêtements les plus intimes. La mort de la reine Victoria laissait présager une nouvelle ère et la jeune fille espérait qu'elle inclurait aussi plus de liberté pour les femmes.

À ses côtés, Kieran ne laissait rien au hasard. Il détaillait chaque individu croisant leur route, s'enquérait de tous les espaces d'ombres pouvant cacher une sombre conspiration, évaluait la potentielle dangerosité de tous les passants comme à chaque fois qu'il se retrouvait en mission. Nul ne pouvait savoir qui était ami ou ennemi, par conséquent il se méfiait de tout le monde. Kieran était toutefois un peu inquiet de l'étrange équipe qu'il formait avec Meredith. Il avait déjà collaboré avec des femmes, mais elles avaient toutes été plus âgées que lui. Pour se rassurer, l'Irlandais avait lu le dossier de Miss Meredith en détail. Manifestement, la jeune fille était efficace un pistolet, une épée ou un couteau à la main, mais rien n'était précisé quant à son respect de la hiérarchie, de la discipline ou de toute autre aptitude d'écoute. Kieran se demandait s'il n'avait pas été associé avec une jeune folle de la gâchette qui lui apporterait plus d'ennuis que d'aide.

— Ma chère sœur, je souhaiterais que nous abordions un sujet quelque peu délicat.

Meredith se tourna vers lui, mais ne put rien discerner à travers le masque. Kieran continua :

— Étant plus âgé et plus expérimenté que vous ne l'êtes, je souhaiterais que la hiérarchie entre nous soit clairement établie. Je décide des actions à mener et comment les mener. Si je décide que nous quittons un lieu, nous partons sur l'instant sans discussion. Est-ce clair ?

Meredith haussa les épaules, puis fit un signe affirmatif avec la tête.

— De plus, Miss, nous ne nous séparerons pas. J'entends que, même dans une foule dense, vous me suiviez sans me perdre de vue.

Nouveau hochement de tête.

— Enfin, j'ignore quel est votre niveau d'italien, mais je préférerais que nous nous fassions passer pour deux hommes la plupart du temps. Y voyez-vous un inconvénient ?

— Non.

Meredith était en vérité assez enthousiaste à l'idée de revêtir l'identité d'un homme et cet arrangement, bien qu'il lui intima *de facto* le silence, lui parut fort judicieux.

Les deux Britanniques arrivaient sur les lieux de la première fête sur leur liste, non loin du ghetto de Venise, dans le *sestiere* du *Cannaregio*. Kieran avait décidé de commencer par la réception la plus éloignée et de se rendre ensuite à la deuxième fête dans le *sestiere* de San Polo, non loin du célèbre pont du

Rialto. Comme il s'y attendait, la soirée prenait place dans une maison cossue, sans ressemblance avec l'un des palais ayant fait la renommée de Venise. La maison à encorbellement était tout de même caractéristique de l'architecture vénitienne. Dans la Sérénissime, où le moindre espace comptait, les architectes avaient trouvé un moyen d'agrandir les maisons sans pour autant réduire la largeur des ruelles, les *calle*, déjà pour la plupart fort étroites : chaque étage était un peu plus grand que le précédent et soutenu par une poutre, la *barbacane*. Meredith avait lu cette curiosité dans son guide touristique et était ravie de voir par elle-même à quoi ces maisons si typiques pouvaient ressembler.

Kieran s'approcha de la porte d'où quelques musiques et rires s'échappaient et actionna le heurtoir. Aussitôt, la porte s'entrouvrit sur un colosse qui tendit la main. L'Irlandais y déposa l'invitation et il leur fut permis de se glisser dans l'édifice. Le géant referma derrière eux et leur montra l'escalier. Même sans cette indication, les deux espions auraient trouvé leur chemin à l'odeur et au bruit. Ils gravirent les quelques marches les menant au premier étage et furent agréablement surpris par l'élégance de la grande pièce de réception. Couvrant tout le premier étage, une vaste salle décorée de fleurs aux tons pastels accueillait déjà quelques masques fort raffinés. Plusieurs couples multicolores observèrent les nouveaux arrivants à travers leurs *volti*, les masques recouvrant tout le visage et entièrement décorés. Meredith se serait sentie fort déplacée si deux autres personnages n'avaient pas arboré des *baute* mais, à la différence de la jeune Anglaise, la femme avait opté dans ce couple de masques pour une grande robe blanche sur laquelle elle avait passé sa cape noire.

Soudain, au milieu des sonorités italiennes, l'oreille de Meredith perçut des sons qu'elle connaissait fort bien : du russe. Elle saisit le bras de Kieran et l'entraîna vers le convive le plus massif de la soirée et l'un des plus richement vêtus. Il était en grande conversation avec une femme dont le costume avait déjà connu de nombreuses fêtes. Meredith se glissa près de l'homme et s'intéressa, derrière lui, à la vaste table emplie de plats plus raffinés les uns que les autres.

— Si vous le souhaitez, nous pourrons nous rendre chez moi après la fête afin que je puisse vous montrer le tableau, précisa la femme d'une voix chevrotante dans un russe très correct.

— Pourquoi pas ! Je suis toujours curieux de découvrir de nouvelles opportunités, répondit le Russe de sa voix de stentor.

Kieran comprit que Meredith écoutait la conversation à côté d'eux et se chargea donc de la conversation avec leurs hôtes, un couple de masques aux riches costumes de velours vert d'eau. Il les remercia tout d'abord d'une façon exquise pour leur invitation si inattendue. Puis, il leur expliqua qu'ils étaient anglais et avaient décidé de découvrir la Sérénissime, ses musées et ses bibliothèques. Enfin, il précisa que, par leur invitation, leurs aimables bienfaiteurs de la soirée avaient réalisé l'un de leurs plus grands espoirs : découvrir l'une des fêtes privées de Venise. Les hôtes vénitiens se montrèrent fort courtois et heureux de voir leur invitation appréciée. Ils engagèrent les jeunes Anglais à se servir en vins et en mets, puis à se mêler aux autres masques. Après quelques amabilités supplémentaires, le couple d'hôtes prit congé des deux Britanniques et rejoignit d'autres invités.

Kieran se tourna vers Meredith qui lui fit un léger signe de tête afin qu'il regardât derrière elle. Un grand masque rouge et or s'était joint au groupe du Russe et de la dame. La conversation se déroulait désormais en italien, mais le sujet n'était guère plus intéressant que le temps des jours à venir. Kieran fronça les sourcils sous son masque, mais il fut le seul à s'en apercevoir. Il se pencha vers Meredith et murmura :

— Quelque chose d'intéressant ?

— Peut-être mais il me manque une pièce du puzzle.

Meredith s'empara de son bras et le guida dans la pièce en

contournant lentement le groupe. Kieran sentit la main de la jeune fille se refermer sur son avant-bras. Il observa avec acuité les trois personnes, mais ne distingua rien de particulier. Qu'est-ce que la jeune demoiselle avait pu remarquer ?

ↂ✦ↄ

A listair et Hayley étaient spectaculaires dans leurs grands costumes rose et noir. La richesse des drapés, la beauté des parures faisaient d'eux des êtres atemporels sortis d'une quelconque période du passé. À travers leurs *volti*, les deux Anglais ne manquaient pas de surveiller ceux qui s'approchaient un peu trop près d'eux à leur goût. La route était toutefois courte entre le *Danieli* et le palais des Doges, ce qui offrait peu d'occasions de mauvaises rencontres. En sortant de l'hôtel, ils avaient remonté le quai *degli Schiavoni* en direction de la place Saint-Marc, passé sur le pont de la Paille, puis longé le palais gothique et byzantin au style si reconnaissable. Les murs massifs et polis du deuxième étage étaient soutenus par une série de colonnades fines et aériennes au premier étage, elles-mêmes maintenues par un rez-de-chaussée aux larges arcades. Parvenus à l'angle du bâtiment, ils se trouvèrent face au Campanile de la place Saint-Marc et à ses quatre-vingt-dix-huit mètres de haut. L'édifice s'élançait vers le ciel tel un ultime défi de Venise aux flots qui l'entouraient et l'envahissaient à intervalles réguliers. Un léger attroupement leur signala l'entrée du palais des Doges, les curieux leur cédant toutefois le passage sans qu'ils aient à présenter leur invitation pour entrer dans l'illustre bâtiment. Il était évident, qu'attendus ou pas, ces deux personnages avançant au rythme lent de la noblesse de cour avaient leur place dans un palais. Ils entrèrent pour ressortir presque aussitôt dans une cour intérieure et se trouvèrent face à l'escalier des Géants, gardé à son sommet par les statues de Mercure et de Neptune. Hayley aurait voulu profiter de la splendeur des lieux, mais le temps manquait pour admirer tant de merveilles. *Une autre fois, peut-être.* Les deux masques anglais gagnèrent le premier étage avant de rejoindre l'escalier d'or, tout de stuc doré à la feuille d'or, pour accéder aux salles les plus fastueuses du palais.

Hayley était déjà enivrée de splendeurs. Habituée comme elle l'était à la sobriété des manoirs anglais, elle se trouvait ensevelie sous le faste du palais des Doges. Guidée par Alistair, elle essayait de se concentrer sur son nouvel emploi, mais le cadre de cette cité irréelle lui opposait tant de distractions, qu'elle avait bien du mal à contraindre son esprit à se maintenir sur le seul espionnage. Elle devait oublier les vêtements somptueux qu'elle portait, l'homme dont elle tenait le bras, les salles sublimes qu'ils traversaient pour se concentrer sur une seule pensée : ils étaient peut-être en train de se jeter dans la gueule du loup… Un loup nommé Atropos en l'espèce. En outre, elle était supposée être l'équipière d'Alistair et, par conséquent, veiller sur sa vie… vie, qui selon toute vraisemblance, était la cible principale de l'ennemi. *Concentre-toi, Hayley ! Concentre-toi !* Elle oublia tout autour d'elle et glissa sa main dans la large poche de sa robe. Le contact brutal et froid d'un revolver l'aidait toujours à reprendre pied dans la réalité.

Soudain, Alistair l'entraîna dans un coin plus sombre et moins animé. En quelques mètres, ils se retrouvèrent isolés.

— Comment se fait-il que vous trouviez systématiquement les coins les plus sombres ? s'indigna Hayley.

Alistair ne put s'empêcher de sourire sous son masque.

— C'est une compétence particulière que j'ai acquise à une époque où je butinais toutes les belles de passage.

Hayley se redressa de toute la hauteur de son éducation victorienne.

— Je ferai comme si je n'avais pas entendu !

Alistair sourit de toutes ses dents. Il aimait bien provoquer Hayley et sa droiture britannique.

— Comme il vous plaira. En attendant, je vais vous confier ceci, dit-il en ôtant sa veste rose et noir laissant ainsi apparaître son gilet pare-balles en soie grise.

Il tendit sa veste à Hayley, qui s'en saisit.

— Mais que voulez-vous que j'en fasse ? Et où allez-vous ?

— Très chère, nous ne sommes pas encore mariés pour que je réponde à ces questions. Toutefois, pour vous être agréable, je vous précise que je pars en chasse. J'ai vu un malandrin qui m'intéresse vivement.

Alistair s'élançait déjà quand Hayley s'indigna.

— Et comment vais-je faire pour vous sauver la vie, si vous partez ?

Alistair s'arrêta un instant et observa Hayley à travers son masque.

— Qui vous a donc confié ma vie ?

Il disparut dans la foule. Hayley demeura stupéfaite. Il venait de la laisser choir au beau milieu d'une soirée, qu'elle espérait non galante, encombrée de sa veste et sans un mot d'italien dans son vocabulaire ! *La peste soit de cet homme et de tous ses semblables !*

Alistair avait flairé une piste et n'entendait pas se laisser distraire par Hayley. Il fendait la foule, à la recherche d'un homme ayant la même démarche que lui ou d'autres hommes de sa connaissance… les tueurs. Il le retrouva vite dans la foule et s'attacha à ses pas. Comme il s'y attendait, l'homme s'éloigna et sortit du palais des Doges par une porte dérobée. Alistair attendit quelques instants et se précipita à sa suite, l'obscurité le recouvrant de son voile.

CR✦ℬ

M eredith et Kieran passèrent un peu plus de deux heures à la fête, s'entretenant avec tous les convives, veillant avec attention à être considérés comme des invités parfaits. Puis, ils prirent congé de la belle assemblée avant de se retrouver dans la rue. Kieran attendit de s'être quelque peu éloigné de la maison avant de poser la question qui lui brûlait les lèvres depuis trop longtemps.

— Qu'est-ce que vous avez vu ?

Meredith sourit sous son masque. Kieran ne la connaissait pas encore, mais il allait apprendre à ne pas la considérer comme une petite fille un peu inutile.

— Le groupe du Russe était très intéressant. Pendant que vous vous entreteniez fort à propos avec nos hôtes, j'ai écouté la conversation de nos voisins. La dame vénitienne voulait se défaire d'un tableau de grand prix et le Russe se montrait plutôt intéressé. Là où notre affaire devient intéressante, c'est par l'arrivée de notre troisième masque, l'homme en rouge et or. Il a interrompu la discussion et, sans le faire de façon ostensible, il a montré à la femme un médaillon sur sa poitrine. Dès qu'elle a vu le bijou, elle s'est tue. Le Russe a bien essayé de relancer la conversation, mais elle a fait comme si elle ne comprenait plus de quoi il parlait. De là où nous étions, je ne parvenais pas à voir ce que la médaille représentait, c'est pourquoi je nous ai fait contourner le groupe et j'ai vu !

— Vous avez vu quoi ?

Meredith s'arrêta tout net dans la rue.

— L'emblème de la république de Venise ! Une médaille en émail rouge avec un lion doré posant sa patte sur un livre !

Kieran regarda Meredith à travers son masque. Se pouvait-il que sa jeune équipière ait mis la main sur l'une des pièces du puzzle ?

— Si mes souvenirs sont bons, la république de Venise s'est écroulée en 1797 sous la puissance militaire de Bonaparte, n'est-ce pas ?

Meredith acquiesça d'un signe de tête.

— Alors que vient faire cet emblème ? Et surtout, en quoi ce médaillon a-t-il pu convaincre la Vénitienne d'arrêter la conversation ? se demanda Kieran plus à lui-même qu'à Meredith.

— Je ne sais pas, mais je puis vous assurer que le masque rouge et or était le seul à arborer cet emblème. Je pense que nous devrions vérifier dans la seconde soirée si d'autres personnes le portent.

Kieran acquiesça et reprit la direction de San Polo, après avoir fait un détour pour traverser le Grand Canal grâce au pont des Déchaussés. Venise était une ville pour les marcheurs…

Sur le chemin qui les menait à la deuxième réception, Kieran se laissa tenter par un crochet dans une auberge de sa connaissance où, certes, le vin était infâme, mais les renseignements fameux. Il s'orienta dans les ruelles sombres et malfamées. Les deux masques ne manquaient pas d'attirer l'attention de quelques coupe-jarrets en quête de proies faciles. Toutefois, quelque chose dans l'allure des deux promeneurs les retenait, l'affaire ne semblant pas si bien engagée au deuxième regard.

Plus ils s'enfonçaient dans les bas-fonds, plus Meredith se disait qu'une future lady n'aurait pas dû se trouver dans ce genre de quartier, en compagnie d'un quasi-inconnu, armée autant qu'elle pouvait l'être, à la recherche de quelque adresse louche. Elle n'avait vraiment rien d'une lady.

Arrivée à destination, la lady qui sommeillait tout de même en elle fut horrifiée par la perspective d'entrer en ce lieu mais l'espionne, qui dominait alors sa personnalité, fut ravie de l'expérience qui se préparait. Meredith n'aurait jamais imaginé entrer dans un tel… Comment pouvait-elle décrire ce lieu ? Bouge. De toute sa vie d'honorable Meredith Clifford, la jeune fille n'aurait jamais imaginé mettre les pieds et le reste de sa personne dans un tel bouge ! Toutefois, elle était masquée, armée, dangereuse et accompagnée d'un homme qu'elle soupçonnait d'être capable d'une grande violence sous sa bonne éducation… Tout se présentait donc pour le mieux.

Kieran ouvrit la porte et s'engouffra dans l'établissement, laissant à Meredith, à sa grande stupéfaction, le soin de refermer derrière elle. Outre ce manque manifeste de courtoisie, l'odeur qui saisit le nez de la jeune lady lui déplut à l'instant. *Mélange de sueur, d'urine, de saleté et de tabac… C'est dégoûtant… repoussant… J'ai envie de vomir…* Meredith prit sur elle de refermer la porte alors qu'elle n'avait qu'une envie : s'enfuir très loin et respirer à pleins poumons de l'air frais. Elle rejoignit Kieran déjà en grande conversation avec l'aubergiste. Quand elle s'installa à côté de lui, dos tourné à la salle, la conversation se suspendit.

— Encore un jeunot qu'on t'a collé dans les pattes ? grogna le tenancier en italien.

Kieran ricana.

— Ne m'en parle pas. Faut tout leur apprendre à ce genre de crétins ! Dis-moi gamin, dit-il en anglais en se tournant vers Meredith, tu serais bien aimable de surveiller la salle au lieu de nous regarder les bras ballants !

Meredith sentit sa mâchoire cédée sous la stupéfaction et se retrouva bouche bée. Comment osait-il lui parler sur ce ton ? Comment ce petit agent osait-il s'adresser à l'honorable Meredith… *Tu n'es pas l'honorable Meredith Clifford ici… Nous ne sommes pas dans un salon de thé en train de choisir une pâtisserie…* Meredith referma la bouche, bouda de façon inutile sous son masque, mais se tourna pour surveiller la salle… et il y avait de quoi… La jeune fille avait été si saisie par l'odeur en rentrant qu'elle n'avait pas même adressé un coup d'œil à l'aimable assistance regroupée en ce lieu. Une bande de voleurs, de fripouilles et d'assassins en tous genres, voilà ce qu'ils avaient dans le dos… Meredith s'adossa au bar et glissa ses mains sous sa cape. Elle sentit d'abord son revolver dans l'étui de cuir puis le contact glacé, mais ô combien rassurant, de ses lames de jet.

Kieran discutait dans un italien rude et peu compréhensible. L'italien de Meredith était rudimentaire et bien peu utile pour suivre une conversation faite d'argot et de mots fort vulgaires à n'en pas douter. Elle reporta donc toute son attention sur les clients et observa ceux qui ne les lâchaient pas du regard. Leur entrée avait laissé indifférente une partie de la clientèle mais, d'évidence, un groupe de quatre brutes ne les appréciait guère. Du moins, en avaient-ils après Kieran, leurs regards belliqueux et alcoolisés ne le quittant plus. L'un d'entre eux se décida, repoussa sa chaise avec fracas et tangua vers eux sous les ricanements des trois autres. L'atmosphère dans la salle se figea. Cela sentait la bagarre et chacun semblait décider qu'il voulait en être.

Meredith déglutit… ce qui n'était guère efficace. Qu'aurait fait Alistair à sa place ou Serguëi ? Le Russe lui avait servi de professeur pendant quelques jours. *Vous pourrez éviter qu'un ennemi ne vous approche ou… vous pourrez l'expédier rejoindre ses ancêtres s'il vous a approchée.* Meredith saisit ses lames de jet et envoya en un éclair deux couteaux qui vinrent se planter à un centimètre devant les deux pieds de la brute qui avançait. Un ange passa. Les respirations se figèrent, les conversations se suspendirent. La brute regarda ses pieds, puis porta son attention sur le gamin rachitique qui avait osé lancer les armes… Le gamin avait toute une collection de couteaux autour de la taille sous son gilet relevé… Le cerveau de la brute parvint à émettre un signal d'alarme et il recula, s'éloignant des lames figées dans le sol et de leur lanceur.

Meredith respira. *Merci Serguëi…*

Kieran jeta un coup d'œil et sourit sous son masque. *Sale caractère la petite lady !* Il poursuivit sa conversation comme si de rien n'était. Meredith traversa la salle, s'accroupit, saisit ses armes et repartit vers le comptoir à reculons. Elle rangea alors ses couteaux mais ne rabattit pas son gilet, laissant ainsi ses lames briller à la lueur des mauvaises bougies dispersées dans l'auberge.

Quelques instants plus tard, Kieran se décolla du bar, tapa dans la main de l'aubergiste, lui glissant ainsi deux gros billets, puis tourna les talons. Meredith lui emboîta le pas, jetant quelques coups d'œil peu amènes à la salle. Ils sortirent et quittèrent d'un pas rapide les bas-fonds dans le silence.

Quelques minutes plus tard, ils avaient rejoint une partie de la ville un peu plus fréquentable et purent ralentir un peu.

— Qu'avez-vous appris ? demanda Meredith.

— Rien. Julio n'a entendu parler ni d'Atropos, ni de l'avorton du Lion, ce qui est pour le moins étrange. Il était d'ailleurs assez vexé de ne connaître ni l'un, ni l'autre, mais il m'a promis de se renseigner.

— Nous n'avançons guère, grogna Meredith.

Kieran sourit.

— La patience n'est pas votre principale qualité, n'est-ce pas ?

— Effectivement, je n'ai jamais toléré qu'une brute s'imagine pouvoir m'approcher sans en subir les conséquences.

Kieran jaugea la fine silhouette noire à côté de lui. Il était dommage qu'il n'ait pas eu le temps de s'entraîner avec Miss Meredith. Il aurait été utile qu'il sache à quel genre de combattante il était associé.

— Vous êtes habile au lancer de couteaux, à l'épée et au revolver, mais que savez-vous faire au corps à corps ?

Meredith réfléchit avant de répondre.

— J'ai déjà utilisé une dague de combat au corps à corps mais, sans armes, je ne sais pas faire grand-chose.

— C'est problématique. Sauf votre respect, Miss, avec votre gabarit de moineau efflanqué, vous allez attirer tous les bagarreurs lâches. Aussi, dès que nous rentrerons à l'hôtel, vous apprendrai-je quelques coups utiles.

Moineau efflanqué ? Moineau efflanqué !!! C'est scandaleux ! J'ai toujours été considérée comme une femme assez grande et je ne suis pas efflanquée, je suis mince... et, sous mon masque, les brutes me prennent pour un adolescent. Meredith bouda pour la deuxième fois sans que Kieran s'en aperçoive le moins du monde. Ensuite, elle prit le temps de réfléchir et fut un peu surprise par sa proposition, mais acquiesça d'un signe de tête fort en retard par rapport à la conversation. Kieran avançait plus vite qu'elle et la jeune Anglaise ne pouvait voir que son dos. Un dos large comme celui d'Alistair. *Du corps à corps ? Avec un quasi-inconnu ? Un nouveau professeur...* Mais qu'avaient donc tous ces hommes à vouloir lui apprendre à tuer ses semblables ?

CR✦ED

H ayley ne décolérait pas. Elle était tout de même parvenue à se débarrasser de la veste d'Alistair en la confiant à l'un des valets de pied pour qu'il la rapportât au *Danieli*. Une fois libérée, Hayley se mit à parcourir les salles à la recherche de convives parlant une langue qu'elle était capable de comprendre. Même si elle parvenait parfois à saisir quelques mots d'italien grâce à sa connaissance du français, elle était incapable de comprendre une conversation dans son intégralité. Fatiguée d'errer sans but à travers le palais des Doges, elle profita d'une porte-fenêtre s'ouvrant sur un balcon pour sortir respirer un peu d'air frais. À travers son masque, elle sentait la fraîcheur de la nuit, atténuée par la douceur de la mer en face d'elle. Venise était sans aucun doute la ville la plus spectaculaire qu'elle ait visitée au cours de sa vie. Elle connaissait Londres, Paris, Saint-Pétersbourg et quelques autres villes, mais la cité des Doges était hors du temps, comme un rêve suspendu au milieu des flots. Un petit homme trapu s'installa à côté d'elle et observa en silence le mouvement des vagues sur la lagune. Hayley apprécia la discrétion de cet inconnu. Lassés des bruits et des bousculades de la fête, ils avaient tous deux trouvé un espace de paix sur le balcon. Hayley respira encore quelques instants puis se redressa, prête à retourner dans l'arène vénitienne, quand l'homme la salua.

— Nicolas Leduc, Madame, pour vous servir, dit-il en français.

— Hayley Winterley, Monsieur. Je suis ravie de rencontrer quelqu'un dont je parle la langue.

— Vous maîtrisez en effet fort bien la langue française. Où l'avez-vous apprise, si je puis me permettre ?

— Le français est une langue quasi obligatoire dans la bonne société anglaise. J'ai eu la chance de faire plusieurs séjours dans votre beau pays et de visiter l'extraordinaire exposition universelle de Paris l'été dernier. En revanche, je ne sais pas un mot d'italien.

— Et vous voilà seule dans une fête vénitienne ! Les Anglaises sont plus aventureuses que je ne le soupçonnais. À moins que vous ne recherchiez quelque chose en particulier…

Hayley se figea un instant. Qui était ce petit bonhomme ?

— En vérité, je n'ai fait que suivre mon mari. Je fais du tourisme pendant qu'il estime prendre des vacances en courant après des partenaires financiers.

— Un homme d'affaires. Ces hommes-là ne sont pas de tout repos… Je sais de quoi je parle, j'en suis un moi-même, dit-il en s'inclinant légèrement.

— Ne dites pas cela, vous allez attirer mon mari ! dit-elle en souriant.

Le Français rit de bon cœur. Hayley se détendit, l'homme était plutôt sympathique… assez sympathique pour qu'elle tentât le diable.

— Vous allez peut-être pouvoir m'aider, Monsieur.

— Avec plaisir, Madame, si je le puis.

— J'ai entendu parler d'une société commerciale française

qui offrirait des services un peu spéciaux. Elle aurait une filiale à Venise, mais je ne parviens pas à savoir comment les contacter…

— Quel est son nom, Madame ?

— Atropos.

— Atropos ? Curieux nom pour une société… La Moire qui coupe le fil… Non, ce n'est vraiment pas vendeur, à part s'ils sont dans les pompes funèbres, dit-il en souriant.

Hayley rit à sa plaisanterie, mais elle était déçue. Elle avait espéré obtenir de plus amples renseignements et faisait chou blanc.

— Je suppose que vous ne connaissez pas non plus « l'avorton du Lion »… risqua-t-elle.

— Vous avez de curieuses questions, Madame, mais si je devais émettre une hypothèse sur cette deuxième énigme, je pencherai pour le nouveau doge. Un imbécile qui n'a rien compris à la grandeur de Venise !

Hayley blêmit légèrement… Après un siècle d'absence, il y avait un nouveau doge à Venise…

Doges' Palace, Venice, Italy. Venice Italy, ca. 1890, avec l'aimable autorisation de la Bibliothèque du Congrès (Washington - USA). https://www.loc.gov/item/2001700992/.

Chapitre III

A listair avait toujours aimé l'ombre et la nuit. Dans ces heures sombres, il se sentait pleinement vivant alors que la plupart des autres êtres dormaient à poings fermés. L'Anglais n'était pas déçu de son choix. L'homme qu'il suivait se montrait à la hauteur de ses espérances. Méfiant, rapide, difficile à suivre, nul doute que le gibier se rendait à un quelconque rendez-vous secret. Alistair avait un peu oublié le plan de la ville depuis sa dernière visite, mais il lui semblait que ses pas et ceux de sa cible les conduisaient non loin du pont du Rialto.

L'homme tourna vivement à l'angle d'une ruelle et disparut du champ de vision de son poursuivant. Alistair attendit quelques instants et se glissa tel un chat dans la ruelle pour tomber sur une impasse vide. Rien en haut, rien en bas. Pas de lumière. *Où est donc passé mon compagnon de jeu ?* Alistair avança dans la ruelle étroite, sans doute un *rio terà*. Bien que l'Anglais adorât Venise et ses modes de circulation sur l'eau, il devait avouer que la pratique développée au siècle précédent d'enterrer des *rii* afin de créer des rues ouvertes à la circulation piétonne était pratique. Venise y avait un peu perdu de son charme, mais les Vénitiens y avaient beaucoup gagné en confort. Toutefois, cela ne lui disait pas où était passé son homme.

— À moins que…

Alistair s'avança et trouva ce qu'il cherchait. À sa connaissance, il existait deux moyens de créer un *rio terà* : soit on comblait le *rio* avec de la terre jusqu'à ce qu'il disparût, soit on posait une canalisation que l'on recouvrait ensuite de terre. Alistair s'approcha de la large bouche permettant de vérifier la canalisation. Il s'empara de la poignée, souleva la lourde plaque et la poussa sur le côté. Aucune eau ne courait sous ses pieds, mais une légère lueur éclairait l'intérieur de la canalisation ou plutôt du souterrain. Alistair jeta un coup d'œil autour de lui. *Personne*. Il s'accroupit, vit une échelle et descendit en refermant derrière lui.

Comme il s'y attendait, le tunnel était court, Venise n'étant pas propice à ce genre de construction. Il n'eut guère à chercher le lieu où l'homme qu'il poursuivait avait disparu. Au bout de quelques mètres, il tomba sur un escalier donnant sur l'une des bâtisses proches. Il gravit les quelques marches et estima que la hauteur de l'escalier le ramenait vers le rez-de-chaussée. Quelques sons étouffés le guidèrent dans le bâtiment jusqu'à une salle plus vaste qu'il ne l'aurait supposé de prime abord. Pour disposer d'une telle surface dans Venise, il fallait qu'il se trouvât dans l'un des palais de la cité. Des bancs avaient été installés où nombre de spectateurs avaient pris place pour assister à une réunion secrète. Faisant face à la foule, dix silhouettes masquées étaient assises dans des fauteuils décorés et, au centre, - Alistair en cligna des yeux de surprise - un doge faisait un discours. Vêtu d'une veste longue, ample, aux larges manches surhaussées sur les épaules, dites à la *dogalina*, le doge ne pouvait être confondu avec nul autre magistrat de la Sérénissime. *Venise a donc de nouveau un doge et un conseil des Dix...* Alistair observa l'assemblée et s'approcha un peu afin de pouvoir entendre ce qu'il disait. Il se faufila et parvint à se dissimuler derrière une tenture sans attirer l'attention sur lui tant les auditeurs étaient obnubilés par le discours.

— La république, détruite par l'envahisseur français, doit renaître de ses cendres et retrouver la place qui était la sienne dans l'ordre mondial. Dépecée, pillée, détruite, Venise montrera au monde qu'elle n'a pas vécu plus d'un millénaire sous la république pour sombrer avec une monarchie italienne faible et à la botte de ceux qui ont tant spolié la cité millénaire.

« À mort les Autrichiens ! » « À bas la Triple Alliance ! » fusèrent dans la salle. Alistair observa l'auditoire et remarqua pour la première fois, l'immense tenture vermeil et or derrière le conseil des Dix, représentant un lion ailé, la patte posée sur un livre ouvert : l'emblème de la république de Venise. La Sérénissime était de retour.

Soudain, l'homme au bout du banc le plus proche d'Alistair se tourna vers lui et fut saisi de surprise. Le bout de la chaussure de l'Anglais dépassait de sous la tenture.

— À mort l'espion, hurla-t-il.

Alistair sursauta, ne s'attendant pas à une solution aussi expéditive. Il bondit hors de sa cachette, se rua dehors, renversa l'homme qui tentait de lui barrer le passage et repartit sur ses pas. Il allait parvenir à l'escalier quand deux hommes lui barrèrent le chemin et le repoussèrent vers l'entrée du bâtiment. Plusieurs Vénitiens surgissaient déjà de la salle de réunion et Alistair n'eut d'autres solutions que d'attraper la première chaise à sa portée, de l'envoyer à travers la large fenêtre la plus proche et de la suivre dans sa trajectoire. Il eut la chance d'atterrir sur la terre et non dans l'eau. Il se réceptionna sur une large rive bordant le Grand Canal. Ignorant où il se trouvait avec exactitude, Alistair s'enfuit dans la direction qui lui semblait la plus propice à une disparition rapide dans la foule.

ᘓ✦ᘔ

H ayley prit sur elle de ne pas montrer son étonnement au Français.

— Mon mari m'a parlé de ce nouveau doge, mais je dois avouer que je n'y ai guère prêté attention. La politique est toujours d'un ennui !

— C'est certain, Madame, mais je suis un peu étonné que votre époux ait été informé de l'existence du doge…

— Mon époux estime que, pour faire des affaires, il convient de savoir tout ce qu'il y a à savoir et un peu plus encore, sur le marché, la ville ou le pays dans lequel il souhaite investir. D'après ce que j'ai compris, la république de Venise serait un meilleur allié économique pour le Royaume-Uni que ne l'est l'actuelle monarchie italienne.

Hayley avait parlé à Nicolas Leduc sur le ton de la confidence, ce qui impressionna le pauvre homme.

— Vous avez parfaitement raison, Madame. Venise n'a rien à gagner à rester dans cette alliance aberrante qu'est l'unité italienne. Cette monarchie réunit sous son autorité tant de provinces ennemies qu'il est même miraculeux qu'aucun conflit interne n'ait déjà éclaté ! Votre mari semble être un homme très informé et, pour ma part, j'en ai soupé de Venise et de ses complots. Permettez, chère Madame, que je vous offre un présent à l'intention de votre époux. Ce sésame lui ouvrira peut-être quelques portes utiles pour ses affaires.

L'homme tira sur une chaîne dorée à son cou et sortit un médaillon émaillé rouge et or. Le Français enleva le collier, passa sa main sur le médaillon et tendit le tout à Hayley qui accepta le cadeau.

— Je repars en France dès demain et ne pense pas revenir à Venise. Votre mari aura peut-être plus de chance que moi, du moins c'est ce que je lui souhaite.

Nicolas Leduc s'inclina et prit congé d'Hayley. Après avoir dûment remercié cet étrange inconnu, l'Anglaise contempla le médaillon. Un lion doré posant la patte sur un livre ouvert… *L'emblème de la république de Venise.* Elle passa la chaîne autour de son cou, cacha le médaillon dans son décolleté et repartit à l'assaut de la fête vénitienne.

ের❖ঙ

M eredith et Kieran étaient déçus par la deuxième réception à laquelle ils avaient été invités. Une majorité d'étrangers avait envahi le *palazzo dei Dieci Savi*, à côté du pont du Rialto. Le palais était somptueux, un charmant Autrichien leur avait appris que le lieu datait du XVIème siècle et que, sous la république de Venise, il avait servi de ministère des Finances, mais tout ceci ne faisait pas avancer leur enquête. Ils parlèrent avec nombre de convives, sans recueillir la moindre information digne de ce nom. Les deux espions prirent donc congé assez vite, prétextant la fatigue du voyage, tout en remerciant avec emphase leur hôte.

La nuit était fraîche mais fort agréable pour les Anglais qu'ils étaient. Bénéficiant de la douceur de la mer, l'hiver vénitien n'était pas comparable à son homologue britannique. Le visage tourné vers le ciel étoilé, Meredith se détendait, estimant avoir eu une journée assez remplie. À peine arrivés à Venise, ils avaient arpenté la cité à la recherche d'invitations, puis avaient répondu à ces invitations, piétiné pendant des heures dans des soirées à la recherche d'informations, visité un taudis dont aucune lady n'avait dû franchir le seuil… - quoique, à la réflexion, Meredith n'était plus si certaine de cette conclusion, les ladies étant parfois surprenantes -, ils avaient encore discuté de la valeur à accorder aux informations recueillies, puis avaient débattu des perspectives qui s'ouvraient à eux pour le lendemain et avaient enfin convenu de rentrer. Une journée bien remplie, en vérité. Elle espérait seulement que Kieran oublierait sa proposition de combat au corps à corps pour ce soir, la jeune fille n'ayant aucune envie de se battre avant de dormir. Bref, elle n'avait qu'un souhait, se glisser dans le confort de son lit et reposer ses pauvres pieds.

CR✦ΩΩ

À force de courir pour échapper à ses poursuivants, Alistair avait fini par se perdre dans les rues labyrinthiques de la Sérénissime. Il devait désormais se déplacer en ligne droite dans l'espoir de tomber sur le Grand Canal et de pouvoir se repérer. L'Anglais enrageait de n'avoir pas même eu le temps de se remettre le plan de la ville en tête, avant de se lancer dans cette nouvelle aventure. L'odeur de l'eau se fit plus présente et l'humidité de l'air changeait peu à peu. Alistair accéléra le pas. Sentant l'issue proche, il se précipita… et tomba tout droit sur ses poursuivants. L'avantage était qu'il reconnaissait la placette en question, située non loin du pont du Rialto, l'inconvénient était qu'il n'était plus seul… Il était loin d'être seul… Même en admettant qu'il était plus aguerri que ses adversaires, à un contre cinq cela devenait quelque peu contrariant. En outre, Alistair ignorait si ses adversaires étaient armés. Aucun d'eux ne le menaçait pour le moment d'une arme, mais savait-on jamais ? L'Anglais était certes un espion, certes un tueur quand il le fallait, mais il n'était pas un assassin. Tuer de sang-froid des hommes désarmés n'avait jamais fait partie de sa pratique professionnelle. Les hommes s'approchaient avec colère. La colère n'était pas un sentiment professionnel. Plus il observait ces hommes, plus il estimait avoir affaire à des gens communs en colère qu'il ait troublé leur réunion secrète… Cependant, les gens normaux étaient tout aussi capables de vous assassiner que les autres, surtout lorsqu'ils étaient en colère.

Alistair décida de les tenir à distance et de sortir son revolver pour les impressionner. Il porta sa main à son étui qui se révéla aussi vide que son estomac. *Impossible*… Les hommes étaient désormais trop près, il allait devoir les affronter. Le premier se décida à foncer sur lui, Alistair se décala, se saisit de lui et, par un mouvement circulaire, lui fracassa le crâne contre le mur à côté de lui. L'homme tomba sans connaissance. Loin de calmer les autres, la défaite de leur compagnon les galvanisa.

— *Pax tibi Marce* ! hurla l'un d'entre eux avant de foncer sur

Alistair en même temps que les trois autres.

L'Anglais rendit coup pour coup, se battant comme un lion et assommant encore deux autres de ses agresseurs. Cependant, l'un des deux adversaires restés debout était sans ambiguïté un pratiquant du noble art et il parvint à sonner Alistair d'un uppercut bien placé. L'Anglais en vit trente-six chandelles et il avait beau secouer avec force sa tête pour recouvrer ses esprits, le temps jouait contre lui. Il sentit le goût du sang dans sa bouche et se dit que, sauf miracle, il allait passer un bien mauvais moment en leur compagnie.

Une lame de jet choisit cet instant pour se planter dans l'épaule du boxeur. L'homme hurla, se saisit du couteau et l'arracha de sa chair. Il jeta l'arme à terre et pressa sa main valide sur la blessure, qui saignait d'abondance, en cherchant du regard d'où l'attaque avait surgi. L'autre, encore debout et indemne, vit arriver sur lui deux masques fantomatiques et partit en courant aussi vite que ses jambes pouvaient le porter. Le blessé ne demanda pas son reste et suivit son compagnon de déroute aussi vite qu'il le pouvait.

Alistair s'adossa au mur le plus proche, pour reprendre ses esprits. Kieran observa les hommes à terre et, s'étant assuré qu'aucun d'eux ne reprendrait ses esprits trop rapidement, il s'approcha d'Alistair.

— Encore entier ?

— Cela ira.

Meredith récupéra son couteau et regarda autour d'eux… *Où est Hayley ? Il ne l'a quand même pas laissée à l'hôtel…*

— Mon cousin, vous êtes un imbécile ! gronda-t-elle.

Alistair fut piqué, ce qui était rare, mais se faire traiter d'imbécile après avoir pris une raclée lui déplaisait fort.

— Et puis-je savoir pourquoi vous me décernez ce titre peu glorieux ?

Meredith se planta devant son cousin, les mains sur les hanches.

— Parce que vous avez semé votre équipière et que vous êtes tombé seul dans un guet-apens ! Voilà pourquoi ! Vous avez de la chance que votre route ait croisé la nôtre au moment opportun ! Où est Hayley ?

Alistair ne put s'empêcher de sourire. Sa casse-pieds de cousine marquait un point.

— Hayley est en sécurité dans le palais des Doges.

— Et qu'en savez-vous ? intervint Kieran. Nos ordres sont très clairs sur ce point, nous fonctionnons par duos. Miss Fortescue aurait pu vous aider au cours de cette embuscade.

— Oui mais, encombré par Miss Fortescue, je n'aurai pas même pu quitter le conseil des Dix.

Alistair avait pensé couper court à tout débat en glissant cette information dans la conversation, mais c'était sans compter sur l'opiniâtreté de Meredith. Peu lui importait qu'un conseil des Dix existât ou non.

— Évidemment ! Si vous persistez à l'encombrer de robes pesantes, elle ne peut pas vraiment se battre ! Hayley n'a qu'à porter le même type de tenue que moi et tout se passera bien !

Meredith rangea son couteau après l'avoir essuyé sur son mouchoir blanc rebrodé et commença à avancer dans les rues.

— Sacré caractère votre cousine, siffla Kieran.

L'Irlandais posait un regard bienveillant sur Alistair, qui voyait encore quelques chandelles tourner, mais reprenait peu à peu son souffle et ses esprits. L'Anglais se décolla du mur et prit appui sur l'épaule de Kieran.

— Si vous êtes d'attaque, rentrons à l'hôtel.

Alistair, estimant avoir assez tardé, emboîta le pas à Kieran, à travers les ruelles sombres du *sestiere* de San Marco, dix mètres derrière son indomptable cousine.

CR◆ED

Hayley avait assisté à nombre de soirées en Grande-Bretagne et à quelques autres à Saint-Pétersbourg, mais rien ne l'avait préparé à l'ivresse des fêtes vénitiennes. Même si elle s'était toujours considérée comme une femme très sage et réservée, elle se sentait grisée par le tourbillon de couleurs, de vins fins, de mets rares et gourmands, de rires, de sourires, de musiques, de danses et de courtoisies de cette fête de carnaval. Le fait d'être masqués libérait les convives, permettait des folies et avivait les imaginations. Le masque était curieusement libérateur. Hayley, qui avait abandonné son *volto* pour un simple loup, s'était déjà laissé tenter par deux coupes de champagne et elle sentait que la seconde était peut-être un peu de trop pour son corps si sobre d'habitude. Elle s'approcha du buffet pour grignoter quelques *antipasti*, dont les Italiens avaient le secret, et s'aperçut qu'un serveur offrait des cafés à l'arôme parfumé et corsé. *Parfait pour soigner ma petite incartade...* Hayley huma quelques instants le café quasi bouillant qui fumait dans la jolie tasse en verre coloré de Murano. Elle tenait avec précaution la fine anse en argent qui entourait le verre et pensa à l'avancée de l'enquête. Elle avait un peu progressé malgré l'évincement scandaleux dont elle avait été victime en début de soirée. Hayley était encore fort contrariée par le caractère cavalier de la fuite d'Alistair... de Monsieur Clifford... Non, finalement, d'Alistair ! Elle ne servait plus sa famille après tout ! Il allait devoir s'expliquer car, bien qu'elle comprît que l'espion chevronné qu'il était préférât ne pas s'encombrer d'une novice, elle trouvait vexant d'être abandonnée seule en pleine soirée, sans qu'il se fût préoccupé le moins du monde de sa sécurité ! *Ma chère, tu es espionne désormais et, si tu veux être honnête avec toi-même et avec Alistair, tu dois reconnaître que c'est à toi de veiller sur ta petite personne.* Hayley but une gorgée de café et faillit s'étouffer tant il était fort et amer.

— Robuste, n'est-ce pas ? entendit-elle dans un français sans accent.

Une jeune femme masquée d'une élégance superbe se tenait à ses côtés. Sa blondeur dorée était mise en valeur par une robe étonnante d'un vermeil profond. Hayley regarda à travers le masque cette inconnue et un frisson parcourut à l'instant même son échine. Elle n'aimait pas cette femme et cela n'était pas dû à sa beauté - l'Anglaise n'étant guère jalouse - mais à l'impression étrange qui émanait d'elle. Quelque chose d'obscur, quelque chose de dangereux.

— Je ne suis pas habituée au café italien, répondit-elle en français.

— C'est un goût que l'on acquiert facilement. Athénaïs de Coulonges.

— Hayley Winterley. Vous êtes française, n'est-ce pas ?

— Oui, et vous anglaise ?

— Exactement. Une Française et une Anglaise dans un palais vénitien, cela pourrait être le début d'une histoire.

— Une histoire de quel genre ? s'intéressa Athénaïs.

Hayley jaugea son adversaire. Calme, grande, athlétique, un rien de ricanement dans sa voix. Hayley se demanda si elle ne venait pas de trouver Atropos… et bien évidemment elle se trouvait toute seule ! Les hommmes et leurs manies de se courir après !

— Une histoire d'espionnage. J'ai toujours aimé les secrets.

Athénaïs rit les dents serrées sous son masque.

— Vous êtes directe au moins mais, dans l'espionnage, c'est parfois dangereux… du moins peut-on le supposer.

Hayley but une gorgée de son café.

— L'espionnage est comme une partie d'échecs, le tout est de toujours savoir protéger son roi.

— Et où est votre roi à cette heure ?

— En goguette, à n'en pas douter.

Athénaïs éclata d'un rire franc.

— Au moins, vous n'êtes pas jalouse.

Hayley sourit avec un calme qu'elle ne se connaissait pas. Un calme peu rassurant.

— Peu importe où il rôde, tant qu'il revient chaque soir.

Mais qu'est-ce qu'il lui avait pris de répondre cela ? Hayley réalisa qu'en réalité elle était parfaite dans le rôle de l'épouse d'un riche industriel. Après tout, pourquoi jouer l'épouse soumise, quand elle pouvait faire de son personnage une gourgandine âpre au gain... C'était bien plus amusant !

— Et vous, ma chère, où est votre roi ?

Athénaïs se glaça un instant.

— Six pieds sous terre.

Ce fut le tour d'Hayley de se figer.

— Je suis confuse, je ne pensais pas...

Athénaïs leva une main pacificatrice.

— Il n'y a pas d'offense. Mon roi m'a été enlevé il y a de cela quelques années et, à ce jour, je ne l'ai pas remplacé. Toutefois, ma famille estime que cette situation a assez duré et que je dois refonder une nouvelle histoire, d'où ma présence ici.

Hayley termina son café. Elle avait grand besoin que ses idées devinssent plus claires.

— Est-ce un endroit si propice aux rencontres ? demanda-t-elle.

— Il semblerait. Encore faut-il avoir envie de rencontrer quelqu'un. Soit dit sans vous faire offense, le seul homme qui a retenu mon attention dès son entrée est votre compagnon et, juste après, je vous ai vue arborer les mêmes couleurs que lui.

Alistair était certes bel homme mais, de là à être le seul à retenir l'attention de cette femme au milieu d'une telle assemblée, il ne fallait tout de même pas exagérer. Hayley avait remarqué quelques autres hommes dont l'allure était susceptible de capter l'intérêt de la gent féminine.

— Ma chère, je vous cherchais partout !

L'hôte des lieux fondait sur elles et s'empara du bras d'Athénaïs. Il salua Hayley et entraîna la Française, plus que réticente, vers d'autres lieux.

— Ma chère, je dois absolument vous présenter l'un de mes amis avant qu'il ne parte. Madame, je suis confus de vous enlever votre compagne, mais croyez bien que je n'ai pas d'autre choix.

— Ne vous inquiétez pas, Monsieur le comte, je ne doute pas que nous aurons l'occasion de nous revoir.

Le comte Albrizzi salua Hayley, qui lui rendit une parfaite révérence, et les deux masques s'éloignèrent, laissant Hayley à ses réflexions. Se pouvait-il que le nouvel Atropos soit en réalité l'épouse du premier détenteur de ce sombre surnom ? Si tel était le cas, il s'agissait bien d'un piège et d'une histoire de vengeance. Alistair et tous les siens étaient en danger… y compris elle-même puisqu'elle était, au mieux, dans l'esprit de la vengeresse, son équipière, au pire, son épouse. Hayley déglutit. Il était peut-être temps de rentrer à l'hôtel.

ଔ◆ଓ

L es ruelles défilaient devant lui. Il marchait d'un pas vif, pressé. L'homme n'avait pas de temps à perdre. Sous le *tabarro*, la grande cape noire vénitienne tombant jusqu'aux chevilles et à la large capuche, des boucles blondes frôlaient ses épaules. Derrière lui, deux hommes plus massifs suivaient, eux aussi camouflés par de larges capes. Le son de leurs pas était étouffé dans l'étroit *rio terà*, ce qui permettait aux bruits de l'auberge où avait lieu le rassemblement de les guider vers elle. L'homme aux boucles blondes se dit que la police vénitienne ne se montrait pas très volontaire dans sa recherche des républicains.

ଔ◆ଓ

H ayley se dirigeait vers l'escalier d'or afin de retrouver la sortie du palais des Doges. Alors qu'elle s'engouffrait dans l'escalier libérateur, elle fut saisie par le bras et tirée en arrière avec force. Elle pivota sur elle-même et fut plaquée contre la large porte dont les battants étaient alors rabattus contre le mur. Un homme la tenait fermement par le bras, son autre main explorant sans vergogne les épaisseurs de sa robe. Hayley se demanda si elle allait devoir tuer un troisième homme.

— Comment osez-vous quitter la soirée aussi vite, *Bellissima* ? dit-il en français avec un accent italien.

Hayley en conclut qu'elle avait affaire à un imbécile, plus bête que dangereux.

— Faut-il être crétin pour aborder une femme de la sorte ! gronda-t-elle.

L'homme éclata de rire, la lâcha et fit deux pas en arrière, demeurant sur la marche d'escalier, au même niveau que celle où Hayley se trouvait. L'Anglaise observa l'Italien. Grand, athlétique, sûr de lui, élégant… Pouvait-elle tourner le dos à ce sombre crétin sans prendre un coup de poignard ?

— Toutes mes excuses, *Bellissima*. Je ne voulais pas vous effrayer.

— J'ai passé l'âge d'être effrayée par les hommes de votre espèce.

L'Italien s'approcha dangereusement.

— Alors, si nous sommes d'accord sur l'issue de la soirée, ne perdons pas de temps.

Hayley enfonça sa main dans sa poche et sentit son revolver. Elle saisit la crosse.

— Nous sommes tout à fait d'accord, effectivement. Chacun de notre côté et nous ferons comme si nous ne nous étions jamais parlés !

Hayley s'élança dans l'escalier d'or et dévala les marches dans l'espoir d'échapper à ce séducteur de pacotille.

— Vous me brisez le cœur, *Bellissima*, cria-t-il dans son dos. Souvenez-vous au moins de Donatello !

Donatello ? Comment un tel sot pouvait-il porter le prénom d'un des plus grands maîtres de la sculpture ? Hayley atteignit le bas de l'escalier d'or et jeta un coup d'œil en arrière pour vérifier que le malotru ne la suivait pas. Elle fut une nouvelle fois saisie par la splendeur de l'escalier monumental dont les plafonds étaient recouverts de stucs finement ouvragés, dorés à la feuille d'or. L'ensemble était splendide et, heureusement, vide de tout Donatello.

Hayley fila sans attendre qu'un autre casse-pieds ne vînt l'importuner. Elle retrouva son chemin vers l'escalier des géants et rejoignit la cour intérieure qu'elle traversa d'un pas vif. Elle prenait garde à ne pas faire claquer ses souliers afin de ne pas attirer l'attention sur elle. Elle se croyait presque en sécurité quand Donatello surgit devant elle. Hayley se figea, seule face à cet inconnu. *Très bien, crétin, à nous deux. Je vais vous apprendre à importuner les dames !* Elle saisit son revolver et profita de l'ombre de la nuit pour le sortir de sa poche. Elle avança droit sur l'homme qui l'attendait.

— Que vient faire une espionne anglaise à Venise ? demanda Donatello.

Hayley s'arrêta à quelques pas de lui et tenta d'observer le visage de l'homme. L'Italien avait ôté son masque.

— Je ne vois pas de quoi vous parlez, Monsieur.

— Ne me prenez pas pour un imbécile, Madame. J'ai vu votre compagnon quitter la fête en suivant un homme que je surveille moi-même très souvent. Je vous ai vue et entendue parler à la Française. Alors que viennent faire les services secrets britanniques à Venise ?

Hayley se trouva alors fort embarrassée. Elle aurait préféré devoir mater les ardeurs d'un séducteur, plutôt que de se retrouver face à un agent italien lui demandant, avec raison, ce qu'elle venait faire chez lui. En vérité, que venait-elle faire ? Suivre la piste d'un criminel mort depuis plusieurs années et tenter d'apprendre qui avait eu le mauvais goût de ressusciter ce tueur…

— Rien qui concerne les services secrets italiens.

Donatello rit gentiment.

— Vous serez bien aimable de me laisser en juger, Madame.

— Une question d'abord. Comment avez-vous su ?

— Ce n'est pas vraiment compliqué, Madame. Votre compagnon est connu comme le loup blanc. C'était un espion de grande classe, qui a disparu quelque temps, pour réapparaître récemment et mener à bien deux missions assez ardues avec l'aide de deux jeunes gens et d'une dame réputée pour sa beauté… Sur ce point, je peux confirmer la rumeur, bien que je n'aie pas eu la chance de voir votre visage pour l'instant. Quant à vous, je connais peu de dames se promenant avec un couteau dans le giron et un pistolet dans la poche. En revanche, à travers votre robe, je n'ai pas senti si vous aviez d'autres armes, mais je n'en doute pas.

— Comment ? Goujat !

Donatello éclata d'un rire franc.

— Je vous sens sincèrement choquée et vous m'en voyez désolé, mais c'est la procédure habituelle. Je ne doute pas que vous puissiez me tuer aussi froidement que votre compagnon. En revanche, vous n'avez toujours pas répondu à ma question, Madame.

Hayley soupira et rangea son revolver dans sa poche.

— Je ne mens pas quand je vous dis que l'Italie n'est pas concernée. Nous poursuivons quelqu'un qui a repris l'identité d'un ancien espion décédé et qui semble vouloir remonter un réseau criminel.

— Quelle identité ?

Hayley hésita. Avait-elle le droit de divulguer ce genre d'informations ? Certes non… Toutefois, pour être honnête, elle devait s'avouer que si la situation avait été inversée et que Donatello s'était trouvé à Londres en train d'enquêter, elle aurait voulu savoir l'objet de ses investigations.

— Atropos.

Donatello eut un mouvement de surprise et siffla entre ses dents.

— Bigre… Je comprends mieux le choix d'Alistair Clifford dans ce cas. Bien… Je vais en référer à ma hiérarchie et je reviendrai vers vous, à moins que l'affaire ne se règle au-dessus de nos têtes. Soyez prudents… *Ciao Bellissima* !

Donatello salua Hayley d'un signe de la main et s'effaça dans la nuit.

L'Anglaise se demandait si elle avait fait le bon choix. Au moins avait-elle appris que les services secrets italiens n'étaient pas informés du retour d'Atropos… Elle se pressa vers le bâtiment, animée par la ferme intention de rentrer par le plus court chemin au *Danieli*.

CR✦EO

L e masque d'Alistair avait été quelque peu endommagé pendant la bagarre, mais il lui permit tout de même de passer dans le hall du *Danieli* sans se faire trop remarquer. Meredith et Kieran s'étaient chargés de récupérer les clés et ils montèrent dans leurs suites. Quand Alistair ouvrit la porte, il sentit à l'instant même que la pièce était vide. Ses entrailles se serrèrent. *Où est Hayley ?* Dans son esprit, il avait toujours été évident que, se retrouvant seule dans une fête dont elle ne maîtrisait pas la langue des convives, elle rentrerait sans tarder à l'hôtel. Alistair s'était même préparé à devoir fournir quelques explications sur sa fuite à l'anglaise, mais il n'avait jamais envisagé que la jeune femme ne serait pas rentrée quand il réapparaîtrait à l'hôtel… Les explications allaient changer de camp.

Meredith poussa Alistair et entra dans la suite. Elle ôta son masque et fixa son cousin.

— Où est Hayley ?

Kieran entra à son tour, déjà débarrassé de son masque. Alistair alluma la lumière, la chambre était dans l'état exact où il l'avait quitté. Kieran s'assit dans l'un des fauteuils.

— À l'heure qu'il est, Cendrillon doit encore être en train de danser…

Meredith le regarda d'un air choqué.

— Il ne vous vient même pas à l'idée qu'Hayley puisse faire son travail ? Et être en danger à cause de la bêtise de mon cousin ?

Kieran la regarda d'un œil étonné. Effectivement, la jeune fille avait raison. Il avait été choqué dans un premier temps qu'Alistair ait abandonné Hayley au palais des Doges, mais il avait oublié un peu vite que la nouvelle espionne pouvait avoir essayé de mener ses propres investigations… sans méthode et sans protection. Il se leva d'un bond, remit son masque et se précipita vers la porte. Alistair, dont le raisonnement avait suivi la même logique, lui emboîta le pas.

— Vous restez ici, Meredith !

La jeune fille fut outrée, mais elle n'eut pas même le temps d'ouvrir la bouche pour protester que la porte claquait, la laissant seule avec son indignation. Elle entendit la clé tourner dans la serrure ce qui acheva de la méduser. Comment osaient-ils la traiter de la sorte ? Elle était une espionne à part entière désormais ! Une espionne qui avait… qui avait… qui avait fort mal aux pieds pour être honnête. Puisqu'elle était enfermée et qu'elle n'avait pas vraiment le choix de suivre ou non les deux hommes, elle s'effondra dans un fauteuil et enleva ses bottines. Puis elle inspira d'aise et se demanda où était passée son amie…

 CR✦ℰᴏ

Hayley arriva au *Danieli* et apprit avec bonheur que les trois autres l'avaient précédée. Elle se dirigea vers l'escalier puis, apercevant le fier liftier de l'hôtel, elle convint qu'elle prendrait volontiers l'ascenseur. Elle changeait de direction quand elle entendit derrière elle :

— J'espère que vous avez une bonne explication, très chère !

Hayley se retourna comme un aspic. Comment osait-il ? Après l'avoir abandonnée à son sort au milieu d'inconnus, Alistair se permettait de râler et de contrôler ses faits et gestes ? Le liftier observa le groupe, ne sachant plus s'il devait retenir l'ascenseur ou pas.

— Nous prendrons les escaliers, dit Alistair en se saisissant du bras d'Hayley, qui se dégagea d'un geste brusque.

— J'en ai soupé de la brutalité des hommes aujourd'hui !

Alistair se figea sur place.

— Vous a-t-on brutalisée ?

— La question vous intéresse donc ? Manifestement, elle ne vous préoccupait guère lorsque vous m'avez abandonnée en début de soirée.

Kieran ricana sous son masque. *Bon courage, camarade !* Il se précipita dans l'ascenseur, pendant qu'Hayley et Alistair prenaient les escaliers, ce qui attisa la colère de la dame.

— Là où j'allais, vous ne pouviez me suivre.

— Et bien, vous auriez dû me le dire, je ne me serai pas encombrée d'une robe aussi lourde pour la soirée ! C'est vous-même qui avez choisi ma tenue et c'est bien la dernière fois que je vous laisse ce choix !

Deux femmes de chambres croisèrent le couple en train de se disputer et partirent en riant sous cape. L'air de Venise avivait les passions.

Parvenus devant la chambre, Kieran les attendait au calme. Alistair ouvrit la porte et céda la place à Hayley qui entra telle une reine offensée. Meredith se jeta dans ses bras.

— J'ai eu tellement peur pour vous, mon amie.

Hayley fut si sidérée qu'elle se tut un instant. Elle était donc devenue l'amie de la jeune lady, dont elle avait dû s'occuper pendant tant d'années. Les temps changeaient.

— Ne vous inquiétez pas, Miss Meredith, je sais me défendre.

Alistair ferma la porte et ôta son masque, dévoilant un superbe hématome sous le menton. Hayley enleva son loup, dans l'espoir que cette vision ne soit qu'une ombre, et pinça les lèvres en constatant qu'il n'en était rien. Elle se rendit sans un mot dans sa chambre et revint, quelques instants plus tard, chargée d'un grand sac de cuir marron. Kieran s'intéressa à la chose depuis le fauteuil dans lequel il s'était assis avec bonheur. Il n'osa toutefois pas enlever ses souliers comme l'avait fait son équipière.

— Je n'ai nul besoin de soins, merci ! grogna Alistair.

— Vous n'avez pas fait d'études de médecine, que je sache, répondit Hayley d'un ton sec.

Elle observa le menton d'Alistair puis, encadrant son visage entre ses mains, le fit pivoter vers la lumière.

— Crème à l'arnica.

Elle plongea dans son sac et en sortit un pot de verre contenant un onguent blanc.

— Une couche épaisse à masser jusqu'à parfaite pénétration de la crème. Et lorsque vous aurez fini, vous me rendrez le pot.

— Je vous répète que je n'ai pas besoin de vos soins.

Hayley inspira profondément.

— Plus vous attendez, plus le bleu s'installe. Quant à me battre avec vous, je n'en ai pas la force. La soirée a été assez difficile comme cela.

Hayley rejoignit Meredith et Kieran et s'effondra sur un canapé qu'elle occupa tout entier avec sa robe rose et noire. Meredith observait avec quelque stupéfaction les étendues de tissus moirés et songea qu'elle préférait son pantalon. Kieran, quant à lui, sondait le visage d'Hayley avec attention. La dispute avec Alistair avait un peu ravivé la couleur de ses joues, mais une étrange pâleur persistait sur la peau de porcelaine. *Elle a eu peur*.

— Je serais curieux d'entendre le récit de votre soirée, dit-il simplement.

Hayley le regarda, un peu perdue.

— Pour vous résumer ma soirée, Monsieur Clifford m'ayant laissé seule au palais des Doges, j'ai arpenté les salles à la recherche d'informations. J'ai rencontré un homme d'affaires français qui s'apprêtait à quitter Venise et, après une aimable discussion, ce Monsieur m'a donné un médaillon aux couleurs de la république de Venise.

Hayley tira sur la chaîne d'or autour de son cou et sortit de son décolleté la médaille émaillée rouge et or. Meredith en resta bouche bée.

— C'est la médaille que l'Italien a montré à la dame pour lui faire peur !

Alistair regarda les deux femmes avec stupéfaction. Se pouvait-il qu'elles aient progressé plus vite que leurs deux compagnons ? Kieran éclata de rire, se frappant le front de la main.

— Continuez, Miss Fortescue, vous avez toute notre attention, dit-il avec un sourire éclatant.

— Ensuite, une Française est venue me trouver. J'ai détesté cette femme à l'instant même où j'ai posé les yeux sur elle. Savez-vous si Atropos était marié ? demanda-t-elle en se tournant vers Alistair.

L'Anglais prit un instant pour réfléchir. Puis il vint s'asseoir en face d'Hayley, ouvrit le pot d'arnica et appliqua une couche de crème sur son menton.

— Pas à ma connaissance. Pourquoi ?

Hayley se rejeta en arrière dans le canapé et inspira à pleins poumons, du moins essaya-t-elle en dépit de son corset. Sa bouche se fit boudeuse.

— J'ai eu une étrange conversation avec cette dame et elle s'intéressait beaucoup trop à vous. Pour détourner la conversation, je lui ai demandé où était son propre roi… Elle m'a alors dit qu'elle l'avait perdu quelques années auparavant et qu'elle était demeurée seule depuis lors. Elle prétendait être venue à Venise pour fonder une nouvelle famille, mais je n'en ai pas cru un mot. Elle était froide, dangereuse et s'amusait à me prendre pour une idiote. Ce qui m'a le plus dérangée, c'est la façon dont elle a dit qu'elle avait perdu son mari : *Mon roi m'a été enlevé il y a de cela quelques années.* Il y avait quelque chose de métallique dans sa voix.

Alistair referma le pot et le tendit à Hayley qui l'attrapa et le posa sur ses genoux.

— Enfin, j'ai rencontré un espion italien qui vous connaissait à merveille. Donatello. Il a insisté pour savoir ce que nous faisions à Venise. J'ai réfléchi et je lui ai dit que nous recherchions celui qui avait repris le flambeau d'Atropos.

Hayley se ratatina dans son canapé, attendant de se faire rudement rabrouer pour sa faiblesse et son manque de discernement. Un silence s'imposa, Kieran se pencha vers elle pour l'observer avec sérieux. Alistair plongea son regard dans le sien et y trouva la peur. De quoi avait-elle eu peur ?

— Racontez-nous tout en détail.

— Tout ?

— Tout. Du moment où je vous ai quittée au moment où je vous ai retrouvée devant l'ascenseur.

Hayley soupira et se dit qu'elle aurait bien eu besoin d'une tasse de thé. Elle commença à parler et raconta tout, sans rien omettre, donnant des détails sans importance, mais nul ne songea à l'interrompre. Seul Kieran se leva un bref instant et commanda du thé et des biscuits pour quatre, ce dont Hayley lui fut infiniment reconnaissante. Elle parla pendant un temps qui lui parut d'une longueur extrême. Lorsqu'elle eut enfin fini son récit, elle s'accorda une gorgée de thé… tiède mais salvatrice.

— Montrez-moi vos bras, furent les premières paroles d'Alistair.

— Je vous demande pardon ?

— Vous avez dit qu'il vous avait fait mal. Montrez-moi vos bras.

— Certainement pas ! J'aurai des bleus et je passerai un peu de crème à l'arnica, voilà tout.

Alistair ne répondit pas, mais Kieran se dit que Donatello allait avoir quelques soucis. Ce fut alors au tour de l'Irlandais de raconter leur propre soirée par le menu, de la première fête avec la vente de tableau interrompue grâce au médaillon, en passant par l'auberge et le jet de couteaux de Meredith, la seconde réception, le pont du Rialto et comment ils avaient retrouvé Alistair.

— Pour ma part, j'ai trouvé le nouveau conseil des Dix. Je vous confirme qu'il y a un nouveau doge à Venise et il pourrait bien être la cible d'Atropos, conclut Alistair.

Le tueur mythique reprenait du service. Meredith bâilla et se frotta les yeux, rappelant à chacun qu'une bonne nuit de sommeil n'était pas un luxe inaccessible.

— Prenons un peu de repos et nous déciderons de la suite des événements demain.

Kieran et Meredith rejoignirent leur chambre, ce qui scandalisa Hayley. Kieran avait l'air d'un homme d'honneur mais tout de même ! Laisser une jeune lady dans la même chambre qu'un inconnu…

— Si j'avais le moindre doute sur le comportement de Kieran, Meredith ne serait pas avec lui. C'est un homme droit. Il se couperait les bras plutôt que de toucher à une jeune fille. Et elle est plus en sécurité avec lui qu'avec nous. Si Atropos vient, ce sera pour moi.

Hayley était fatiguée. Si Alistair avait envisagé la situation sous cet angle, elle n'allait pas débattre avec lui de ce point. Elle voulait masser ses bras qui lui faisaient mal, dormir dans un lit confortable et oublier la frayeur que Donatello lui avait faite malgré tout. Elle était si fatiguée qu'elle accepta l'aide d'Alistair pour défaire les laçages compliqués de sa robe et de son corset, puis prit congé.

Hayley enleva la lourde robe, se glissa hors de son corset avec un bonheur réel, ses poumons étant de nouveau autorisés à se déployer pleinement. Après un brin de toilette, elle voulut se glisser dans le lit mais n'en crut pas ses yeux. Une rose rouge trônait sur son oreiller. Hayley s'empara de la fleur et la regarda sans comprendre. Qui avait mis cette rose sur son oreiller ? Il fallait qu'elle en ait le cœur net. Elle referma autour d'elle les pans de sa fine robe de chambre ivoire aux manches couvertes de dentelles et rentra dans le salon. Rien ne bougeait.

Alistair se redressa d'un bond du canapé où il était allongé. Hayley sursauta et voulut refluer vers la chambre, mais il s'approchait déjà d'elle... torse nu. L'Anglaise décida de regarder ses pieds. Elle se sentit idiote. Elle était infirmière et, après tout, elle avait déjà vu cet homme torse nu à Paris... mais c'était pour le soigner, ce n'était pas la même chose !

— Un problème, Miss Fortescue ?

— J'ai trouvé cette rose sur mon oreiller...

Alistair parut surpris. Il prit la fleur et l'observa.

— Étrange. Je n'ai remarqué aucune fleur cet après-midi.

Il regarda la fleur avec méfiance et jeta la malheureuse dans une corbeille, loin de tout. Hayley fut surprise, mais ne fit aucun commentaire. Elle rejoignit sa chambre et se demanda si l'on pouvait empoisonner une fleur avant de sombrer dans un sommeil de plomb.

Un peu plus tard dans la nuit, alors qu'Hayley dormait profondément, Alistair se glissa dans la chambre et s'approcha du lit. Endormie sur le côté, Hayley reposait le bras en dehors des draps. Il regarda sa peau de lait. Des traces violacées marquaient l'endroit où elle avait été saisie par l'Italien. *Pardon, Hayley...* Il l'observa encore un instant et retourna dans le salon.

Antonio PERINI, Scala dei Giganti, Ducal Palace, Venice, 1854,
84.XP.771.23, ©The J. Paul Getty Museum, Los Angeles.

Chapitre IV

U n rayon de soleil illumina le visage d'Hayley. Elle s'étira avec volupté dans le merveilleux lit du *Danieli*. La jeune femme se dit qu'elle avait bien de la chance de goûter à un tel confort et se redressa. Le confort ne devait pas la mener à la paresse. Elle sortit du lit, s'étira et grimaça au souvenir des bleus sur ses bras. Elle inspecta les traces disgracieuses et douloureuses, puis passa sa robe de chambre immaculée et rebrodée de dentelles pour couvrir la peau nue de ses bras. Elle hésita un instant. Elle ne voulait pas réveiller en sursaut Alistair mais, dans le même temps, elle souhaitait commander un copieux petit-déjeuner avant de partir à l'aventure pour leur deuxième journée à Venise. Elle se glissa dans le salon, s'approcha du téléphone, ne laissant entendre qu'un léger frou-frou derrière elle.

— Bonjour Miss Fortescue. J'ai déjà commandé le petit-déjeuner.

Alistair était assis dans un fauteuil, vêtu en tout et pour tout d'un élégant pantalon d'intérieur et d'une veste coordonnée. Hayley sentit ses joues rosir ce qui était le comble du ridicule.

— Bonjour Monsieur Clifford. Vous êtes matinal.

— Jamais à Londres, toujours en mission. Avez-vous bien dormi ?

— Beaucoup trop profondément pour quelqu'un en mission.

Alistair sourit de toutes ses dents et Hayley songea que cela faisait un moment qu'elle ne lui avait plus vu ce sourire calme et serein. Elle se dirigea vers la fenêtre ouverte en grand, dans l'espoir que l'air frais de la lagune l'aiderait à éclaircir ses idées.

La seconde coupe de champagne avait été une erreur. Une eau de Vichy aurait été la bienvenue.

On toqua à la porte. Alistair se précipita pour ouvrir.

— Restez en arrière.

Hayley s'aperçut qu'Alistair avait glissé sous sa veste son étui de revolver. Était-il donc armé jour et nuit ? Elle se trouva soudain fort nue, sans défense. Elle songea à regret qu'elle avait ôté toutes ses armes la veille au soir et n'avait pas pensé à les reprendre au lever. Pire, elle était sortie de la chambre sans prendre soin de rattacher ses longs cheveux qui cascadaient dans son dos. Hayley fut fort contrariée par ce relâchement marqué d'une trop grande familiarité. Alistair ouvrit la porte et un serveur apparut, chargé d'un grand plateau contenant tout ce que l'on pouvait espérer d'un petit-déjeuner. Il posa le plateau sur la table et prit aussitôt congé, non sans avoir jeté un regard stupéfait à Hayley, qui se demanda aussitôt si sa tenue était décente. Elle vérifia sa robe de chambre. Tout était bien fermé. Seules ses mains et son cou dépassaient du tissu vaporeux blanc.

Alistair la voyant s'inspecter ne put s'empêcher de ricaner. La jeune femme en fut piquée.

— Qu'ai-je donc de si étonnant ?

— La beauté, Miss Fortescue. Une impossible beauté.

Les yeux presque violets d'Hayley s'ouvrirent de stupeur. Elle avait été infirmière et gouvernante la majeure partie de sa vie, mais nul n'avait songé à lui dire qu'elle était belle alors qu'elle portait du blanc ou du noir. Et voilà que lorsqu'elle jouait les grandes dames, tous se pâmaient à ses pieds !

— C'est l'argent. Ou du moins le sentiment que j'ai de l'argent qui fait la différence.

Alistair s'installa à table et décida de ne pas polémiquer. Hayley était certes très jolie en colère, mais il la préférait calme et de bonne humeur. Il servit le thé et l'invita à le rejoindre. Elle jeta un dernier coup d'œil à la lagune et s'approcha de la table pour prendre place en face de lui.

— Qu'allons-nous faire aujourd'hui, Monsieur Clifford ?

— Miss Fortescue, une bonne fois pour toutes, allez-vous finir par m'appeler Alistair ?

Hayley prit sa tasse de thé et réfléchit à la question.

— Je peux essayer maintenant que je ne sers plus votre famille, mais je ne vous promets pas de ne pas me tromper parfois.

— Ce sera déjà mieux que rien.

— Toutefois, si je vous appelle Alistair, vous devrez m'appeler Hayley.

Alistair parut un peu choqué, mais le raisonnement se tenait…

— Je peux essayer moi aussi. Ce point étant réglé, Kieran connaît un agent de liaison des services secrets, qui doit venir faire le point avec lui sur les éventuelles avancées de l'enquête sur Atropos. Pour ma part, je me porte fort bien loin de tous ces messieurs et préfère continuer nos investigations selon notre bon vouloir et notre inspiration. À cet égard, je vous conseille de porter des souliers confortables et une tenue qui vous permette d'accéder à vos armes aisément.

Hayley le regarda dans les yeux.

— Je viens donc avec vous ?

— Oui, Miss… Hayley. Vous venez avec moi car je ne ferai pas deux fois la même erreur. Nous avons eu beaucoup de chances que vous sortiez vivante du palais des Doges.

— Ai-je été si mauvaise ?

— Non, très chère, c'est moi qui ai été mauvais. Sous prétexte que je préfère travailler seul, je vous ai laissée dans un lieu dont je n'ai pas pris soin d'évaluer les dangers. Aussi, si vous en êtes d'accord, je préférerais que nous enquêtions ensemble aujourd'hui.

Le visage d'Hayley s'illumina.

— Avec plaisir, Monsieur… Alistair.

Ils achevèrent leurs petits-déjeuners en évoquant l'histoire de

Venise et se préparèrent pour une nouvelle journée.

CR✦ED

Q uand Kieran avait réveillé Meredith tôt ce matin-là, il comprit que la jeune fille n'aimait guère discuter avant d'avoir avalé un solide petit-déjeuner. Elle retrouvait alors peu à peu une humeur convenable. Ils étaient ensuite tous deux partis à la rencontre de son contact des services secrets. Kieran n'avait jamais beaucoup apprécié cet homme fat et ambitieux. Toutefois, Archibald Templeton était le seul à avoir accepté de faire le déplacement jusqu'à Venise. Ainsi, ne pouvait-il pas être aussi mauvais qu'il le soupçonnait. Pour l'occasion, Meredith avait passé une robe aux larges poches et au tissu épais sur laquelle elle avait bouclé une solide veste. La jeune fille était irréprochable, mais il était clair que la coquetterie n'était pas sa préoccupation première lorsqu'elle choisissait ses vêtements. Solides, chauds et souples semblaient être ses critères prioritaires. Kieran sourit avec bienveillance en voyant la lourde natte de Meredith se balancer dans son dos. Il se demandait s'il serait aussi large d'esprit que Lord Clifford si sa fille lui annonçait qu'elle allait jeter au feu son éducation et sa place dans la société pour devenir espionne. Toutefois, il devait reconnaître que la petite lady était douée. Sous sa peau de porcelaine, une âme de guerrier bouillait. Ses mains ne tremblaient jamais lorsqu'elle jetait ses lames meurtrières. Elle n'avait peur de rien, ne s'émouvait de rien, ne s'inquiétait de rien. Elle suivait, apprenait, réfléchissait et agissait à bon escient. *Une bonne recrue, somme toute.*

— Meredith, je suis confus de vous dire cela, mais je préférerais que vous conserviez le silence lors de notre entrevue. L'homme que nous allons rencontrer n'est pas très… Il est…

Meredith observa son compagnon d'armes.

— Vous ne l'aimez pas.

— Non.

— Très bien. Nous nous appelons par nos prénoms désormais ?

— Je vous rappelle que nous sommes frère et sœur.

— C'est vrai, dit-elle en souriant. Elle pouvait être jolie cette jeune fille mais, la plupart du temps, elle arborait un air sérieux, voire renfrogné, qui avait de quoi rebuter les plus curieux.

Lorsqu'ils arrivèrent au lieu de rendez-vous, Kieran entra en premier afin de s'assurer que les lieux n'étaient pas trop malfamés. Il eut l'heureuse surprise de constater que, non content d'être beaucoup plus pimpant que dans son souvenir, le restaurant de pêcheurs avait même pris quelques airs bourgeois inattendus. La ville se modifiait à la vitesse du cheval au galop.

Meredith fut charmée par l'atmosphère du lieu et, puisqu'elle n'était pas autorisée à parler, elle décida de commander un deuxième petit-déjeuner. Comme le lui avait enseigné son cousin Alistair, dans ces affaires d'espionnage, on ne savait jamais quand aurait lieu le prochain repas.

Attablé devant une simple tasse de thé, Kieran commençait à s'impatienter quand son contact entra. L'homme au chapeau melon et au long manteau noir n'était guère discret. L'Irlandais se leva pour lui signifier leur présence et ils s'installèrent devant une grande théière. Meredith, qui observait le nouveau venu tout en honorant des pâtisseries aux amandes de sa meilleure attention, se demanda comment les services secrets de sa Majesté avaient pu engager un homme aussi outrageusement britannique. Au premier regard, tout un chacun pouvait deviner sa nationalité.

— Veuillez m'excuser du retard avec lequel j'arrive mais, au moment même où je partais, le téléphone a retenti et j'ai été obligé de prendre la communication, s'excusa Archibald. Et heureusement ! Votre entrée à Venise a été loin de la perfection ! Êtes-vous la fieffée idiote qui a informé les Italiens de l'objet de votre mission ?

Meredith s'étouffa avec son thé et faillit le recracher sur la table. *Fieffée idiote ?* Il allait lui en cuire.

— Je ne sais pas quel infâme petit gratte-papier caché derrière votre bureau vous êtes et peu m'importe ! répliqua-t-elle avec hauteur. Sachez seulement qu'aucun agent sur le terrain n'a à être traité de la sorte par les cloportes des bureaux ! La prochaine fois que vous me manquez de respect ou à l'un quelconque de mes compagnons d'armes, je vous cloue au mur.

Meredith reprit sa tasse et but avec calme et dignité le restant de son thé. Pétrifié d'horreur, Archibald Templeton était si indigné qu'il semblait étouffer dans son col de chemise.

— Je suis tout à fait d'accord avec elle, déclara Kieran. Vous n'étiez pas à la place de l'agent qui a préféré donner une information pour en recevoir une autre. Alors ne jugez pas.

— Le ministre des Affaires étrangères a reçu l'appel téléphonique de son homologue italien ce matin et la conversation n'a pas été plaisante.

— Nous avons donc reçu l'ordre de rentrer sur le champ en Angleterre ? demanda Kieran.

— Bien sûr que non ! Vous poursuivez et je dirais même qu'Atropos n'est plus votre priorité, chuchota l'homme.

— Pardon ?

— Vous devez retrouver le doge et lui offrir le soutien de la Grande-Bretagne dans son entreprise de restauration de la république de Venise.

Déstabiliser la monarchie italienne, voilà le plan fabuleux qui était sorti des esprits malades du ministère des Affaires étrangères. Kieran avait toujours détesté être utilisé pour fragiliser des pays.

— Avez-vous des questions ?

— Certes non, répondit Kieran. J'ai bien compris les tenants et les aboutissants de cet ordre grotesque. Toutefois, vous allez répondre à nos glorieux stratèges que, pour le moment, nous continuons la première mission et que, le cas échéant, nous nous rapprocherons du doge.

— Vous n'avez pas le droit de discuter les ordres !

— Apportez-moi un ordre écrit et nous en reparlerons. Le seul ordre de mission en ma possession concernait Atropos. Je ne changerai pas de mission au gré des fantaisies des uns et des autres. Bon retour à Milan.

Kieran se leva aussitôt suivi par Meredith. Ils quittèrent à l'instant le restaurant, laissant à Archibald le soin de régler l'addition.

Kieran marchait vite, tellement vite que Meredith, lestée par deux petits-déjeuners et son gilet pare-balles en acier, avait quelque peine à suivre.

— Pourquoi sommes-nous si pressés ? protesta-t-elle.

— Parce que nous devons informer Alistair et Hayley avant qu'ils ne partent.

— Pourquoi ne pas leur téléphoner dans ce cas ?

Kieran s'arrêta net. Il n'y avait pas pensé. Le *Danieli* avait installé le téléphone dans ses suites et il suffisait de trouver un autre combiné téléphonique quelque part. Kieran leva les yeux et observa les fils suspendus au-dessus des rues. Non loin d'eux, un bâtiment semblait être relié au téléphone. Avec un peu de chance, il pourrait payer la communication au propriétaire. L'espion se dirigea sans attendre vers la maison qui se révéla être un hôtel. Il s'engouffra dans l'établissement et parvint à convaincre le propriétaire de le laisser appeler le *Danieli* contre monnaie sonnante et trébuchante.

Quelques minutes plus tard, l'Irlandais ressortait et trouvait Meredith dos au mur en train d'attendre au soleil.

— J'ai eu Alistair au moment où ils partaient. Nous les aurions ratés sans votre intervention ! Vous êtes d'une aide précieuse !

Meredith fut surprise. Elle n'était toujours pas habituée à recevoir des compliments.

— Merci, balbutia-t-elle gênée.

— Bien, nous allons donc pouvoir nous rendre à notre prochain lieu d'investigation !

— Où ?

— Le meilleur endroit pour discuter en toute liberté avec des jeunes Vénitiens, la bibliothèque de la *Fondazione Querini Stampalia* !

L'explication semblait se suffire à elle-même dans l'esprit de Kieran, bien que Meredith ignorât ce que pouvait bien être ce lieu. Elle haussa les épaules et suivit sans question l'espion irlandais, qui avait déjà pris de l'avance avec son pas cadencé. Meredith songea par-devers elle qu'elle n'avait pas fini de courir après son équipier, s'il persistait à marcher aussi vite.

CR✦Ø

A listair avait opté pour un manteau long et noir lui permettant de porter son gilet pare-balles en soie. Hayley, quant à elle, avait choisi une robe pourpre, un peu plus large que la moyenne pour remplacer le corset habituel par un gilet cousu d'acier lui assurant une bonne protection. Elle avait aussi décousu les poches de sa robe, ce qui lui donnait accès à une dague et à un revolver cachés dans ses jupes. Ils décidèrent tous deux de porter des *baute*, comprenant loups, tricornes et capes courtes, pour conserver un certain anonymat. Le ministère avait beau considérer que la recherche d'Atropos passait désormais au second plan, pour leur part, ils préféraient continuer à chercher la nouvelle Atropos avant qu'elle ne les trouvât.

Alistair avait passé autour de son cou le médaillon émaillé rouge et or aux armes de la république de Venise afin de tenter le diable… Cette tactique avait toujours eu sa préférence sur toutes les autres. Il se promenait donc place Saint-Marc en compagnie d'Hayley, sans aucune discrétion, arborant avec fierté et panache la médaille rouge sur son manteau noir. Quelques Vénitiens se retournèrent sur leur passage, n'en croyant pas leurs yeux. Les touristes, quant à eux, observaient le couple de masques, mais ne s'arrêtaient guère sur eux : leurs costumes n'étaient pas assez somptueux.

N'ayant pas déclenché les réactions espérées, Alistair et Hayley décidèrent de visiter la basilique Saint-Marc. Monumentale, la basilique écrasait la plus grande place de Venise de sa magnificence. Édifice à coupoles sur le modèle byzantin, elle étonnait ses visiteurs par la profusion d'or, de symboles et par son ancienneté. Il n'était pas si commun de se trouver dans un lieu de culte plus que millénaire. Alors qu'Hayley trouvait l'extérieur de la basilique somptueux, elle eut le souffle coupé lorsqu'ils entrèrent. Elle comprit d'où venait son surnom de « Basilique d'or ». Tous les murs de l'immense bâtiment étaient décorés sur fond d'or. La moindre source de clarté faisait briller chaque recoin de l'édifice, mettant en valeur les mosaïques rares et précieuses. Pendant quelques instants, Hayley admira le monument comme n'importe quelle touriste, oubliant qu'elle entrait dans un lieu sanctifié de la religion catholique… sa religion. Alors qu'Alistair l'entraînait déjà loin du plus proche bénitier, elle lâcha son bras, se pressa vers la vasque remplie d'eau bénite, se tourna vers le chœur et son autel, puis se signa en s'inclinant légèrement. Alistair, anglican et quelque peu athée, l'observa avec surprise. Un peu gênée, Hayley trottina vers lui et reprit son bras.

— Catholique, donc.

Hayley le regarda en coin, se demandant si son compagnon allait déclarer une nouvelle guerre de religion.

— Oui. Catholique romaine.

— Votre famille a bien de la constance pour avoir survécu à toutes nos guerres. J'ignorais que mon oncle et ma tante avaient confié à une catholique l'éducation de mes cousins anglicans.

Le rouge de la honte embrasa les joues de la jeune femme. Hayley déglutit avec difficulté.

— Ils l'ignorent aussi.

Les yeux brillants de malice, Alistair se tourna vers elle et rit de bon cœur, mais avec discrétion tout de même. Croyant ou pas, il respectait les lieux de culte. Il se pencha vers Hayley et murmura avec un grand sourire :

— Petite cachottière.

— Vous ne leur direz pas ! D'autant plus que j'ai toujours veillé à être irréprochable sur l'enseignement religieux de vos cousins !

— Je vous crois sur parole, Hayley. Toutefois, nous reporterons cette conversation fort prometteuse à une autre fois, je crois que nous avons un candidat.

Hayley tourna la tête dans la même direction qu'Alistair et vit un jeune homme en longue redingote noire, foulard blanc et chemise à jabot. Il les regardait avec insistance et, voyant qu'il avait enfin retenu leur attention, il s'enfonça dans l'ombre des colonnes en leur faisant signe de le suivre. Alistair entraîna Hayley à la poursuite du jeune romantique. Quand ils arrivèrent au point où ils l'avaient vu disparaître, ils s'aperçurent que le jeune homme les attendait derrière la colonne.

— Pax tibi Marce, dit-il.

Le même cri de ralliement que les hommes qui l'avaient attaqué la veille au soir.

— *Pax tibi Marce*, répondit Alistair.

Le jeune Italien se renfrogna.

— *Evangelista meus*, continua Hayley.

Leur interlocuteur se détendit aussitôt. Alistair se serait giflé. *Les paroles de l'ange à saint Marc, imbécile !*

— Vous m'avez fait peur, j'ai cru être tombé sur un quelconque sbire de notre si glorieux roi ! dit-il dans un italien un peu traînant. Vous avez quand même un sacré toupet de porter notre médaillon au vu et au su de tout le monde ! Vous devriez être plus prudent !

— C'est que mon but premier n'était pas vraiment la discrétion, répondit Alistair dans un italien parfait. Je recherche le point de ralliement des nôtres.

Le jeune républicain fronça de nouveau les sourcils.

— Vous ne savez pas où c'est ?

— Si je suis amené à me pavaner dans Venise dans l'espoir que l'un ou l'autre me remarquera, croyez bien que je l'ignore.

— Vous n'êtes pas italien.

— C'est vrai. Nous sommes anglais, mais ma famille était d'origine italienne et j'ai gardé une profonde nostalgie de mon pays de cœur.

Quel menteur, songea Hayley. À sa grande surprise, elle parvenait tant bien que mal à suivre la conversation, surtout quand Alistair prenait la parole.

Le jeune homme hésita entre partir à toutes jambes et offrir le bénéfice du doute aux deux étrangers. Tout de même, il se demandait ce que deux Anglais pouvaient trouver d'intéressant à la république de Venise. Puis il pensa que ce n'était pas à lui d'en juger.

— Nous nous retrouvons au *Caffè Florian*. Donnez le mot de passe « Le lion déploie ses ailes » à l'un des serveurs.

Ayant donné ses instructions, il tourna les talons, leur fit un vague signe d'au revoir et partit sans les regarder.

Alistair était réservé quant aux renseignements qu'ils venaient de recevoir. Quelque chose dans l'attitude du jeune homme lui faisait dire de se méfier.

Rejoignant sans le savoir l'opinion de son compagnon d'armes, Hayley était quelque peu circonspecte… Comment cela pouvait-il être si facile ? Elle se tourna vers Alistair et entrevit l'ombre dans son silence.

— Vous ne semblez pas convaincu… souffla-t-elle alors qu'ils regagnaient l'entrée de la Basilique.

— Pas vraiment mais, pour le moment, rien ne nous empêche de nous rendre au *Florian,* c'est à deux pas d'ici. Dans mon souvenir, c'est un lieu délicieux où le thé est fameux et le chocolat succulent.

Hayley sourit, s'accrochant un peu plus fort au bras d'Alistair.

— Je vous fais rire, Hayley.

Il n'y avait pas de reproche dans sa voix.

— Veuillez m'excuser, Alistair, je ne voulais pas vous froisser. C'est juste que vous êtes si surprenant. Au milieu d'un monde dur, sans pitié et violent, vous parvenez toujours à trouver quelque chose de lumineux.

— Vous êtes trop optimiste, très chère. Vous ne connaissez que mes bons côtés.

Hayley regarda Alistair. Elle ne connaissait en fait que ce qu'il avait bien voulu lui montrer. Elle était certaine qu'il pouvait être redoutable et meurtrier à ses heures, mais ce qu'elle voulait dire, peut-être maladroitement, c'est qu'il parvenait toujours à se raccrocher à quelque chose de beau, de doux, de civilisé. Plus d'un, à sa place, n'aurait pas fourni l'effort nécessaire pour reprendre pied parmi les hommes.

— Ce que je veux dire, c'est que vous choisissez la lumière quand tant d'autres sombrent dans les ténèbres. Vous avez vu bien plus d'horreurs que nombre d'entre nous, mais vous restez toujours du bon côté.

Alistair fut surpris et, pour une fois, sans voix. Cela faisait bien longtemps en vérité que nul n'avait pris le temps de le regarder avec bienveillance… Meredith peut-être avait eu cette délicatesse mais, trop jeune, n'avait pas compris l'importance de formuler ce qu'elle avait vu. Hayley, quant à elle, avec toute sa sensibilité, sa bienveillance et son intelligence, tentait de percer l'armure du dandy pour entrevoir l'homme derrière l'image.

Cette femme est vraiment trop parfaite pour moi.

Alistair saisit simplement la main sur son bras et se pencha pour l'effleurer d'un baiser.

M eredith marchait d'un bon pas, mais elle était
toujours devancée par Kieran.

— Peut-être pourriez-vous m'en dire davantage sur cette
bibliothèque ? dit-elle.

Kieran se retourna et, voyant qu'il marchait trop vite pour la
jeune fille, ralentit son allure.

— La bibliothèque de la *Fondazione Querini Stampalia* est
sans doute le lieu le plus fréquenté par la jeunesse vénitienne.
Les Querini faisaient partie des familles *originarie*, c'est-à-dire
les familles supposées avoir été présentes depuis la fondation de
Venise. Malheureusement, le dernier représentant de cette
famille, Giovanni di Alvise Querini, s'est éteint il y a une
trentaine d'années environ et, au lieu de laisser sombrer
l'héritage de sa famille dans le néant, il a créé une fondation.
Par testament, il a décidé que l'intégralité des biens de sa
famille serait désormais accessible au public gratuitement, y
compris la bibliothèque. Il a aussi demandé que cette
bibliothèque soit ouverte quand toutes les autres seraient
fermées, permettant ainsi aux érudits, étudiants et autres curieux
de lire et de s'instruire à toute heure. Le revers de la médaille, et
c'est en fait ce qui nous intéresse, est que le lieu élégant et
gratuit est envahi chaque jour par de nombreux étudiants, qui en
ont fait leur lieu de ralliement et de discussion. Aussi, notre plan
est-il de vous faire passer pour une étudiante anglaise souhaitant
améliorer sa connaissance de la langue italienne. Pour ma part,
je serai le frère aîné veillant jalousement sur sa petite sœur.

— Décidément, je ne peux jamais être tranquille ! Quand
mon vrai frère reste en Angleterre, un autre surgit de nulle part
pour m'empêcher de vivre ma vie !

Kieran rit sous cape, n'osant pas rire en face de Meredith.

L'Irlandais ne connaissait pas assez la jeune fille pour savoir si elle voulait être drôle ou s'il s'agissait simplement d'un cri du cœur. Au vu du regard sombre qu'elle lui adressa, il opta pour la seconde possibilité.

Arrivée sur le *Campo Santa Maria Formosa*, Meredith apprécia le champ qu'offrait enfin la place. Elle qui avait toujours aimé les grands espaces souffrait de l'étroitesse de la plupart des rues et ruelles de Venise. Pourtant, Kieran ne lui laissa guère le temps d'apprécier cette bouffée d'air et s'engouffra dans une étroite trouée, entre deux bâtisses, pour atteindre un bâtiment de couleur brique, comptant trois étages. Un large panneau sur la façade apprit à la jeune Anglaise qu'ils étaient arrivés. Kieran traversa la passerelle permettant d'accéder à l'entrée et maintint la porte ouverte à Meredith. Elle entra et fut happée par le lieu. Il y avait une sorte d'énergie positive émanant de ces murs, qui la séduisit aussitôt. Kieran sourit. Lui aussi avait toujours aimé ce palais ouvert à tous, où la seule obligation était de vouloir apprendre. Il se présenta à la réception et expliqua, dans un italien parfait, qu'il accompagnait sa jeune sœur souhaitant améliorer sa connaissance de la langue de Dante. La réceptionniste, une belle brune aux lèvres pleines, sourit à ce fringant Irlandais aux yeux verts si séduisants et lui précisa que la bibliothèque se trouvait au premier étage. Kieran acheva la pauvre Italienne d'un sourire resplendissant et se retourna pour indiquer le chemin à sa « jeune sœur ». Boudeuse, Meredith ronchonnait. Elle observait avec incompréhension le comportement des hommes autour d'elle dès qu'un jupon apparaissait.

— Vous êtes vraiment tous très étranges, constata-t-elle en grimpant les marches de l'escalier quatre à quatre.

— Étranges en quoi ? demanda Kieran.

— Vous vous pavanez comme des paons dès qu'une femme apparaît. C'est… surprenant et un peu ridicule, je dois l'avouer.

Kieran sourit avec bienveillance.

— N'avez-vous jamais rencontré un jeune homme de votre âge qui vous aurait donné envie de porter de jolies robes ?

Meredith s'arrêta au beau milieu de l'escalier pour réfléchir. Pour être honnête, elle avait été fort contrariée de rencontrer le prince Mikhaïl Nikolaïevitch Kourakine, à Saint-Pétersbourg, vêtue de l'une des pauvres tenues que sa mère lui avait fait confectionner pour son rôle de demoiselle de compagnie. Était-ce un signe que Mikhaïl lui plaisait ?

— Considérez-vous que les femmes se pavanent autant que les hommes ? s'inquiéta-t-elle.

Le visage de Kieran s'illumina. Lui qui n'avait jamais eu la chance de grandir auprès de sa sœur, ni même de connaître sa mère, appréciait chaque minute passée en compagnie de cette petite fille dangereuse.

— Vos parents vous ont trop coupée du monde, Meredith ! Les femmes se pavanent au moins autant que les hommes, si ce n'est plus parfois.

— Je ne vous crois pas. Ma mère ne se pavane pas, Hayley ne se pavane pas.

— Est-ce là les deux seuls exemples que vous ayez ?

Meredith réfléchissait aux femmes qu'elle avait pu observer dans sa vie. Les autres domestiques ne se pavanaient guère, mis à part une femme de chambre à qui le nouveau valet de pied de son père plaisait. Dans la pension de Mrs Cunningham, où elle avait passé trop d'années à son goût, elle n'avait guère vu les femmes se pavaner... Il fallait tout de même préciser qu'il n'y avait pas d'hommes dans les environs. En revanche, elle se souvint des discussions enflammées de ses camarades de pensionnat, lorsqu'elles évoquaient l'entrée dans le monde d'une telle ou d'une autre. Kieran avait peut-être raison. Cela devait dépendre des femmes et des hommes.

— Pour ma part, je ne me pavane pas ! conclut-elle.

Kieran se mordit pour ne pas rire.

— Je pense qu'effectivement, nul ne pourra vous le reprocher.

Meredith observa son équipier quelques instants. Il lui faisait penser à Alistair dans un sens... Elle ne savait jamais s'il se moquait d'elle ou s'il était sérieux. Kieran sentit le regard inquisiteur sur lui et accéléra le pas vers le haut de l'escalier. Meredith le rattrapa. Arrivés au sommet, ils retrouvèrent toute leur concentration.

Les deux Britanniques n'eurent aucun effort à fournir pour trouver un groupe d'étudiants en train de débattre avec passion des vertus comparées de la république et de la monarchie, puisqu'ils buttèrent dedans en haut de l'escalier. Ils s'agrégèrent au groupe et écoutèrent les débats.

Meredith avait quelques difficultés à suivre la conversation tant les étudiants parlaient vite, en se coupant à tour de rôle la parole. En revanche, il ne faisait aucun doute dans son esprit que ces jeunes Vénitiens n'envisageaient leur débat que sous l'angle de l'unité italienne. Elle se tourna vers « son grand frère » et demanda en anglais :

— Je ne comprends pas. Il me semblait que Venise avait été une république indépendante pendant de nombreux siècles. Pourquoi ne débattent-ils pas de la restauration de la Sérénissime ?

Un silence de plomb tomba sur l'assistance et les quelques anglophones se mirent à traduire fébrilement le commentaire de la jeune Anglaise. Les Vénitiens regardèrent avec étonnement cette créature sortie de nulle part et qui venait bouleverser les limites de leurs conversations habituelles.

— L'unité italienne est importante pour nous tous, Miss, commença l'un des partisans de la république en articulant avec soin son italien. En vérité, vous ne trouverez plus guère de partisans de la république de Venise ici même.

— C'est vrai. Qu'elle soit faite sous la monarchie ou sous la république, le plus important pour nous tous est l'unité !

— Donc, vous êtes d'accord sur l'essentiel, glissa Kieran en italien, non sans une certaine perfidie.

Le groupe d'étudiants grogna, refusant de reconnaître qu'ils s'entendaient sur quoi que ce fût.

— Nous sommes d'accord sur l'unité, mais la monarchie a trahi les partisans historiques de l'unité italienne ! Garibaldi et Mazzini étaient républicains !

— Garibaldi et Mazzini ont eu l'intelligence de se rallier au roi pour atteindre leur but ! L'unité !

Le brouhaha reprit de plus belle. Les deux espions se jetèrent un regard entendu, il était inutile de rester plus longtemps, les partisans de la république de Venise ne s'affichaient pas en public.

Meredith et Kieran quittèrent la *Fondazione Querini Stampalia* à regret. Ils aimaient ce bâtiment, mais leur enquête passait avant leurs goûts personnels.

— Où allons-nous ? demanda Meredith.

— Nous rentrons à l'hôtel pour nous changer. C'est dans les bas-fonds que nous trouverons des indices. Les partisans de la république agissent à couvert.

— Nous allons reprendre nos *baute* ?

— Tout juste, Meredith, vous allez pouvoir remettre un pantalon !

La jeune Anglaise sourit de toutes ses dents. Pas de corset, un gilet pare-balles, pas de jupons, un pantalon ! Elle aimait vraiment Venise !

CR✦ED

L a salle était chargée d'électricité. Les esprits s'échauffaient et plus personne ne semblait écouter son voisin tant les passions et l'alcool avaient emporté au loin la sagesse. Dans ce café clandestin, aucune fenêtre ne venait apporter d'air frais à l'atmosphère pleine de fumées de tabacs, d'odeurs de bières, de vins et, par-dessus tout, de sueurs. Les corps s'échauffaient autant que les esprits dans le confinement de cet espace clos. Les jeunes gens se bousculaient, se battaient parfois, souvent, pour un oui, pour un non, pour le roi, pour la république. Puis, ils se réconciliaient en se disant que, tous autant qu'ils étaient, ils ne valaient pas plus que des aigrettes de pissenlits prises dans la tempête.

Dans un angle, un personnage portant la *bauta* traditionnelle, ne pouvait dissimuler derrière son masque et son large capuchon d'épaisses boucles blondes jouant sur ses épaules. La silhouette était fine, mais masculine. Bien des brigands de la salle se seraient laissé tenter par la perspective d'un larcin facile si le jeune homme n'avait été accompagné par deux silhouettes autrement plus massives que lui. Deux masques dissimulés sous le même costume vénitien encadraient le jeune étranger. Tous trois écoutaient des discours enflammés sur la Sérénissime.

CB♦ED

A listair et Hayley traversaient la place Saint-Marc pour rejoindre le *Caffè Florian*, quand le carillon de la célèbre tour de l'Horloge sonna onze heures. Devant leurs pas, des cohortes de pigeons se dandinaient sans trop de hâte, habitués qu'ils étaient aux humains. Chacun se demandait vers quel genre de piège leurs pas les menaient, mais la certitude d'être avec l'autre suffisait à raffermir leurs cœurs. Parvenus sous les arcades des *Procuraties*, Hayley contempla l'entrée du célèbre café. Nombre des tables à l'extérieur étaient occupées et les serveurs à la veste immaculée se pressaient, de toutes parts, pour contenter leurs clients. Hayley se dit qu'il serait bien agréable de prendre le temps de s'installer en terrasse et de boire un thé en contemplant les beautés architecturales environnantes.

Elle avait l'impression de courir autour de la place sans jamais avoir l'occasion de s'arrêter et de savourer la chance exceptionnelle d'être là. Alistair, concentré sur la mission, avança et l'entraîna dans le café.

Ils eurent à peine le temps d'entrer que des serveurs fondaient déjà sur eux. Alistair leur parla en italien, mais Hayley ne parvint pas à saisir avec précision le sujet de la conversation. Un serveur saisit une carte, les devança dans les différentes salles, toutes décorées dans un style différent, et les conduisit dans le salon *Liberty*, une nouveauté de l'établissement... Nouveauté fort en vogue au vu du nombre de clients installés. Toutefois, malgré le monde, les discussions étaient calmes et plaisantes. Alistair fit signe à Hayley de s'asseoir dans l'angle d'une banquette de velours rouge et prit place à côté d'elle. Installés en fond de salle, ils pouvaient surveiller les allées et venues. Hayley profita du confort de la banquette et admira la salle. De forme rectangulaire, le salon *Liberty* était décoré de miroirs peints et de peintures à même le mur, dans le plus beau style Art Nouveau. Les plafonds peints et dorés offraient une luminosité douce et bienveillante.

— Je ne connaissais pas ce salon, indiqua Alistair. D'après le serveur, il a été inauguré au début de l'année dernière.

Hayley regarda avec insistance son équipier.

— Que faisons-nous ici ? demanda-t-elle.

Alistair sourit paisiblement.

— Très chère, vous apprendrez que, dans notre métier, il ne faut jamais rater une occasion de se restaurer. On ne peut jamais savoir quand le prochain repas aura lieu.

Le serveur entra chargé d'un plateau avec deux chocolats au Grand Marnier fumants, puis il tendit une carte des pâtisseries en français à Hayley. Les yeux de la jeune femme se mirent à briller à travers même son masque. Si Hayley avait un défaut, c'était bien la gourmandise et se voir proposer tant de tentations ne lui laissait d'autre choix que d'y succomber. Elle commanda un assortiment de petits fours italiens aux amandes et au miel et reposa la carte en estimant qu'elle avait été fort raisonnable. Alistair, quant à lui, commanda un expresso, des biscuits au chocolat et des pâtes de fruits. Le serveur revint presque instantanément chargé des commandes. Hayley goûta le chocolat chaud et se dit qu'elle ne pourrait jamais vivre à Venise sous peine de devenir énorme. Elle croqua ensuite dans un biscuit aux amandes et confirma son opinion première. Alistair l'observait du coin de l'œil en souriant, l'autre partie de son regard étant braqué sur la salle et les convives. Comme il s'y attendait, son médaillon vermeil ne passait pas inaperçu. Il but son chocolat, puis l'expresso et s'attaqua aux biscuits.

— Cela vous plaît-il, très chère ?

— Nous sommes proches de la perfection !

Hayley goûta une pâte de fruits aux citrons et adora le goût sucré et acidulé de la gourmandise. Une fois qu'ils eurent terminé leur deuxième petit-déjeuner-goûter, Alistair appela le serveur et lui glissa à l'oreille :

— Le lion déploie ses ailes.

L'homme eut un mouvement de recul et observa l'étranger et sa compagne. Puis, il hocha la tête et repartit en leur demandant un instant de patience.

— J'ai de la chance… murmura Alistair. Un peu trop peut-être.

Un homme en livrée s'approcha d'eux et salua Alistair.

— Si Monsieur et Madame veulent bien me suivre, je me ferai un plaisir de vous conduire auprès de qui de droit.

Alistair se leva, tendit son bras à Hayley.

— Tenez-vous prête, très chère, je pense que nous partons au-devant de quelques embarras, murmura-t-il à l'oreille d'Hayley.

L'espionne enfonça la main dans sa poche pour sentir le contact froid et rassurant de la crosse de son revolver.

L'homme marchait quelques pas devant eux et les guida vers une porte cachée derrière laquelle un escalier étroit et pentu était dissimulé. Alistair monta en premier, suivi d'Hayley, leur guide fermant la marche. Arrivé en haut, Alistair sortit son revolver, Hayley agrippa le sien dans sa poche. Soudain, l'homme derrière l'Anglaise se jeta sur elle. Alistair se retourna par réflexe, visa et tira, parvenant à le blesser à l'épaule. L'agresseur relâcha Hayley, qui se retourna revolver à la main et lui écrasa la crosse de son arme sur la tempe. Elle pivota juste à temps pour voir Alistair aux prises avec deux hommes, qui l'avaient empoigné par l'arrière. Elle visa, mais les hommes bougeaient sans arrêt et elle renonça à tirer de peur de toucher son équipier. L'espion anglais fut entraîné vers le haut de l'escalier et disparut de la vue d'Hayley. Elle grimpa l'escalier quatre à quatre mais, parvenue en haut, un silence de mauvais augure l'attendait. Elle s'approcha, tenant son revolver serré dans la main droite et reçut un violent coup de matraque sur le poignet. Le revolver dévala l'escalier derrière elle. Sûr de lui, l'homme s'approcha d'elle pour la saisir par le cou et reçut la dague de combat dans le bas-ventre. Certes, Hayley n'était pas ambidextre, mais pour plonger une dague dans un ventre, cela n'était pas nécessaire.

Du coin de l'œil, elle vit le corps d'Alistair inerte, appuyé contre un mur. Son sang ne fit qu'un tour et elle ne ressentit plus la douleur dans sa main. Elle saisit sa dague de la main droite et la retira du ventre de l'homme hurlant. Puis, elle entrevit un mouvement venant de sa gauche, se jeta en arrière, conservant de peu son équilibre dans l'escalier, l'homme se précipitant à sa suite. Hayley l'attrapa par le col et tira de toutes ses forces, se cramponnant à la rampe tout en se plaquant au mur afin de laisser la place à son adversaire de dévaler l'escalier. Une main enserra alors son cou. Hayley réalisa, mais un peu tard, qu'elle avait lâché son arme pour se tenir à la rampe. *Serguëï…* Hayley plaça ses mains sur les tempes de l'homme en train de l'étrangler et enfonça ses pouces dans les orbites de son ennemi. L'homme hurla et relâcha la prise. Hayley l'envoya rejoindre ses alliés, au bas de l'escalier, d'un grand coup de genou bien placé. Puis elle monta les quelques marches, qui la séparaient de l'étage et se précipita vers Alistair. Elle reçut alors un coup de matraque sur le crâne et s'effondra sur lui, sombrant dans la même inconscience.

— Une vraie tigresse cette Anglaise, apprécia Athénaïs.

Elle contempla ses hommes au bas de l'escalier.

— Quand vous aurez fini de dormir, bande d'incapables, peut-être aurez-vous l'amabilité de vous occuper de nos invités.

Les trois hommes remontèrent cahin-caha l'escalier, alors que le quatrième geignait dans un coin, un trou dans le ventre.

Chapitre V

À peine les deux masques qu'étaient redevenus Meredith et Kieran avaient-ils quitté le *Danieli* qu'un homme massif dissimulé sous un *tabarro*, la longue cape noire de Venise, et portant le masque blanc du médecin contre la peste, au long bec d'oiseau, s'approcha d'eux d'un pas vif.

— Ce soir à cinq heures, venez au *Masque d'Arlequin* dans le ghetto, dit-il dans un anglais à l'accent cockney.

Il se détourna d'eux et commença à s'éloigner quand Meredith l'interpella :

— Pourquoi devrions-nous vous faire confiance ?

L'homme se retourna et jeta :

— Question de vie ou de mort pour votre cousin A.

Meredith eut un mouvement de stupeur et de recul, la figeant sur place. L'homme s'était déjà fondu dans la foule sous le regard de Kieran.

— Nous ne sommes plus seuls dans la partie... Nul doute que l'homme est anglais, mais pour qui travaille-t-il ?

— Pourquoi Alistair ?

— Votre cousin est une personnalité connue dans notre milieu, ce qui est plutôt un inconvénient dans notre métier. Cette célébrité justifiait en grande partie son retrait des affaires et lui offrait peut-être une possibilité de survivre au-delà de sa quarantième année. Même si je n'ai pas eu d'informations précises à ce sujet, je peux supposer que certains services n'ont pas été enchantés d'apprendre son retour dans les affaires européennes.

Meredith se renfrogna sous son masque. Kieran pouvait

imaginer ses lèvres pincées en la moue boudeuse et contrariée, qu'il avait déjà vue à plusieurs reprises sur le visage de la jeune fille.

— Ne vous inquiétez pas, Meredith, votre cousin est un homme dangereux, qui ne se laissera pas abattre si facilement.

Meredith observa le visage de Kieran et le transperça du regard à travers les trous de son masque.

— Je suis aussi une grande fille dangereuse et j'abattrai à l'instant tous ceux qui tenteront de lui faire du mal.

Kieran sourit paisiblement.

— Je n'en doute pas une minute. Chez d'autres, je pourrai prendre ces paroles comme des fanfaronnades mais, venant de vous, je suis certain qu'elles ne sont que le reflet de votre pensée. D'ici-là, je vous propose de rejoindre le *sestiere* de Santa Croce et de nous plonger dans les bas-fonds de Venise.

Meredith parvint à sourire.

— Voilà bien la première fois qu'un homme me fait une telle proposition ! Soit, plongeons-nous dans les bas-fonds et allons tirer les vers du nez de quelques gredins !

Kieran rit sous son masque et s'enfonça dans la foule de la place Saint-Marc. Sa compagne d'armes était une drôle de petite lady, bien peu impressionnable et au caractère joyeux, quand les circonstances le lui permettaient. Il reconnaissait en elle la férocité sourde, qui l'avait tant marqué lors de sa première rencontre avec Alistair. Sous leur aspect policé de gens du monde, ces deux personnages étaient plus effilés que des lames de rasoir. Il ne lui déplaisait pas d'avoir hérité d'une telle équipière. Rares étaient ceux qui faisaient toujours ce qu'ils disaient. Kieran jeta un regard à l'ombre noire et blanche qui marchait à ses côtés et se reconcentra sur la foule qu'ils traversaient. Un coup de couteau était si vite arrivé.

CR✦ഇ

Alistair avait un goût de sang dans la bouche. Il avait mal à la tête, se sentait entravé, avait du mal à respirer et une furieuse envie de tuer tout ce qui se présenterait à lui. Une fois de plus, il s'était fait ouvrir le crâne à coups de matraque ! Malgré tout son flegme et sa parfaite éducation britannique, il en avait assez ! Était-il pour sa part sans arrêt en train d'ouvrir le crâne de tous ceux qu'il voulait interroger ou qui avaient le malheur de croiser sa route ? Certes non ! Un peu de retenue que diable ! Une conversation civilisée permettait le plus souvent de défaire les fils d'une intrigue. Nul besoin de frapper avant de discuter ! D'autant plus qu'il était persuadé que ceux qui l'avaient ainsi ligoté à une chaise, d'après ce qu'il pouvait voir au travers de ses yeux entrouverts, n'avaient pas l'intention de l'assassiner sur l'heure - sinon ils l'auraient déjà fait - mais de parler. *Qu'est-ce qui empêchait cette bande d'imbéciles de simplement l'inviter à les suivre ?* Et Hayley ? Jouant toujours l'inconscience, il tenta de percevoir la présence de la jeune femme non loin de lui. Un plafond bas, des murs peu épais, le ressac de la mer, une odeur de fumée, de poissons et de vase... *Cabane de pêcheurs...* Une odeur de rose et de lavande... À son grand regret, Hayley avait abandonné *Jicky* pour une simple eau de Cologne à la rose. Cette douce senteur se mêlait à la lavande de son savon pour créer une odeur exquise, qu'il adorait respirer à la moindre occasion. Le parfum d'Hayley flottait dans la pièce.

Ne percevant aucune autre présence, Alistair ouvrit les yeux et découvrit une espèce de baraque de pêcheurs, où les nasses, les filets et de vieilles étagères branlantes envahissaient l'espace. Il tira sur ses liens pour en jauger la solidité et sentit la corde se resserrer autour de ses poignets. Celui qui l'avait lié ainsi n'était pas un amateur. *Parfait, je ne le suis pas non plus.* Alistair, dont les mains étaient liées dans le dos, vérifia à tâtons qu'il avait toujours sa chevalière au majeur droit. Il sentit la bague imposante et sourit. Il commença à frotter la bague contre la corde autour de son poignet gauche et les premiers fils du cordage se rompirent. Peu à peu, Alistair réduisait la corde à néant. Après quelques efforts, elle tomba sur le sol. Le bras gauche libéré, il s'empara de la chevalière et détruisit la corde autour de son bras droit avant de dégager ses jambes. Il se leva et observa la salle autour de lui… *Où est Hayley ?* Il avait senti son parfum mais la dame manquait. La pièce était trop exiguë pour dissimuler son corps et le nez de l'espion lui disait qu'elle s'était trouvée dans la même pièce que lui, peu de temps avant son réveil.

Des pas s'approchèrent de la porte. Alistair porta par habitude sa main à l'étui de son revolver… vide comme de bien entendu. La porte s'ouvrit et Hayley s'encadra dans l'ouverture, pâle, du sang séché sur la joue. Elle fut jetée en avant et Alistair la rattrapa alors qu'elle trébuchait, l'air hagard. Elle s'accrocha à lui à la recherche de son équilibre. *Droguée.* L'Anglais reporta son attention sur la silhouette qui suivait et reconnut le personnage au premier coup d'œil à son vêtement : le doge.

— Vous avez une étrange façon de traiter vos alliés, grogna Alistair à l'attention du nouveau venu.

— Alliés ? siffla le doge. Les Anglais n'ont jamais été les alliés de Venise.

L'homme était petit et paraissait presque fluet dans l'épaisse veste de sa fonction aux manches retroussées. L'habit était trop grand pour lui, physiquement tout du moins. Restait à savoir si le personnage était d'une intelligence à la hauteur de la tâche ou s'il était encore de ce point de vue un « avorton ».

— L'avorton du Lion, conclut Alistair alors qu'Hayley le ceinturait, prête à tomber.

L'espion anglais resserra ses bras autour son équipière pour éviter qu'elle ne s'effondrât.

— Pourquoi avez-vous drogué cette femme ? demanda-t-il.

— Pour la faire parler, répondit le doge en haussant les épaules devant l'évidence de la réponse. Seulement votre alliée est coriace. Elle ne parle pas. Vous serez peut-être plus disert…

La menace était à peine voilée. Comme à son habitude, Alistair répondit à la menace par un large sourire.

— Pauvre petit bonhomme dans son costume trop large. Nous essayons de vous sauver d'un assassin lancé sur vos traces et la seule chose que vous trouvez à faire est de vous tromper d'adversaire.

Le doge blêmit de rage, mais se garda d'interrompre l'Anglais.

— Le gouvernement britannique nous a envoyés pour rechercher, prévenir et, autant que possible, protéger la cible d'un tueur dont nous avons intercepté l'un des messages. « *Atropos est sur les traces de l'avorton du Lion* ». Connaissez-vous Atropos ?

— Non, je ne connais pas cette personne, mais j'ai de nombreux ennemis et je ne vois pas en quoi je serais l'« avorton du Lion » !

— Le message venant d'Italie, le lien entre le Lion et Venise est évident.

— Trop évident pour être intéressant. À ce jour, nombre de personnes souhaiteraient voir Venise conserver sagement sa place au sein de cette monarchie fantoche, qui a profité de la désorganisation de la Sérénissime par les Autrichiens pour lui imposer l'unité, certes, mais dans la royauté ! Venise a été une république pendant plus de mille ans, ce n'est pas pour accepter d'être fondue dans un pâle royaume d'Italie sans réagir !

— Le Royaume-Uni est prêt à soutenir la restauration de la république de Venise.

Le doge prit le temps d'observer Alistair. Il semblait hésiter entre croire l'espion ou le faire fusiller sur-le-champ.

— Pourquoi ?

Duperie et subtilité étaient nécessaires. Toutefois, Alistair pressentit que l'échange était perdu d'avance, l'homme n'ayant pas la carrure d'un grand politique.

— Le Royaume-Uni veut un allié maritime puissant en Méditerranée. Venise représente ce que mon gouvernement recherche.

Le doge sembla touché par l'argument. Le passé maritime de la Sérénissime et la présence encore prégnante de l'Arsenal, au cœur de la ville, constituaient un réel atout militaire, mais était-ce suffisant pour croire cet Anglais ?

— La France dispose de ports sur la Méditerranée.

— Les Français ne sont pas des alliés stables pour la Grande-Bretagne.

Alistair avait mis tout l'aplomb des siècles de combat ayant opposé l'Angleterre et la France dans sa réponse... quoique la situation ait changé depuis quelques années.

— C'est vrai, se radoucit le doge. La France est vindicative et indisciplinée, mais elle demeure l'alliée actuelle de la Grande-Bretagne. Sans l'alliance de la France, du Royaume-Uni et de la Russie, l'Italie n'aurait pas perdu la bataille d'Adoua.

Adoua ? Que venait faire cette défaite italienne dans la conversation ? *À moins que...* Les souvenirs d'Alistair ressurgirent et il comprit ce que voulait dire le doge. Le 2 mars 1896, pour la première fois, une armée occidentale avait été vaincue par une armée d'autochtones et l'Italie voyait ses efforts pour conquérir l'Éthiopie réduits à néant. Armées par la France et le Royaume-Uni, encadrées par des officiers russes, les troupes éthiopiennes avaient repoussé l'invasion italienne. La Triple Entente avait vu d'un mauvais œil l'expansion italienne sur le continent africain et avait fait ce qu'il fallait pour l'arrêter. Comment allait-il pouvoir convaincre le doge de la volonté du Royaume-Uni de rechercher l'alliance vénitienne ?

— Nous ne parlons pas ici de stratégie coloniale, mais d'une alliance entre le Royaume-Uni et la république de Venise.

— Stratégie coloniale ou pas, l'Italie a été humiliée par la Triple Entente et ses manœuvres déloyales !

— Je ne comprends pas. Soutenez-vous Venise ou l'Italie ?

gronda Alistair.

Le doge encaissa le coup.

— Venise ! Mais la grandeur de l'Italie est nécessaire à la grandeur de Venise !

— La Sérénissime s'est fort bien passée de l'Italie pendant un millénaire !

— Ne me prenez pas pour un imbécile, Monsieur Clifford. De nos jours, Venise seule n'est pas assez forte pour s'opposer à la puissance de la France, du Royaume-Uni ou de la Russie ! Ne parlons même pas de la Triple Entente. Venise a besoin d'être insérée dans une Italie forte, elle-même alliée aux deux Empires !

— Comment un Vénitien peut-il souhaiter l'alliance avec les Autrichiens ? L'Empire allemand, passe encore, mais l'Empire Austro-Hongrois ! Ils n'ont eu de cesse que de piller et détruire l'héritage de la Sérénissime au cours du siècle passé !

— Et tout cela grâce à Bonaparte qui a conquis et vendu Venise à ses ennemis. Vous pouvez tourner l'histoire dans tous les sens, Monsieur Clifford, vous ne me ferez pas dire que Venise sera plus forte isolée !

— Avorton du Lion… Je comprends mieux ce qualificatif. Vous êtes prêt à sacrifier la restauration de la république de Venise à la monarchie italienne. Je dirai à mon gouvernement qu'il est inutile de rechercher l'alliance de la république de Venise, elle appartient à un passé révolu.

Le doge se redressa de toute sa hauteur et tourna les talons.

— Quittez Venise aujourd'hui même et vous vivrez Monsieur Clifford ! Dans le cas contraire, je ne pourrai pas assurer votre protection.

— Mon gouvernement m'a confié une mission et j'entends bien la mener jusqu'à son terme.

Le doge regarda Alistair avec résignation, puis partit sans un mot. La porte resta ouverte derrière lui et l'Anglais put voir une dizaine d'hommes s'éloigner.

— Je ne sais pas où vous avez appris à négocier, Alistair, mais c'est une catastrophe… murmura Hayley près de son oreille.

Les yeux fermés contre l'épaule d'Alistair, Hayley était encore pâle, mais une nuance de rose réapparaissait sur ses joues.

— Il n'y avait malheureusement rien à négocier. Le nouveau doge n'est pas si préoccupé par la restauration de la république de Venise que nous le supposions. En revanche, que vous a-t-il demandé ?

— Je l'ignore. Je ne comprends rien à son accent.

Hayley sourit, quand Alistair éclata de rire. Cette femme parvenait toujours à le surprendre. Elle se détacha de lui, se remit sur ses pieds et tangua dangereusement. Elle s'appuya à nouveau sur Alistair pour recouvrer son équilibre.

— Que vous ont-ils fait prendre ?

— Du laudanum. L'un d'eux à l'accent germanique semblait persuadé que je dirai la vérité sous son effet.

— Ce n'est pas tout à fait faux. J'ai déjà vu utiliser des opiacés au cours d'interrogatoire…

Alistair se garda bien de donner des détails, mais le souvenir de cet épisode de sa vie passée lui procura le pire des frissons.

— Partons avant qu'ils ne changent d'avis.

Il passa son bras autour de la taille d'Hayley et l'emporta vers l'extérieur.

Dehors la lumière était encore vive, mais le soleil commençait à décliner. Avant de sortir, Alistair avait récupéré ses armes déposées sur une nasse envasée. En revanche, Hayley ne disposait plus de son revolver. À l'air libre, il fallut quelques minutes à l'Anglais pour comprendre qu'ils avaient été abandonnés sur une île périphérique de Venise et il se mit à la recherche d'un bateau de pêche susceptible de les reconduire en ville. À ses côtés, Hayley luttait contre le sommeil. Toutefois, l'air frais et la marche lui permettaient de reprendre pied dans la réalité. Après une vingtaine de minutes de recherche, ils trouvèrent un vieux pêcheur, fort surpris de trouver là un couple de touristes égarés, avec des traces de sang séché sur le visage. Le brave homme accepta toutefois de les raccompagner près de la place Saint-Marc et s'étonna de l'épuisement de la dame, qui s'endormit dans les bras de son époux à peine installés dans la barque. Une demi-heure plus tard, Alistair accostait en compagnie d'une Hayley réveillée, mais réclamant un ou deux expressos bien corsés. L'Anglais dédommagea avec générosité leur sauveur et ils regagnèrent le *Danieli*.

ᴄ⋧✦ᴤᴐ

À travers de sombres ruelles, le masque aux boucles blondes marchait avec célérité. Il avait un important rendez-vous qu'il ne souhaitait rater pour rien au monde... du moins pour peu de choses au monde. Derrière lui, les deux silhouettes massives noires et blanches le suivaient comme son ombre. L'un d'eux portait un masque de médecin contre la peste. Parvenu au lieu de rendez-vous, l'homme aux boucles blondes entra dans la masure sans signe distinctif, aussitôt suivi par ses deux anges-gardiens. Ils refermèrent la porte derrière eux et se postèrent devant, les mains posées sur les armes glissées dans leurs étuis. Le jeune homme s'avança dans la pièce principale et découvrit une salle sombre, sans fenêtre, à l'air saturé de tabac.

— Personne ne vous a suivis ? grogna l'inspecteur principal Jasper Brixton.

Attablé à une simple table de bois massif, l'inspecteur dégustait avec un plaisir évident une tasse de café. Sa pipe fumait à côté de lui.

— Je ne suis pas aussi maladroit que vous semblez le croire, s'indigna Benedict.

L'inspecteur sourit derrière sa large moustache. Les jumeaux Clifford et leur sale caractère ! Heureusement pour lui, il avait hérité du plus calme au sein de son service. Il souhaitait bien du courage à son homologue des services secrets.

— Installez-vous, Clifford, et cessez de râler ! C'est une formule d'usage que je sers à tous mes hommes.

Benedict ôta son masque et son tricorne, révélant des cheveux blonds et bouclés, trop longs pour être les siens. Il posait sur son supérieur les yeux bleu foncé, que sa mère avait légués à sa sœur et à lui-même.

— Avez-vous contacté votre sœur ?

— Williams leur a transmis l'invitation.

— Des nouvelles d'Atropos ?

— Rien de flagrant pour l'instant.

Jasper Brixton se renfrogna derrière sa moustache.

— Je n'aime pas cela.

Benedict parut intrigué.

— Pourquoi, Monsieur ? Mis à part la missive interceptée par mon cousin, nous ne parvenons pas à trouver le moindre indice confirmant la réapparition de ce criminel.

L'inspecteur principal posa son café et reprit sa pipe, qu'il attisa comme s'il voulait envoyer des signaux de fumée de l'autre côté de Venise.

— Quand vous aurez autant de service que moi, Clifford, vous saurez vous aussi pressentir ce qui sent mauvais du reste des nouvelles, que nous recevons quotidiennement. Un bon policier doit suivre son instinct.

— Et que vous dit votre instinct, Monsieur ?

Les yeux de Benedict brillaient d'un vif intérêt. Il aimait les conversations avec cet homme antipathique, mais juste et vif d'esprit.

— Mon instinct et mes tripes me disent qu'il est de retour. Sous une forme ou une autre, mais avec la même férocité, la même violence, la même envie de destruction et de chaos.

126

Atropos est là, à Venise, quelque part. Il rôde et cherche votre cousin.

Benedict inspira, sur le point de contredire son supérieur.

— Je sais. Nous n'avons aucune preuve sur ce point, mais je puis vous assurer que le nouvel Atropos n'aura de cesse que d'éliminer le tueur de son prédécesseur. Une sorte d'avertissement lancé à tous les services et à tous ceux qui seraient tentés de lui faire subir le même sort.

Benedict s'adossa à sa chaise.

— Pourquoi vous préoccupez-vous autant de la personne de mon cousin, Monsieur ? Vous ne sembliez guère le porter dans votre cœur, me semble-t-il.

— Que votre cousin me déplaise est une chose. Je le trouve pompeux, ingérable, vaniteux et indiscipliné. Toutefois, c'est aussi un homme de principes et d'honneur, ce qui fait de lui un homme fréquentable. Mais, par-dessus tout, cet homme nous a tous débarrassés d'une sombre menace, lorsqu'il est parvenu à supprimer Atropos. Je suis certain qu'il a sauvé la vie de bien des agents en pressant la détente de son revolver ce jour-là. Nous avons tous une dette envers lui et je puis vous assurer que j'ai moi aussi un message à envoyer à tous les aspirants Atropos du monde. Celui qui voudra abattre Monsieur Alistair Clifford devra d'abord en passer par la *Special branch* et tous les services secrets britanniques.

Benedict ne savait pas quoi dire. Il ne s'attendait pas à être plongé dans une sorte de guerre sainte opposant le bien et le mal. Toutefois, il s'était engagé et devait rendre des comptes à son supérieur.

— Alors, Clifford, quelles sont les nouvelles ?

Benedict inspira et commença son rapport en tentant de respecter les consignes de l'inspecteur principal : discours synthétique, argumenté et réfléchi. Des faits, de la réflexion et de l'efficacité. Bienvenue à la *Special Branch* !

CR❖EO

M eredith et Kieran avaient écumé les bas-fonds de Venise toute la journée, sans pour autant découvrir le moindre indice de la présence d'Atropos dans la ville. Las, ils étaient retournés au *Danieli* faire une pause avant de se rendre à leur énigmatique rendez-vous au *Masque d'Arlequin.* Renseignements pris, l'établissement s'avérait être une gargote de bas étage, lieu de rendez-vous fétiche de nombre d'étudiants désargentés ou plus favorisés recherchant le frisson de la canaille à moindres frais. Les deux espions étaient sceptiques. Ils ne parvenaient pas à comprendre ce qu'une telle réunion pourrait leur apprendre sur les activités criminelles de la nouvelle Atropos. À cet égard, le débat avait été vif entre les quatre partenaires pour définir s'ils devaient qualifier leur adversaire au masculin ou au féminin. Meredith et Hayley considéraient jusqu'à preuve contraire que la nouvelle Atropos pouvait être Athénaïs de Coulonges, Kieran et Alistair estimaient quant à eux qu'un cerveau du crime, assassin à ses heures, appartenait plus vraisemblablement au genre masculin. Alistair avait toutefois fini par se ranger du côté des dames, puisque Atropos était une divinité féminine dans la mythologie grecque. La majorité l'avait donc emporté et l'expression « la nouvelle » Atropos était désormais employée.

Kieran s'était rendu à plusieurs reprises dans le couloir dans l'espoir de s'entretenir avec Alistair, mais il dut se rendre à l'évidence, il ne verrait pas l'Anglais avant de partir à leur rendez-vous estudiantin. La suite demeurait désespérément vide. De guerre lasse, il glissa une lettre sous la porte de la suite, qu'occupaient Alistair et Hayley, puis se prépara avec soin. Meredith détaillait sans vergogne le moindre de ses gestes et notait avec soin les armes, qu'elle ne possédait pas encore. Kieran avait enfilé un gilet renforcé sous sa chemise blanche à jabot, puis il s'était doté d'un étui à revolver sous sa veste noire.

Il possédait deux dagues de combat, l'une accrochée à la taille et l'autre à la cheville. Elle l'avait vu glisser un étrange objet en acier dans la poche de sa veste, qu'il lui avait décrit comme un « coup-de-poing américain à pointes », ce que la jeune fille crut sur parole. Puis elle le vit prendre trois bâtons de dynamite et les enfoncer dans une large poche de sa cape, où ils partirent rejoindre un étrange fil d'acier muni de deux poignées.

— J'ai déjà vu cet instrument, mais à quoi cela sert-il ? demanda Meredith.

Kieran parut surpris.

— Le garrot ? Comme son nom l'indique, cela sert à étrangler, voire pour les plus brutaux d'entre nous, à décapiter.

Meredith fit une grimace de dégoût qu'aucune lady ne reconnaîtrait avoir faite. Les armes étaient passionnantes mais, parfois, écœurantes.

— Vous êtes une jeune fille étrange, Meredith. Sous votre apparence de poupée anglaise, vous avez une âme de guerrier teintée d'une éducation de lady... Cela donne une drôle d'impression en fait. Quelque chose entre la férocité et la candeur. Un mélange inédit pour ma part...

— Mon travail ne convient pas ? s'inquiéta Meredith.

— Pas du tout. Au contraire, je vous trouve appliquée, sérieuse, volontaire et je peux vous dire que j'ai eu nombre de partenaires moins fiables que vous. C'est juste que vous regardez un homme plutôt bien fait de sa personne s'habiller et la seule chose que vous trouvez à demander est à quoi sert un garrot... C'est naïf et inquiétant à la fois.

Meredith se renfrogna.

— Premièrement, Monsieur Donough, j'ai déjà vu des hommes torses nus et, sans vous faire offense, vous êtes tous faits de la même manière, donc cela ne m'intéresse pas. Ensuite, j'apprends, donc je pose les questions qui me semblent opportunes.

Kieran ricana un peu.

— Sans vous faire offense, vous avez donc vu des hommes torses nus, sur le même modèle que moi ?

— Oui, parfaitement, répondit avec bravoure Meredith. Mon frère et mon cousin.

Kieran rit et opina de la tête.

— Effectivement, c'est rassurant en fait. Je me demandais ce qu'il se passait dans les pensionnats de jeunes filles en Angleterre.

Meredith sentit que la conversation pouvait échapper à ses connaissances, aussi décida-t-elle de recentrer le débat autour de la mission.

— Pourquoi avez-vous pris de la dynamite ?

— Simple précaution. Il est parfois utile de disposer d'un peu d'explosifs.

— Pour ma part, je n'en ai jamais utilisé.

— C'est à manier avec précaution, Meredith. Quand nous rentrerons en Angleterre, vous pourrez demander à recevoir une formation.

Le regard de Meredith s'illumina.

— Je pourrai demander à recevoir une formation ?

Kieran parut surpris.

— Bien sûr. Vous êtes un agent. À ce titre, vous pouvez demander à recevoir toutes les formations que vous souhaitez à partir du moment où votre responsable estime que cela pourra être utile au service.

Les yeux de Meredith brillaient de milliers d'étoiles. Certaines femmes avaient cette réaction face à leur robe de mariée, Meredith l'avait à la seule pensée de se former au combat.

— Cela me fait penser que nous n'avons guère progressé dans votre enseignement du combat rapproché, songea Kieran.

— Ce n'est pas grave, répondit Meredith avec quelque désinvolture. J'ai toujours mes couteaux.

Kieran regarda la jeune fille en fronçant les sourcils.

— Vos couteaux... Les portez-vous maintenant ?

— Oui.

Meredith n'eut pas le temps de hocher la tête que Kieran se saisit d'elle, la fit pivoter, la plaqua contre lui en lui entravant les mains.

— Très bien, Meredith. Vous avez donc vos couteaux et j'ai vos mains. Que faites-vous ?

Meredith était soufflée. Non seulement elle ne s'était pas méfiée, mais elle ne parvenait plus à bouger. La situation lui déplaisait fort. Elle essaya de libérer ses poignets, mais Kieran avait une poigne de fer et ne relâchait pas sa prise. Elle regarda au sol, espérant pouvoir lui écraser les pieds, mais elle sentit l'Irlandais ricaner dans sa nuque.

— Intelligent. Encore faut-il que vos pieds touchent le sol.

Sans effort apparent, Kieran la souleva dans ses bras, toujours plaquée contre lui. Meredith sentit ses pieds décoller du sol et se mit à lancer des coups de pieds dans les tibias de l'Irlandais.

— Bien... Il va vraiment falloir que je vous enseigne ce type de combat, car vous n'êtes pas meilleure que la plupart des jeunes filles de votre âge dans cet art.

Les pieds de Meredith retouchèrent le sol et, Kieran relâchant ses mains, elle prit une distance de sécurité de quelques pas. Sans y penser, elle se massa les poignets.

— Je suis désolé de vous avoir serrée, mais vous me sembliez sous-estimer la dangerosité des hommes au corps à corps. Pour le moment, retenez une chose : ne laissez jamais un homme vous approcher. S'il est trop près, vos couteaux ne vous servent à rien.

— C'est faux ! Je n'ai pas eu le temps de les sortir !

— Meredith, couteaux ou pas couteaux, dans la position où vous étiez, je pouvais en serrant vos poignets vous faire lâcher toutes les armes que vous pouvez imaginer. Soyez plus méfiante et plus prudente. Je ne tiens pas à ramener un cadavre à votre famille.

Un frisson parcourut la colonne vertébrale de Meredith. Kieran avait raison. Elle avait sous-estimé la supériorité physique d'un homme dans la force de l'âge. Les couteaux lui avaient toujours permis de se sortir des situations difficiles, voire désespérées, mais seulement parce qu'elle s'était retrouvée dans des situations de combat où ses adversaires la croyaient morte... Elle avait alors pu leur démontrer l'étendue de leur erreur. Cependant, elle devait bien avouer qu'elle n'avait jamais affronté seule un homme en combat, elle avait toujours eu des alliés.

— Ne vous mettez pas martel en tête, Meredith. Je vais vous apprendre quelques petites choses qui vous aideront. Pour le moment, nous devons partir, sinon nous allons rater notre mystérieux rendez-vous.

Meredith vérifia une dernière fois ses armes, enfila sa cape, son masque et son tricorne et suivit Kieran, costumé tout comme elle l'était. Pour la première fois depuis le début de ses enquêtes, la jeune Anglaise plongeait dans le monde sombre de l'espionnage avec une boule au creux du ventre.

Le *Masque d'Arlequin* était un peu plus reluisant que ce que les deux agents britanniques avaient imaginé. La compagnie était lettrée, polie, enthousiaste et bruyante, mais cette assemblée d'étudiants était de loin le lieu le plus fréquentable qu'ils aient arpenté dans la journée. Cependant, ni Kieran, ni Meredith ne parvenaient à dénicher, dans la foule des jeunes gens exaltés, celui qui leur avait donné rendez-vous. Installés à une table dans un angle de la pièce, ils surveillaient les clients sans résultat. Soudain, Kieran poussa du coude Meredith. Le docteur contre la peste, qui leur avait transmis l'invitation, venait d'entrer dans la salle en compagnie d'un autre homme athlétique et d'un jeune homme. Meredith eut un hoquet de surprise.

— Vous le connaissez ? demanda-t-il.

— C'est mon frère ! Mais qu'est-ce qu'il fait ici ? Après tous les discours qu'il nous a tenus sur sa volonté de poursuivre ses études !

Meredith était indignée. Que son frère continuât l'espionnage, passait encore, mais qu'il ne l'ait pas prévenue, c'était... c'était... inadmissible... une trahison, un camouflet... Benedict et sa perruque blonde se dirigeaient droit sur eux. Au moment où il allait les rejoindre, il leur fit un simple signe de tête et s'éloigna. Meredith en resta bouche bée. Alors qu'elle se levait, Kieran posa sa main sur son bras.

— Rasseyez-vous. S'il ne vient pas, c'est qu'il a une bonne raison. Observons plutôt la salle.

Meredith voulait protester, laisser surgir toute sa colère et sa frustration, mais elle se rassit et observa son frère. Il s'était installé à une table à quelque distance d'eux et semblait passionné par les élucubrations de l'un des orateurs. Meredith reporta son attention sur le jeune homme en redingote noire, ornée d'une écharpe en soie rouge nouée autour de la taille.

— Le doge est un traître, le roi est un traître, les monarchistes sont des traîtres ! Tous autant qu'ils sont, ils ont tous trahis l'idéal des unionistes ! L'Italie unie doit être une république ! À bas la monarchie ! À bas les traîtres !

Meredith était stupéfaite. Les étudiants étaient-ils donc tous des révolutionnaires ? Son frère avait-il été spécialisé par les services secrets britanniques dans la surveillance des groupes anarchistes étudiants ? Après Saint-Pétersbourg, Benedict se retrouvait-il à Venise avec la même mission ? Pour sa part, peu lui importait le régime en place, tant que les libertés des femmes progressaient... Autant dire que tous ces jeunes gens pleins d'enthousiasme et prêts à offrir leurs poitrines palpitantes aux balles de leurs ennemis lui étaient indifférents, puisque si un seul point pouvait mettre d'accord républicains et monarchistes, c'était bien le maintien des femmes dans la sujétion la plus complète aux hommes. Meredith se rembrunit sous son masque et écouta à peine les cris de « Vive le fils de Garibaldi ! Vive Maurizio ! ».

— Le fils de Garibaldi ? murmura Kieran. J'ignorais que Garibaldi eût un fils… Qu'est-ce que cela vient faire dans cette histoire ?

— Je l'ignore et peu me chaut, grogna Meredith.

Son frère et les étudiants étaient parvenus à la mettre de fort méchante humeur. Kieran se leva soudain et, sans l'attendre, il rejoignit la porte d'entrée.

— Mais que faites-vous ? lui demanda Meredith en le rattrapant.

— Je pense que nous avons perdu assez de temps. Peu importe ce sur quoi votre frère enquête de son côté, s'il a quelque chose à nous dire…

Kieran venait de plonger sa main dans sa poche et de trouver une lettre, qui ne s'y trouvait pas jusqu'alors. Il sortit du *Masque d'Arlequin*, observa les alentours, puis attrapa la missive.

« À transmettre à A. »

Il était tout de même vexant que tout un chacun le confonde avec un messager. Toutefois, l'Irlandais replongea la lettre dans sa poche et reprit la direction du *Danieli*.

Chapitre VI

H ayley s'effondra sur son lit sans aucun bonheur. Le laudanum l'avait rendue malade. Elle se sentait faible, fébrile, vulnérable... et elle avait horreur de cette sensation. Elle était infirmière, c'était à elle de soigner les autres, pas à elle d'être malade. Elle entendit le son d'une conversation dans le salon... Avec qui Alistair pouvait-il parler ? Elle se redressa sur son coude et fut prise de nausées. *Il faut que je prenne quelque chose pour m'aider.* Après un temps, elle se leva et attrapa sa valise pharmacie, heureusement posée non loin du lit. Hayley fouilla dans sa mallette et sortit une boîte à thé, puis un flacon transparent.

— Gingembre confit et tisane de ginkgo.

Hayley regarda dans la chambre et eut le plaisir de trouver une théière fumante posée sur la coiffeuse. *Cet homme est une perle.* Alistair avait dû penser qu'elle se ferait une tisane pour se sevrer des effets de la drogue... Du moins essayer de se sevrer de ses effets. Hayley plongea les feuilles de ginkgo dans la théière et attendit que sa tisane infusât. Elle avait acquis à grand prix ces précieuses feuilles auprès du jardin des plantes de Montpellier, qui possédait l'un des rares exemplaires européens de cet arbre chinois. Elle avala un morceau de gingembre confit et manqua s'étouffer tant cette fausse confiserie piquait.

— Bon ou pas, le gingembre est souverain contre les nausées, alors pas de caprices ! s'admonesta-t-elle.

Hayley avala avec vaillance un deuxième morceau de gingembre et referma le flacon de verre. Elle observa la tisane s'assombrir et versa une tasse du liquide.

— Espérons que ce ginkgo soit aussi efficace contre les vertiges qu'on le dit.

Elle but la tasse et s'en resservit aussitôt une deuxième. La conversation semblait s'animer de l'autre côté. Hayley s'approcha de la porte, mais jugea plus prudent de ne pas entrer. Alistair n'avait certes pas besoin d'elle dans les pieds, compte tenu du ton qu'il employait. Hayley remarqua que son compagnon d'aventures s'exprimait en anglais... Pouvait-il parler sur ce ton à Meredith ou Kieran ? Ce serait tout à fait surprenant. Hayley fit ce qu'elle n'avait encore jamais fait de toute sa vie : elle écouta à la porte.

— Continuez ainsi, Monsieur Templeton, et je vous passe par la fenêtre.

Le ton d'Alistair était calme, serein, déterminé. Archibald se dit qu'il allait cesser d'être agent de liaison pour les services secrets, les agents de terrains étant des brutes épaisses.

— Je vous transmets simplement les ordres.

— Vous transmettez les ordres en vous permettant des critiques sur mon équipe que je ne tolérerais pas.

Des brutes épaisses solidaires... Archibald se redressa sur son siège et affronta la tempête.

— Puisque vous vous êtes montrés incapable de convaincre le doge de l'opportunité que constituait l'offre britannique, je ne comprends pas pourquoi vous restez à Venise.

— Mais parce que, mon cher Monsieur, ma mission ne consistait pas à convaincre le doge de quoi que ce fût. Ma mission consistait à retrouver Atropos et c'est ce que je vais faire.

— Votre mission a été modifiée.

— Sans aucun écrit. Donc, jusqu'à preuve contraire, rien n'a été modifié. Était-ce tout ce que je pouvais faire pour vous ?

Archibald se leva, l'indignation faite homme.

— Je vous transmettrai donc votre sacro-saint ordre écrit.

D'ici-là, bonne journée, Monsieur Clifford.

Il tourna les talons et prit congé d'un bref hochement de tête. À peine avait-il claqué la porte qu'Alistair entendit le son d'une autre s'ouvrant derrière lui.

— Comment allez-vous, très chère ?

Hayley ne parvenait pas à s'habituer à ce qualificatif. Même si elle savait qu'Alistair la surnommait ainsi pour les besoins de la mission, ces petits noms la perturbaient.

— Je vais mieux. Merci pour la théière.

— Je vous en prie.

Alistair répondait par habitude, mais son esprit était ailleurs.

— Que se passe-t-il ? s'enquit Hayley en s'approchant.

Alistair posa les yeux sur elle, hésita un moment et se décida.

— Je n'ai aucune confiance dans le triste sire que les services nous ont assigné.

— Pourquoi ?

— Une impression. Vous me direz que mes dernières impressions à Saint-Pétersbourg n'étaient guère fulgurantes.

Il haussa les épaules.

— Nous verrons bien.

La porte d'entrée s'ouvrit et deux masques entrèrent dans la chambre, levant les mains fort haut afin de ne pas être criblés de balles par un Alistair chatouilleux.

— Moi aussi, je suis contente de vous voir, grogna Meredith.

Alistair sourit et releva son arme.

— Vous tombez bien tous les deux. Nous avons à parler.

Kieran et Meredith se débarrassèrent de leurs masques, tricornes et capes, avant de rejoindre Hayley et Alistair dans le salon. Meredith s'effondra dans le canapé, sous le regard plein de reproches d'Hayley, puis se redressa comme une jeune lady devait le faire. Alistair tenta de cacher un sourire, mais n'y parvint pas. Sans un regard pour les deux femmes, Kieran lui tendit la lettre.

— Où avez-vous trouvé ce pli ? demanda-t-il.

— Dans une gargote pleine d'étudiants révolutionnaires que mon très cher frère surveillait en compagnie de deux hommes, grogna Meredith.

— Benedict est ici ?

Sans attendre une seconde de plus, Alistair déchira l'enveloppe et s'empara des trois feuillets remplis d'une écriture fine et serrée. Il montra la lettre à Meredith.

— Est-ce l'écriture de votre frère ?

Meredith jeta un coup d'œil et hocha la tête avec une moue. Ce traître de Benedict allait en entendre parler...

— Fort bien. Voyons ce que Benedict a à nous dire.

« *Ma très chère sœur, Mon très cher cousin,*

En vérité, je ne sais pas vraiment par où commencer. Des faits, de la réflexion et de l'efficacité, comme dirait l'inspecteur principal. Tout d'abord, après avoir refusé d'intégrer les services secrets, j'ai reçu une offre qui a retenu toute mon attention. Si les services extérieurs ne m'enthousiasmaient pas, je dois avouer que la perspective de veiller sur le Royaume-Uni depuis l'intérieur me correspondait plus. Jasper Brixton cherchait toujours quelqu'un pour remplacer l'agent, que vous avez abattu dans le train, et j'ai sauté sur l'occasion après avoir obtenu quelques garanties. Tout d'abord, je pourrai poursuivre mes études. Ensuite, je ne sortirai plus du Royaume-Uni sans mon consentement. Je sais que Meredith est en train de penser que c'est une belle réussite, puisque je me retrouve à Venise. Toutefois, ma chère sœur, si je suis ici, c'est pour une bonne raison. Tout d'abord, juste après votre départ, nous avons reçu deux séries de nouvelles que nous ne pouvions en aucun cas vous transmettre par télégramme ou téléphone. L'inspecteur principal ne faisait pas même confiance aux agents de liaison et a décidé de m'envoyer vers vous. J'ai eu la satisfaction de constater que c'est un homme de parole, puisqu'il s'est arrangé de sa propre initiative avec le Doyen de Cambridge pour me permettre de m'absenter quelques jours. Voici donc les nouvelles :

1. Atropos a été repéré en Angleterre et n'est pas le nom d'une seule personne, mais d'une organisation criminelle. En quelques mois, ils sont parvenus à recréer un réseau dans le pays pratiquant toutes sortes de crimes en passant par le vol, l'assassinat, le chantage et tous les types de trafics. C'est d'ailleurs ce dernier point qui m'amène ici. Nous enquêtons sur l'entrée suspecte de plusieurs tableaux et pièces artistiques de grande valeur, issus des collections vénitiennes. L'inspecteur principal soupçonne que ce trafic finance en grande partie la résurrection d'Atropos.

2. Vos ordres sont maintenus et même étendus. Vous devez trouver qui appartient au réseau à Venise, les mettre hors d'état de nuire et récupérer tous les documents utiles que vous pourrez. L'inspecteur principal a le sentiment qu'un traître agit depuis l'Italie. Il vous demande donc d'être prudent.

Ensuite, et c'est ce qui m'a convaincu de venir, nos services ont reçu l'information qu'un contrat avait été mis sur votre personne, cousin. 5 000 livres à celui qui apporte votre tête à Atropos. Vous êtes une cible mouvante. Tous les malfrats qui vont vouloir s'enrichir vont se mettre à votre recherche. Faites attention à vous.

Pour ma part, j'ai réussi à infiltrer un mouvement de jeunes républicains, qui me semble fort prometteur pour mon enquête sur le trafic d'art.

Si vous devez me joindre, je suis souvent à l'endroit où nous nous sommes vus.

Prenez soin de vous.

B. »

Quand Alistair acheva la lecture, un silence de plomb tomba. Il replia la lettre et sourit avec calme, indifférent à ce qui préoccupait ses compagnons.

— Notre cher cousin a pris son envol… La *Special Branch*. Je ne pensais pas que les Clifford compteraient un policier dans leurs rangs mais, après tout, pourquoi pas !

— 5 000 livres, siffla Kieran.

— Effectivement, c'est bien peu pour ma tête.

Alistair sourit de toutes ses dents.

— Cela ne vous inquiète pas ? souffla Hayley.

— Si je devais m'inquiéter à chaque fois qu'une crapule veut ma peau, je ne ferai pas ce métier. En revanche, l'enquête de Benedict m'intéresse davantage. Le trafic d'art… Je me demande si nous ne sommes pas tombés par hasard sur l'objet même de l'enquête de la *Special Branch*. Ce dont vous avez été le témoin, Meredith, lors de la première fête est probablement l'interruption d'une vente d'un bien artistique vénitien à un acheteur russe. Il semblerait que le doge et les partisans de la république de Venise luttent contre la dilapidation des biens culturels vénitiens.

Meredith, le regard tourné vers le plafond, se remémorait la vente. La vieille dame, le Russe et le masque qui montrait le médaillon aux armes de la Sérénissime.

— Si le doge n'a pas été intéressé par l'alliance avec le Royaume-Uni, peut-être sera-t-il plus tenté par une coopération visant à faire cesser le trafic d'art, intervint Hayley.

— Alors c'est cela votre secret, s'insinua Kieran. Vous vous réunissez, vous réfléchissez ensemble et vous échafaudez des plans.

Alistair sourit. Vu de l'extérieur, leurs petites séances de réflexion pouvaient surprendre.

— Effectivement, des cerveaux habitués à réfléchir ensemble et à dénouer les fils des mystères grâce à la mise en commun de nos connaissances.

Il n'avait jamais envisagé sa collaboration avec ses cousins et Hayley sous cet angle, mais il était vrai qu'il courait moins à la recherche d'indices depuis qu'il enquêtait avec eux. La réflexion avait pris une place importante dans ses investigations, ce qui lui évitait bien des efforts inutiles.

— En revanche, cela ne règle pas le problème de la menace que fait peser Atropos sur le doge et sur vous Alistair, reprit Hayley.

— C'est vrai, Alistair, intervint Meredith. Même si le doge accepte de coopérer avec nous sur le trafic d'art, cela ne nous dit toujours pas qui est Atropos et qui travaille pour elle à Venise.

— Non, mais cela nous donne une chance supplémentaire de convaincre le doge d'utiliser son réseau de renseignement pour dénicher Atropos et faire cesser le trafic.

— Donc si j'ai bien compris, intervint Kieran, je retourne au *Masque d'Arlequin* avec Meredith pour informer Benedict des éléments dont nous disposons et vous recontactez le doge.

— C'est cela même, mon ami. La nuit va être longue.

Hayley et Meredith soupirèrent au même moment. Elles avaient espéré pouvoir profiter d'une soirée tranquille à Venise. Ce n'était pas encore pour ce soir-là…

ೞ◆ಐ

H ayley se sentait mieux. Sa tisane de ginkgo faisait effet et ses vertiges avaient cessé. En revanche, sa tête était sur le point d'exploser tant la conjugaison d'un coup de matraque sur le crâne et d'une forte dose de laudanum ne faisait pas bon ménage. Toutefois, elle s'était bien gardée de se plaindre d'une quelconque manière, sachant par avance qu'Alistair se serait passé de sa présence pour la suite de l'enquête et, compte tenu des menaces qui pesaient sur lui, il était hors de question de le laisser seul. Hayley sourit toute seule. *Me voilà donc en charge de la sécurité d'un espion redouté... La vie est vraiment pleine de surprises.*

Le sourire n'échappa pas à Alistair qui marchait à côté d'elle. Il se demanda ce qui pouvait bien occuper l'esprit de son équipière, mais songea que Londres serait un endroit plus adéquat à ce genre de questionnement. Le chemin était court entre le *Danieli* et le *Florian*, mais la promenade était plaisante, surtout en cette compagnie. Alistair avait hésité à laisser Hayley à l'hôtel. Cependant, la dame avait démontré à plusieurs reprises une capacité hors norme à attirer les ennuis, quand on la laissait seule. Aussi, avait-il jugé plus prudent de l'amener avec lui... dans un nouveau traquenard à n'en pas douter.

— C'est beau, murmura Hayley dans un souffle, comme si elle avait peur de détruire l'harmonie du lieu par une simple parole.

Alistair observa la place aux teintes d'or et de sable sous le soleil couchant. C'était beau et même bien plus que cela. Le moment aurait pu être parfait sans cette mission, sans Atropos et sans le contrat - un de plus - qui pesait sur sa tête. Il s'arrêta un instant au milieu de la place Saint-Marc, retenant le bras d'Hayley qui avançait encore. Il inspira et s'emplit de la beauté de Venise, de sa douceur de vivre, de l'inexplicable folie qui avait conduit des hommes à bâtir une ville sur la mer. Il posa son regard sur Hayley, dont la robe de velours bleu nuit mettait en valeur le teint de porcelaine, et contempla le profil parfait selon lui de la femme à ses côtés. Il devinait plus qu'il ne voyait sous le loup les yeux presque violets de l'espionne et se demanda pour la centième fois ce qu'il devait faire. Avait-il le droit d'exposer cette femme honnête à la vindicte des gens de sa classe sociale ? Pouvait-il envisager avec sérieux de l'épouser ? Il était évident que la dame n'accepterait aucune autre sorte de liaison et Alistair ne voyait que des avantages à lier sa vie à la sienne. Mais elle ? À bien y penser, tout reposait sur une notion de courage. Avait-il le courage d'affronter sa noble famille pour imposer son choix d'une femme honorable, mais roturière et catholique de surcroît ? Avait-il le courage de risquer sa position sociale et tout ce qu'il avait connu jusque-là pour Hayley ? Et, pire, avait-il le courage de courtiser Hayley au risque de perdre son amitié si elle le rejetait ? Une brise marine détacha une fine boucle du chignon pourtant serré d'Hayley. Sans y penser, Alistair attrapa la fine mèche de cheveux et la plaça derrière l'oreille de sa compagne.

Hayley se tourna vers lui et observa Alistair. Il était étrange depuis Saint-Pétersbourg. Son attitude oscillait sans cesse entre distance et familiarité, comme s'il était en proie à un dilemme qui le partageait en deux. Hayley s'avoua enfin qu'elle aimait beaucoup Alistair, un peu trop même pour la femme sérieuse qu'elle s'était toujours fait un point d'honneur d'être. Toutefois, elle ne prenait pas cette affection trop au sérieux. La vie se chargerait de les séparer. L'honorable Alistair Clifford retrouverait sa place dans les hautes sphères de ce monde, lorsque la gouvernante-infirmière-espionne qu'elle était désormais reprendrait celle qui lui échoirait.

Le soleil plongeait à l'horizon, l'ombre étendait son emprise sur la ville. Alistair et Hayley rejoignirent le *Florian*.

Que les serveurs du *Florian* furent surpris de revoir le couple d'Anglais, le jour même de leur accueil fort peu enthousiaste par le doge et les partisans de la république de Venise, était peu dire mais ils écoutèrent ce que ces deux fous avaient à leur préciser et transmirent le message dans les plus brefs délais. Si brefs que le couple de touristes fut invité quasi instantanément à traverser la place Saint-Marc dans le sens inverse et à rejoindre le palais des Doges où une grande réception était organisée par un marchand d'art fort connu à Venise.

ര✦ಣ

Meredith suivait sans entrain Kieran dans les ruelles sombres de la Sérénissime. Le soleil avait laissé place à la nuit et à la pâle lueur d'un ciel étoilé. La jeune Anglaise était très contrariée par les nouvelles de Benedict. Comment son frère, son jumeau, avait-il pu intégrer la *Special Branch* sans jamais lui avoir fait savoir son intention ? Meredith avait espéré à l'issue de leur première aventure parisienne que ses relations avec son frère retrouveraient la complicité de leur enfance, interrompue par de trop nombreuses années de pensionnat. Toutefois, elle avait déchanté à l'issue de leur enquête pétersbourgeoise, au cours de laquelle Benedict avait pris l'habitude de la solitude et, pire, y avait pris goût. Elle n'avait plus en son frère le complice, l'ami et le confident, qu'il avait pu être quelques années auparavant. Benedict était devenu distant et taiseux. Au fond de son cœur, Meredith espérait encore un retour à une situation plus chaleureuse, mais elle avait appris, comme tout un chacun, le choix de Benedict de servir les services de renseignement et de contre-espionnage de la police britannique. Pour sa part, elle avait pris soin d'écrire une longue lettre expliquant à son frère sa volonté d'intégrer les services secrets et la lui avait fait parvenir à Cambridge. Il était déplorable que son jumeau n'ait pas pris la même initiative à son égard.

Kieran ralentit le pas et se fondit soudain dans l'ombre, entraînant sa partenaire avec lui. Lassés des masques qui les empêchaient de respirer à leur convenance, les deux espions avaient décidé de ne porter que de simples loups et de dissimuler leurs silhouettes sous de larges capes.

— Que se passe-t-il ? s'inquiéta-t-elle.

L'Irlandais ne répondit pas, occupé qu'il était à surveiller un point en avant de leur position. Pour ce qu'elle en percevait, Meredith ne voyait pourtant rien de suspect. Le vent s'engouffra dans le *rio terà* où son équipier les avait précipités et apporta avec lui une odeur de tabac caractéristique. Meredith tendit le cou pour apercevoir la lumière rougeoyante, qui brûlait par intermittence, et avait été repérée par Kieran.

— Une pipe ? L'inspecteur principal Jasper Brixton n'a tout de même pas fait le déplacement depuis Londres pour une simple affaire de tableaux volés ? grogna-t-elle.

Kieran l'observa avec étonnement.

— Vous connaissez Jasper Brixton ?

Meredith hocha la tête pour toute réponse.

— Si Brixton est ici, Benedict ne doit pas être loin.

Meredith se dégagea de l'ombre dans laquelle ils étaient cachés et avança vers le point rougeoyant d'un pas vif. À peine quelques instants plus tard, elle fut arrêtée tout net par un revolver pointé sur son nez. L'un des deux agents accompagnant Benedict surveillait la ruelle. Brixton se retourna, la main à sa pipe, et sourit en coin, après avoir porté son attention sur l'importun venant perturber sa conversation.

— Quand on parle au frère, la sœur n'est jamais très loin. Que puis-je pour vous, Miss Meredith ?

Meredith écarta le revolver de sa figure et avança vers Brixton.

— Je souhaite parler à mon frère.

À la clarté du clair de lune, Brixton observa le visage de Meredith. La bouche était tordue d'une moue mauvaise et la jeune fille irradiait de colère.

— Vous m'en voyez désolé, Miss, mais votre frère vient de retourner à sa tâche. En revanche, si vous avez quelque renseignement à lui confier, je me ferai un plaisir de lui transmettre les informations… si toutefois elles ne revêtent pas un caractère trop personnel.

Brixton fit rougeoyer sa pipe, une bouffée de fumée de tabac sortant peu après de sa bouche. Meredith ne savait pas si elle aimait ou détestait cette odeur, mais elle éveillait en elle une espèce de nostalgie du pays, ce qui était surprenant, car la jeune Anglaise se sentait fort bien à Venise. Elle perçut un mouvement dans son dos et vit apparaître Kieran à côté d'elle.

— Il faut que nous parlions, dit-il d'un ton sec sans réponse possible.

Brixton acquiesça d'un signe de tête et écouta ce que l'Irlandais avait à lui dire sans l'interrompre, se contentant parfois de hocher la tête d'un air entendu. Au bout de quelques minutes, l'inspecteur principal esquissa un sourire.

— Toujours aussi efficace, Miss. Il est dommage que vous m'ayez pris en grippe, car vous auriez fait une recrue de choix. Toutefois, nous ne pouvons rien changer au passé. Avant que vous ne repartiez, j'ai moi aussi une information à vous donner. Un prêté pour un rendu en quelque sorte. En revanche, je ne sais pas quel est le degré de fiabilité à accorder à cette information. Nos services l'ont obtenue de façon… Comment puis-je dire cela… insistante auprès d'un malfrat de notre connaissance.

La bouche de Kieran se tordit en un sourire entendu, mais l'Irlandais se garda d'interrompre Brixton.

— Il semblerait que l'agent principal d'Atropos à Venise soit une femme.

Kieran et Meredith se regardèrent d'un même air stupéfait.

— Athénaïs, grondèrent-ils au même moment.

Avant même que Brixton n'ait eu le temps de leur poser quelque question que ce soit, ils avaient déjà disparu par la rue qui les avait vus arriver. Brixton bougonna :

— Surtout, ne me dites pas qui est cette Athénaïs…

L'inspecteur principal aboya trois ordres et il s'engagea dans la direction inverse de Meredith et Kieran, aussitôt suivi par l'agent qui l'accompagnait.

CR✦ED

A listair et Hayley atteignirent le haut de l'escalier d'or pour la deuxième fois en deux jours mais trouvèrent, dans les hauteurs du palais des Doges, une ambiance bien différente de la veille. Loin de la fête ensorcelante où les masques libéraient les esprits et les corps, les convives de cette réunion cachaient tous leurs visages, mais presque aucun n'était costumé. Le noir et le blanc étaient les couleurs dominantes de cette soirée aux lourds enjeux politiques. Les Anglais se félicitèrent du choix de leurs tenues bleu nuit en velours, qui ne les différenciaient guère des autres masques. Ils rejoignirent ainsi en toute discrétion l'assemblée, qui avait pris place dans la salle du conseil des Dix. Face à eux, *Junon dispensant ses dons à Venise* de Véronèse aurait dû retenir toute leur attention. Toutefois, leurs esprits furent accaparés par le doge et le discours enflammé qu'il tenait devant une assemblée nombreuse, subjuguée et entassée dans une salle devenue soudain trop étroite.

— Vous savez, tout comme je le sais, la nécessité de restituer à la Sérénissime les trésors pillés par les trop nombreux envahisseurs, qu'elle a eus à subir au cours du dernier siècle. Jalousée par toutes les puissances européennes, Venise a été dévastée, désolée, saccagée, détruite, mais reste malgré toutes les épreuves encore à flot, prête à renaître toujours plus puissante et plus brillante. Non, mes amis, la Sérénissime n'a pas dit son dernier mot. La république de Venise retrouvera tous ses trésors dilapidés à travers l'Europe et restituera au monde sa beauté et sa puissance originelle. Vive la république ! Vive la Sérénissime !

Les applaudissements éclatèrent à travers toute la salle, les cris d'allégeance se mêlant à ceux de vengeance et de revanche.

Le doge salua d'un bref signe de tête, comme s'il était habitué à soulever l'enthousiasme, et s'effaça. Entouré par nombre de solides gaillards, il quitta la salle sous les hourras et disparut de la vue de ses partisans.

Alistair et Hayley échangèrent un regard. Rien ne les avait préparés au nombre des républicains qu'ils rencontraient dans cette assemblée. L'Anglais se demanda où tous ces gens s'étaient cachés depuis leur arrivée à Venise. Les partisans de la Sérénissime étaient beaucoup plus nombreux que ce qu'ils avaient pu imaginer, ce qui expliquait la présence de l'espion italien qu'Hayley avait rencontré la veille. Si Alistair avait travaillé pour le roi d'Italie, nul doute qu'il aurait lui aussi surveillé de très près les agissements de ces sécessionnistes.

Hayley observait la salle avec une inquiétude grandissante. Quelque chose lui déplaisait, mais elle ne parvenait pas à définir ce qui avait bien pu éveiller sa méfiance. Elle ne porta aucune attention au départ du doge, persuadée qu'il n'était pas l'objet de ses soupçons. Se pouvait-il qu'elle ait aperçu Athénaïs sous un masque ? La Française lui avait laissé une impression si étrange, sorte de mélange de peurs et de menaces sournoises. *Rouge.* C'était cela. Dans cette foule dépourvue de couleur, où les plus excentriques portaient du bleu, l'œil d'Hayley avait noté la présence d'une femme portant sous son *tabarro* noir un gilet écarlate. Athénaïs ne lui était-elle pas apparue la veille vêtue d'une splendide robe vermeille ? Elle se pencha vers Alistair et lui murmura à l'oreille :

— Je crois qu'Athénaïs de Coulonges accompagnait le doge.

Alistair porta son attention sur son équipière.

— Qu'avez-vous vu ?

Derrière son loup, les yeux d'Hayley s'agrandirent, alors qu'elle regardait quelque chose ou quelqu'un s'approcher dans le dos d'Alistair. Alarmé, l'espion se retourna d'un bloc la main déjà posée sur la crosse de son revolver. La fine silhouette d'une femme portant pantalon et cape noirs, le torse sanglé dans un gilet d'écarlate se glissait jusqu'à eux. Une lourde chevelure blonde ondulait sur ses épaules.

— Bonsoir chers amis. Je suis ici pour vous transmettre la plus aimable invitation du monde. Le doge, dont vous avez pu assister au triomphe, souhaiterait s'entretenir avec vous.

Alistair ne put s'empêcher de sourire en coin.

— Avec grand plaisir, Madame. Si vous voulez bien être assez aimable pour nous montrer le chemin, nous vous suivons.

Il se saisit de la main d'Hayley et l'entraîna à sa suite, précédé par des boucles blondes. L'Anglaise pensa qu'elle aurait préféré que sa main fût libre pour se saisir de sa dague. Elle n'aimait vraiment pas cette Française.

Alors qu'ils marchaient dans un couloir secondaire, s'enfonçant toujours davantage dans les entrailles du palais des Doges, Alistair serra légèrement la main d'Hayley avant de la relâcher. Il espérait que la jeune femme se tenait prête pour le combat. Athénaïs choisit ce moment pour se retourner et foudroyer du regard l'espion anglais. Ce ne fut qu'un geste fugitif, un mouvement d'humeur passager, mais Alistair se demanda ce qu'il avait bien pu faire pour mériter un tel regard. Connaissait-il cette femme ? L'Anglais avait pourtant une bonne mémoire et se faisait toujours un point d'honneur de se souvenir de ses amis et de ses ennemis, mais il avait beau réfléchir, ni l'allure de la femme, ni sa chevelure, ni sa voix, ni rien de ce qu'elle était ne lui rappelait quoi que ce fût.

Hayley avait elle aussi saisi le signe de tête d'Athénaïs et plongea d'instinct ses mains dans ses poches. Elle avait pris garde, avant de partir, de prendre son deuxième revolver, le premier ayant été perdu au *Florian*. Chargée de son gilet cousu d'acier, de ses armes diverses, d'une lourde robe en velours ainsi que des habituelles fanfreluches et autres jupons, Hayley avait l'impression de ne plus parvenir à avancer. Elle allait devoir adapter sa tenue à sa nouvelle activité, car elle ne pourrait pas continuer longtemps à transporter sur elle plus de poids que nécessaire. Certes, dans la société victorienne, une femme se devait de respecter les bonnes manières et devait par conséquent se vêtir comme il se devait, mais les temps changeaient et Hayley se disait qu'à l'époque édouardienne, elle pourrait elle aussi adopter une tenue moins contraignante, sans toutefois tomber dans les excès vestimentaires de Meredith. Les pantalons étaient si laids sur les femmes ! Comme pour se convaincre de cette dernière pensée, Hayley porta son attention sur le pantalon de la femme qui les précédait et songea avec envie que la Française devait se sentir moins lourde qu'elle-même.

Athénaïs s'arrêta devant une porte et toqua trois fois, puis deux fois, puis une fois. Le battant pivota et elle entra sans un regard pour ceux qui la suivaient.

Alistair précéda son équipière dans la salle, s'interposant entre elle et les éventuels dangers les attendant. Le doge était en grande conversation avec trois officiers allemands. Il cessa de parler à l'instant où il vit les Anglais entrer et porta toute son attention sur eux. La porte se referma derrière eux et Hayley eut le déplaisir de constater que deux soldats s'étaient positionnés devant la sortie. Elle raffermit sa prise sur son revolver.

— Je vois que vous avez trouvé une alliance convenant mieux à vos projets, votre Sérénité. Toutefois, ce ne sont pas les Allemands qui vous aideront à retrouver les merveilles artistiques dispersées à travers le monde.

Le visage du doge demeura fermé, alors qu'il s'approchait d'Alistair.

— Je vous avais demandé de quitter la ville.

L'Anglais observa le petit homme trop sec pour son large costume rouge, dont les manches retroussées sur les épaules ne trouvaient guère de chair à recouvrir. Alistair fut troublé par le regard de l'homme lui faisant face. Il n'y voyait pas de reproches, mais des regrets.

— Maintenant, je ne peux plus rien pour vous.

Avec un soupir, le doge s'éloigna des Anglais, qui n'eurent pas même le temps de bouger avant de recevoir les premiers coups. Un coup de crosse s'abattit derrière le genou gauche d'Alistair, qui tomba à terre, alors que deux hommes s'emparaient de lui et l'immobilisaient au sol, les bras en croix. Au même moment, Hayley était saisie par l'arrière par une brute, qui la souleva du sol, sans qu'elle pût se défendre.

L'un des officiers allemands s'approcha d'Alistair, un large sourire aux lèvres.

— Monsieur Alistair Clifford. C'est un grand plaisir de faire enfin votre connaissance. Vous êtes un homme très recherché par les services du Deuxième Reich, surtout depuis que vous nous avez privé de notre espion favori.

Alistair releva le visage pour faire face, malgré sa position, à cet adversaire inattendu.

— Vous n'allez tout de même pas tenter de me faire croire que votre équipe de Caméléons était ce que vous possédiez de mieux ?

La fureur traversa le visage de l'Allemand, dont le sourire s'effaça.

— Vous perdrez votre sens de la répartie dans les bureaux de nos services. La torture est toujours un bon moyen de venir à bout des fortes têtes. Quant à votre amie, elle rejoindra l'un des bordels de campagne du Reich.

Alistair ne put s'empêcher de blêmir. Être torturé ne l'enchantait guère et les Prussiens étaient bien capables de le torturer à mort, sans lui poser la moindre question, simplement pour venger l'honneur de leurs services secrets, mais la pensée qu'Hayley pouvait être envoyée dans un lupanar de campagne était au-dessus de ses forces. La colère le galvanisa soudain et il arracha son bras droit à la poigne de l'un de ses gardiens. Hayley, dont les pieds avaient retrouvé le sol, choisit ce moment pour écraser les orteils de l'homme qui la retenait, se retourna en enfonçant son coude dans les côtes de son adversaire et plongea sous une table, où elle se saisit de son revolver. Un soldat eut la bêtise de se baisser pour regarder où se trouvait la fugitive, il reçut une balle entre les deux yeux.

Puis la situation échappa à tout contrôle. Hayley tira dans les jambes des deux soldats, qui luttaient avec Alistair pour le maintenir au sol. La porte s'ouvrit alors à la volée et plusieurs personnes entrèrent dans la salle en tuant tous ceux qui s'y trouvaient. Les hommes s'effondraient au sol en hurlant, percés de couteaux ou de balles. Libre, Alistair plongea à son tour sous la table, mais n'eut guère le temps de se préparer au combat avant que trois revolvers ne soient braqués sous la table.

— Vous allez sortir de dessous votre abri bien gentiment, sinon nous vidons nos barillets au hasard, prévint Athénaïs.

Hayley et Alistair échangèrent un regard entendu. Ils tombaient de Charybde en Scylla. Alors que deux des nouveaux tueurs récupéraient leurs couteaux meurtriers et achevaient les blessés, Alistair sortit de sa cachette, aussitôt saisi par deux hommes qui le délestèrent de ses armes. Athénaïs le regardait avec une haine palpable.

— Nous sommes nous déjà rencontrés, ma chère ? demanda Alistair alors qu'Hayley sortait de dessous la table.

— Méfiez-vous de l'Anglaise, elle est enragée, précisa Athénaïs sans lui accorder un regard.

À ces mots, Hayley fut saisie par deux hommes et délestée de son revolver. *J'espère que je vais le récupérer celui-ci !*

À quelques pas d'eux, le doge contemplait sans comprendre le massacre que sa décision de livrer les espions britanniques aux Allemands avait déclenché.

— Mais qu'avez-vous fait, espèce de folle ? hurla-t-il en se précipitant sur Athénaïs.

La femme se tourna vers lui, un couteau en main. Elle avança droit vers l'homme qui la menaçait et le planta sur sa lame en un mouvement ascendant. L'arme déchira le cœur de celui qui croyait pouvoir aller contre l'Histoire. Le doge tomba à genoux et bascula sur le côté. Athénaïs s'approcha de lui, se pencha au-dessus du mourant et le saisit par les cheveux, alors que la vie le quittait. Il fixa son regard vide sur le visage beau et monstrueux de la Française.

— Nul ne trahit Atropos, gronda-t-elle le visage déformé par un rictus haineux.

La tête retomba sans vie. Athénaïs se releva et s'approcha avec lenteur d'Alistair, dont le regard était désormais plein de mépris.

— Alors l'avorton du Lion, tu ne te souviens pas de moi ?

Alistair marqua un bref instant de surprise, son sourcil gauche s'arqua, puis son visage reprit son impassibilité naturelle. *Le Lion... Le Lion des armoiries britanniques ! Pas le Lion de Venise ! Le piège vient de se refermer sur toi, triple buse !*

— Vous faites erreur, ma chère, vous venez d'abattre l'avorton du Lion.

— Voyez-vous cela. Prisonnier, vaincu et toujours une leçon à donner.

— Prisonnier, admettons pour le moment. Vaincu, certainement pas. Quant aux leçons, je ne les réserve qu'à ceux qui méritent d'en recevoir.

— Je connais quelqu'un d'autre qui mérite de prendre une leçon.

Hayley sentit ses entrailles se tordre. Six hommes de main sans foi ni loi, une tueuse ayant un compte à régler et deux agents britanniques… Les ingrédients ne plaisaient pas du tout à l'infirmière-gouvernante-espionne qu'elle était.

Jane Martha ST. JOHN, Bridge of Sighs, Venice, 1856–1859,
84.XA.760.14.83, ©The J. Paul Getty Museum, Los Angeles.

Chapitre VII

M eredith et Kieran entrèrent dans la chambre d'Alistair et d'Hayley comme des fous. Vide. De colère, Kieran frappa le meuble de l'entrée du poing.

— Où sont-ils maintenant ?

— Le seul indice dont nous disposons est qu'ils devaient se rendre au *Florian*, constata Meredith avec quelque amertume.

Kieran observa le salon. Si Alistair était aussi prudent que sa réputation le disait, il avait dû leur laisser un indice.

— Où votre cousin cacherait-il un indice nous révélant où ils se rendaient après le *Florian* ?

Meredith porta sur le salon un regard neuf et curieux. Avec tous les reproches qu'Alistair avait adressés à Benedict sur le manque d'informations que le jeune homme lui avait laissé à Saint-Pétersbourg, il ne pouvait pas être parti à l'aventure sans suivre ses propres prescriptions. *En toute chose, ma chère Meredith, il faut être efficace et rapide.* Les paroles de son cousin résonnaient encore dans sa tête, quand elle se précipita sur la table basse du salon où trônait encore une théière. Elle souleva la fine porcelaine et découvrit une feuille de papier pliée en quatre. Les mains tremblantes, elle déplia la page et lut :

« *Partons pour palais des Doges. Fête donnée par marchand d'art. Présence doge, voire d'Atropos* ».

Au moins, Alistair et Hayley n'étaient-ils pas partis sans se méfier. Après avoir vérifié leur armement une dernière fois, Kieran et Meredith quittèrent les lieux en toute hâte, des loups fixés sur leurs visages. Ils marchaient d'un pas pressé, mais en s'abstenant de courir afin de ne pas attirer l'attention du personnel de l'hôtel sur eux. Pourtant, à force de va-et-vient, les Anglais ne manquaient pas de surprendre les différents concierges, qui remplissaient des pages entières d'écriture de leurs entrées et sorties, afin de toujours pouvoir annoncer à d'éventuels visiteurs si ces clients turbulents étaient présents ou sortis. Le concierge, d'un flegme presque britannique à l'accoutumée, s'autorisa une moue contrariée et ajouta une ligne sur le départ du frère le plus jeune et de la sœur.

CR✦ED

A listair était contrarié. Non pas parce qu'il était ligoté - une fois de plus - à une chaise et se faisait gifler par une jolie dame - dans d'autres circonstances, cela ne l'aurait pas dérangé -, il était contrarié, car il ne se souvenait pas de cette femme. À force de recevoir des coups sur la tête, sa mémoire décidait-elle de lui jouer des tours ? La gifle s'abattit sur sa joue droite. *Tiens, elle se fatigue.* Il regarda une fois de plus le visage de la Française. Carnation claire, yeux noisette pailletés d'or, boucles dorées. Non, Alistair avait beau se montrer parfois quelque peu cavalier avec les femmes, il se souviendrait d'elle… et de sa colère.

Athénaïs se détourna un instant en se frottant la main. Elle bouillait de rage, ivre de vengeance, assoiffée de sang. Elle en perdait toute mesure tant sa volonté d'anéantir cet Anglais était grande.

— Désolé de vous avoir ainsi meurtrie, ma chère, grinça Alistair. Maintenant que vous êtes un peu calmée, nous pourrions peut-être aborder la question qui me brûle les lèvres depuis quelque temps.

Athénaïs se retourna tel un aspic, rapide, sans pitié et venimeuse. Elle fixa son regard sans masque sur l'homme qu'elle frappait depuis de longues minutes et détesta le regard distant qu'il posait sur elle. La vérité surgit dans son esprit enfiévré.

— Tu ne te souviens pas de moi ?

Alistair fut piqué. Jusqu'à cet instant, il avait espéré un simple malentendu - la dame le confondant avec quelque autre - mais le regard colérique et perdu, qu'elle lui adressait à cet instant, ne lui laissait plus guère d'espoir. Il avait connu cette femme et l'avait oubliée. Quel âge pouvait-elle avoir ? La vingtaine tout au plus... Trop jeune pour avoir été l'une de ses multiples conquêtes parisiennes, trop jeune pour avoir été l'une de ses adversaires, alors quoi d'autre ? La fille de l'un de ses adversaires ? Une sœur vengeresse ?

— Ma chère, vous me voyez au comble de la confusion, mais je dois avouer que je n'ai pas la moindre idée de votre identité...

Le hurlement de rage et de dépit, qui sortit de la gorge de la jeune femme, glaça le sang d'Hayley. Elle assistait impuissante à la scène sordide d'un Alistair entravé recevant coup sur coup et ne pouvait l'aider tant la poigne des deux hommes, qui la retenaient, l'empêchait de faire le moindre mouvement. La colère d'Athénaïs la pétrifia pourtant davantage que les mains des hommes accrochées à ses bras. Le regard fou de la Française annonçait les pires sévices imaginables, les gifles ne constituant pour le moment qu'une aimable conversation. Hayley reporta son attention sur Alistair, impénétrable comme toujours.

— Ce n'est pas en hurlant que vous me permettrez de savoir qui vous êtes, grogna-t-il de méchante humeur.

Athénaïs lui tourna le dos et se massa le front du bout des doigts. Elle était Atropos, elle ne pouvait donner le spectacle déplorable de sa folie à ses hommes. La Française inspira et se calma presque aussitôt. Elle se retourna alors sans accorder la moindre attention à Alistair et transperça Hayley de ses yeux de gorgone.

— Elle...

Hayley adressa une prière silencieuse à sainte Zita, la sainte patronne des gens de maison, qui l'avait si bien aidée à Saint-Pétersbourg, pendant que la Française fondait sur elle.

Malgré lui, le visage d'Alistair marqua peur et anxiété, alors qu'il savait que cet aveu de faiblesse aggravait la situation d'Hayley. Il éprouva une nouvelle fois la solidité de ses liens, avec plus de vigueur qu'auparavant, mais ne parvint qu'à s'entamer les poignets.

Arrivée en face d'Hayley, Athénaïs contempla le visage sans masque de l'Anglaise.

— Vous êtes belle, avoua-t-elle. Belle à damner un saint, alors un homme de la réputation de Monsieur Clifford... Épouse ? Maîtresse ?

Hayley ne feignit pas l'étonnement, qui marqua son visage.

— Vous déraisonnez. Je suis l'équipière de Monsieur Clifford, rien de plus.

La conviction d'Hayley perturba Athénaïs. Elle se tourna vers Alistair, qui avait recouvré son calme et la regardait plein de mépris.

— Vous êtes très fleur bleue pour une criminelle, ma chère. Si vous connaissez ma réputation avec les femmes, vous savez que je suis un bon amant, mais un impitoyable séducteur. Le meilleur moyen pour me faire fuir est de s'attacher à moi.

Les yeux de la Française flamboyèrent. Elle ne croyait pas un mot sortant de la bouche de cet Anglais, ce traître. Athénaïs se détacha d'Alistair et se reconcentra sur Hayley.

— En vous tuant, au mieux je tue celle qu'il aime, au pire j'élimine une ennemie. *Missa est.*

Athénaïs claqua des doigts et les deux hommes emportèrent Hayley dans le couloir vers une destination inconnue.

L'Anglaise ne voulait pas hurler, elle ne voulait pas faire ce plaisir à la Française. Cette séparation participait de la déstabilisation d'Alistair. Elle devait être forte, devenir l'espionne qu'elle était supposée être, mais quand elle passa le

pas de la porte, entraînée vers un destin funeste par deux hommes aussi silencieux que des tombes, elle ne put le supporter. Lançant un dernier regard à son équipier, elle hurla :
— Alistair !

Hayley eut honte de cette faiblesse à l'instant même où le prénom passait le seuil de sa bouche. Elle avait failli et devait désormais se racheter. Alistair n'était pas en meilleure posture qu'elle-même et elle n'avait fait qu'ajouter à son tourment. *Ne réagissez pas d'instinct, Miss Fortescue. Réfléchissez. C'est la clé de la survie.* Hayley se souvint de Serguÿ et de ses conseils. Qu'aurait fait le colonel Pouchkine à sa place ? Emportée plus qu'elle ne marchait, Hayley n'était pas en état d'affronter ses deux ravisseurs, du moins pas maintenant et pas ici. En revanche, elle devait se tenir prête à saisir la moindre occasion d'assommer l'un ou l'autre et de récupérer la dague, qui avait échappé à la fouille méthodique dont elle avait été l'objet. Sous son corset d'acier, la dague de combat cachée au creux de son décolleté attendait encore de pouvoir remplir son office. Elle inspira profondément afin de recouvrer son calme et pensa à un plan qui pourrait l'aider. À n'en pas douter, les deux hommes l'entraînaient vers une salle isolée pour l'assassiner. Comme le lui avait appris Alistair, le moyen le plus simple et le moins salissant de tuer une femme était de l'étrangler. Dans ce but, l'un des deux devrait relâcher sa prise sur elle, ce qui lui laisserait le temps de le frapper dans les parties intimes. L'homme serait alors moins combatif pour quelques instants, ce qui permettrait à l'Anglaise de frapper de toutes ses forces le deuxième homme et de s'emparer de sa dague. *Désolée, Athénaïs, la messe n'est pas encore dite.*

— Vous êtes grotesque, ma chère. Je ne sais pas qui vous a formée au noble art de l'assassinat mais, selon toute vraisemblance, vous n'êtes pas très douée.

Alistair espérait faire perdre son sang-froid à Athénaïs et l'obliger à s'occuper de lui plutôt que d'Hayley. Il la houspillait depuis la disparition de l'Anglaise et déployait sur elle toutes ses compétences d'exaspération. Athénaïs approcha de lui et posa ses deux mains à plat sur les avant-bras ligotés d'Alistair pour placer son visage juste en face de celui de l'Anglais. Les yeux dans les yeux, Alistair put constater qu'elle jubilait.

— Cela vous touche, n'est-ce pas ? Cela vous fait mal…

Alistair demeura impassible et ne daigna pas même répondre.

— Alors le célèbre espion, le pourfendeur d'Atropos, est tombé amoureux de la gouvernante… Qui est le plus grotesque des deux ?

Athénaïs sourit de satisfaction, puis se redressa, abandonnant Alistair à ses tourments.

Comme elle s'y attendait, Hayley fut conduite dans une salle isolée et décrépite du palais des Doges. L'Anglaise ne pouvait pas comprendre comment il était possible que, dans un tel monument, des malfaiteurs puissent ainsi assassiner le doge, enlever deux personnes, au vu et au su de tous, sans pour autant déclencher l'intervention de la police. Mais puisque telle était la situation, elle allait devoir se défaire seule de ses ravisseurs. Elle se concentra, prête à l'action. *Non, ma chère Athénaïs, l'Anglaise ne va pas se laisser assassiner sans combattre.* Hayley gonflait ses poumons d'autant d'air qu'elle le pouvait, dans l'attente de la lutte. Toutefois, contrairement à ses prévisions, aucun des deux hommes ne relâcha sa prise et nul ne tenta de l'étrangler. Qu'attendaient ces deux brutes ? Un bruit de pas dans le couloir répondit à sa question et glaça son sang dans les veines. À trois contre une, Hayley sentit la faucheuse se rapprocher d'elle.

La porte s'ouvrit et laissa apparaître, comme elle le craignait, Athénaïs. Une Athénaïs non plus en colère mais triomphante, ce qui eût l'heur de déplaire à Hayley. Toutefois, l'Anglaise s'était jurée d'être brave et se redressa face à son adversaire.

— Dans d'autres circonstances, je vous aurais proposé de me rejoindre, commença Athénaïs. Malheureusement, j'ai un compte à régler avec votre soupirant et cela passe par votre destruction. En revanche, je ne suis pas sadique et je vous respecte en tant qu'adversaire. Vous ne sentirez rien. Bonne nuit éternelle, Miss Hayley Fortescue.

Athénaïs sortit de son dos une bouteille que l'infirmière qu'était Hayley reconnut au premier coup d'œil : chloroforme. L'Anglaise se cabra, tenta de se libérer, mais les deux hommes ne relâchèrent jamais leur prise et Athénaïs, passée dans son dos, appliqua un tampon plein du produit soporifique sur sa bouche et son nez. Hayley essaya de retenir sa respiration, tenta de lutter contre le sommeil et la nausée qui s'emparaient d'elle, voulut s'échapper une dernière fois, mais ses forces la trahirent et elle perdit connaissance, abandonnant la lutte et sa vie au destin. Les deux hommes la lâchèrent comme un sac et elle s'écrasa au sol sans un mouvement pour préserver son corps du choc. Athénaïs ne jeta pas même un regard à celle qu'elle condamnait à mort et repartit le pas léger, le goût de la vengeance dans la bouche.

L'un des hommes se saisit d'un bidon posé dans la salle quasi vide et en versa le contenu sur le sol. Il fit le tour de la pièce avec méthode, le liquide léchant le tapis sur lequel le corps d'Hayley reposait. Puis il regagna le couloir, faisant suivre derrière lui la trace sombre qu'il versait en continu. L'odeur d'essence se dispersa dans l'aile désertée du palais des Doges.

ɔ❖ɛ

P our ne pas changer, Benedict était d'humeur maussade et ses promenades dans le *Cannaregio* n'y changeaient rien. Il n'avait guère trouvé satisfaisante l'annonce par lettre à son cousin et surtout à sa sœur de sa décision d'intégrer la

Special Branch. Il aurait voulu pouvoir s'expliquer de vive voix avec Alistair et Meredith, mais le temps pressait et la présence à Venise de l'inspecteur principal Jasper Brixton le contraignait à agir encore plus vite qu'il ne l'avait envisagé. Les renseignements, que sa sœur et Kieran lui avaient transmis, confirmaient les conclusions de sa propre enquête. Il existait à Venise un trafic d'antiquités et d'art, plus ou moins organisé, qui dispersait à travers l'Europe les trésors des familles vénitiennes ruinées. Brixton avait compris avant les autres que ce trafic finançait la reconstruction d'Atropos et devait donc, à toute force, être anéanti. Pour sa part, Benedict considérait que Venise avait perdu assez de chefs-d'œuvre au cours du siècle écoulé pour ne pas continuer l'hémorragie patrimoniale, que constituaient la vente et la dilapidation des biens culturels vénitiens. D'une manière ou d'une autre, le trafic devait cesser.

À peine chargé de sa nouvelle enquête, Benedict avait décidé de se mêler à la population estudiantine, cette stratégie lui permettant d'observer toutes les couches de la population vénitienne dans un même lieu. Outre le fait que le jeune Anglais avait constaté la popularité des idées socialistes dans la cité des Doges, Benedict s'était aperçu que nombre de messes basses, après les discours enflammés des jeunes révolutionnaires, portaient sur le financement de la révolution. Il avait essayé d'obtenir des renseignements plus précis sur les capacités de contribution de ses camarades, - nombre d'entre eux n'ayant pas un sou vaillant - mais, arrivé depuis trop peu de temps au sein de leur rassemblement, peu d'entre eux lui faisaient suffisamment confiance pour l'éclairer sur ce point. La présence de ses deux cerbères n'aidait en rien à son intégration. Benedict avait dû demander à Brixton de le laisser enquêter comme bon lui semblait et, plus précisément, sans d'encombrants gardes du corps qui faisaient fuir les personnes dépositaires des quelques informations utiles.

Benedict se retrouvait donc une fois de plus seul, infiltré dans les mouvements révolutionnaires européens. Le jeune homme se demandait si ce type d'enquête allait devenir l'une de ses spécialités et se félicitait d'avoir échappé à un tel groupe à Cambridge. Il ne doutait cependant pas de la présence de quelques socialistes au sein de l'illustre université, mais ceux-ci se tenaient plus tranquilles que leurs homologues du continent.

Pourtant, Benedict avait dû argumenter un long moment avec son supérieur hiérarchique, avant que celui-ci ne daignât lui faire quelque confiance et ne le laissât manœuvrer comme il l'entendait. Selon lui, le tout n'était pas d'identifier le réseau de vente des œuvres d'art, mais bien de comprendre comment les œuvres quittaient Venise pour se retrouver dans les collections privées des riches collectionneurs britanniques. Certes, le Royaume-Uni n'était pas le seul pays participant au pillage de Venise, mais le ressort d'action de la *Special Branch* se cantonnait à la Grande-Bretagne et à son empire, ce qui constituait déjà - à n'en pas douter - un terrain de jeu fort vaste.

Le jeune policier s'approchait du lieu de rassemblement favori des étudiants républicains et se concentra sur son rôle et son enquête avant d'entrer au *Masque d'Arlequin*.

Benedict n'avait pas été déçu par son après-midi. Comme d'habitude, il avait dû subir les délires hauts-en-couleur de l'autoproclamé « fils de Garibaldi ». Il avait dû s'extasier de la verve et l'audace du jeune homme, mais était ainsi parvenu à lier connaissance avec un jeune étudiant moins timide que les autres, un prénommé Claudio. Ce jeune Italien lui avait avoué avoir dérobé un antique miroir à sa grand-mère et l'avoir vendu pour financer la cause. L'intérêt de cette information était que Claudio avait eu affaire à un gentleman britannique fort actif dans l'achat d'antiquités et autres œuvres d'art. Fort civilement, le jeune Italien avait donné à Benedict la procédure à suivre pour se défaire de toutes valeurs en vue de financer la révolution et la manœuvre débutait par le « fils de Garibaldi ».

Benedict se retrouvait donc à faire la queue pour pouvoir offrir un verre à cet éminent personnage, dont les admirateurs et admiratrices ne semblaient pas se formaliser de la grossièreté. Le jeune Anglais songea que quelques cours de théâtre pourraient à l'avenir lui être d'un certain secours, tant la perspective de jouer l'admiration et la passion devant ce fat lui déplaisait. Après une heure, qui sembla une éternité au jeune homme, Benedict put enfin s'approcher de l'idole.

— Tu es nouveau, mon frère, je ne t'avais pas encore remarqué ! brailla le « fils de Garibaldi » en envoyant une rude bourrade dans le dos de l'Anglais.

Un frère de plus... Mais celui-ci me déplaît fort...

— Pourtant, mon frère, voilà plusieurs jours que je viens écouter tes discours ! Seulement, au milieu de la foule de tes partisans, tu n'as pas dû me voir.

L'Italien éclata d'un rire sonore, propre à ceux qui souhaitent toujours être au centre de la lumière.

— Excuse-moi, mon frère, mais je ne vois pas toujours tout. En revanche, ton accent me signale que tu n'es pas italien. D'où viens-tu ?

Benedict se força à prendre l'air ennuyé.

— Je suis Anglais, mon frère.

— Anglais ? Il existe donc des Anglais républicains ? s'étonna le jeune Italien.

— Nous sommes peu nombreux, mais nous existons bel et bien, répondit Benedict d'un air crâne.

Son expression d'orgueil dut plaire au « fils de Garibaldi » puisqu'il éclata d'un nouveau rire sonore et administra au pauvre Benedict force bourrades dans le dos, à un tel point que le jeune Anglais se demanda un instant s'il n'allait pas y perdre sa perruque.

— Buvons ensemble, mon frère ! À la révolution anglaise !

Sans avoir le temps d'y penser, Benedict se retrouva avec un verre d'un infâme tord-boyaux dans la main et trinqua avec tant et tant de « frères » - et quelques « sœurs » aussi - qu'il en perdit le compte. Il but sans plaisir un vin indigne de la douce Italie et trinqua encore de nombreuses fois, avant de pouvoir rejoindre l'inspecteur principal dans le repaire de la *Special Branch*.

— Mais vous êtes ivre, Clifford ! s'indigna le strict inspecteur principal Jasper Brixton.

Benedict avait rejoint tant bien que mal la maisonnette dans laquelle les agents de la *Special Branch* trouvaient refuge à Venise pour le temps de l'enquête en cours. Sur le chemin, pourtant peu long, il était parvenu à vomir deux fois, le tord-boyaux italien lui ayant mis l'estomac en feu. Toutefois, il ne l'aurait avoué pour rien au monde à son supérieur hiérarchique et se composa une posture de dignité blessée.

— C'était pour les besoins de l'enquête, Monsieur !

La bouche de Jasper Brixton se fendit en une moue peu aimable sous sa moustache proéminente.

— J'en jugerai au vu de ce que vous rapportez.

Benedict se redressa de son mieux et entama le récit de sa soirée, sous les regards attentifs de ses deux anciens gardes du corps et de leur supérieur à tous.

— Je suis parvenu à trouver un lien entre les étudiants républicains et le trafic d'œuvres d'art. Les têtes pensantes de ce mouvement ont mis en place un trafic très lucratif par lequel ils vendent nombre d'objets de valeur et d'œuvres d'art à quelques acheteurs étrangers résidant à Venise. Les étudiants vendent sous le manteau les biens de leurs familles, avec ou sans leur consentement, ou pillent les églises vénitiennes pour s'emparer des objets cultuels de valeur. D'après ce que j'ai appris, il y aurait deux principaux acheteurs à Venise actuellement : un Anglais et un Autrichien. Toutefois, au vu de la rancœur existant toujours suite à l'occupation autrichienne, il semblerait que l'acheteur anglais bénéficie de la préférence des jeunes républicains.

Brixton acquiesça d'un hochement de tête et fit signe à Benedict de continuer.

— Le réseau est bien organisé et il y a une marche à suivre afin de pouvoir l'intégrer. Tout d'abord, vous devez montrer patte blanche et être coopté par l'un des chefs, un jeune Italien qui se fait appeler le « fils de Garibaldi ». Ensuite, une fois que ledit monsieur a accepté de vous recevoir dans le cercle des financeurs de la cause, vous devez vous rendre avec lui au rendez-vous fixé avec l'acheteur anglais. Le « fils de Garibaldi » négocie lui-même le bien apporté et empoche le prix de l'objet... pour la cause, bien entendu.

Brixton sourit. Il prit le temps de réfléchir aux informations dégottées par le jeune Clifford. Décidément, il ne regrettait pas d'être allé chercher le gamin jusque sur les bancs de l'université.

— Quand avez-vous rendez-vous avec ces deux personnages ?

— Cette nuit. Je retrouve le « fils de Garibaldi » à 11h au *Masque d'Arlequin*, puis nous partons directement au rendez-vous.

— Bien. Et qu'êtes-vous supposé vendre ?

— Un lot de pistolets en nacre que j'ai emprunté à mon père.

Brixton apprécia l'information à sa juste valeur.

— Williams, Lloyd, vous suivrez Clifford comme son ombre. Quand les deux jeunes gens auront terminé la transaction, vous me ramènerez notre charmant compatriote. Sans bruit, ni fureur, comme il se doit.

— Et si pouviez récupérer mes pistolets... osa Benedict.

Williams sourit.

— Nous ferons de notre mieux, Clifford, mais avec le paquet que nous aurons déjà à transporter...

— Le paquet ?

Brixton regarda Benedict avec étonnement, puis précisa :

— « Sans bruit, ni fureur » signifie assommé et ligoté. Nous récupérerons vos pistolets, quand nous le pourrons.

Benedict fut saisi par le caractère implacable de l'inspecteur principal. L'homme lui était apparu comme particulièrement antipathique lors de leur première entrevue puis, au fil du temps, il avait entrevu un serviteur de la couronne, fier et acharné. Cette image avait occulté le caractère inflexible de Brixton, qui réapparaissait désormais. Malheur à ses ennemis et à ceux du roi.

ↀↀↀ

L a foule des masques avait envahi le rez-de-chaussée du palais des Doges. Meredith et Kieran se retrouvèrent plongés dans un tourbillon de couleurs, de plumes et de dorures. Vêtus de leurs simples *baute*, leurs visages dissimulés sous des loups noirs, les deux espions britanniques faisaient pâle figure à côté des oiseaux de paradis vénitiens. Kieran se mit à traverser la foule en poussant et cognant tous ceux qui osaient se mettre en travers de sa route. Il parvint ainsi à progresser vers la cour intérieure qui permettait d'accéder aux étages du palais. L'Irlandais tenait pour acquis que la fête à laquelle Alistair avait fait référence ne pouvait se dérouler que dans les étages.

Meredith, quant à elle, suivait tant bien que mal son équipier qui leur ouvrait la route. Elle repoussa deux ou trois importuns, qui jugèrent subtil de la saisir sur leur passage, et réussit tout de même à conserver la distance, qui la séparait de Kieran, sans jamais le perdre de vue.

Au prix de bien des efforts, ils parvinrent enfin dans la cour intérieure du palais pour recevoir, de plein fouet, une foule affolée de masques beaucoup moins spectaculaires que ceux du rez-de-chaussée qui les emporta avec elle dans sa fuite.

ↀↀↀ

A listair observait d'un œil indifférent les hommes d'Atropos répandre de l'essence tout autour de lui. Il

167

se demanda s'ils n'allaient pas lui-même l'asperger de l'épouvantable liquide. Toutefois, ils durent juger que sa mort serait plus amusante sans qu'il brûlât à la première étincelle. Il fut donc épargné, du moins pour le moment, et put continuer à admirer les préparatifs d'incendie de ses ennemis. En vérité, Alistair n'était pas inquiet pour lui-même, mais beaucoup plus pour Hayley. Depuis qu'il avait vu la jeune femme disparaître par la porte, il ne l'avait plus entendue. Il se doutait qu'elle avait été éloignée de lui, mais pour lui faire quoi ? En revanche, il n'osait pas montrer son intérêt pour elle, de peur que cela ne se retournât contre son équipière. Il attendait donc, avec quelque impatience, le moment opportun pour s'échapper et partir à la recherche de sa compagne d'aventure.

— Alors, Clotho, prêt à rejoindre mon maître ?

Alistair releva la tête et fixa Athénaïs avec intérêt. *Clotho* ? Pour la première fois depuis le début de leur relation inamicale, la jeune femme lui donnait un indice. Atropos avait donc été le maître d'Athénaïs. L'homme ayant été supprimé il y avait de cela quatorze ans, la jeune femme était enfant lorsqu'elle avait rejoint les rangs de l'entreprise meurtrière de son mentor. Carrière précoce s'il en était, démontrant les qualités particulières que la jeune femme avait dû montrer pour sortir du lot et s'approcher si près du tueur de génie. Seuls les plus fous et les plus sadiques avaient le privilège d'apprendre auprès d'Atropos en personne. Belle perspective pour leurs futures rencontres.

— J'ignorais qu'Atropos recrutait ses élèves au berceau.

Athénaïs se renfrogna, mais parvint à conserver son calme.

— Vous ne parviendrez pas à gâcher ma joie. Aujourd'hui est un jour de triomphe, l'assassin de mon maître va enfin payer pour son crime.

Alistair ne put s'empêcher de sourire. La gamine était grotesque. Il ne suffisait pas de menacer de mort quelqu'un pour qu'il mourût à l'instant, il fallait parfois se salir les mains. Il se garda pourtant bien de tenter Athénaïs et préféra conserver le silence, ce qu'elle interpréta comme une reddition. Elle partit enfin, fermant la porte à clé, ce qui autorisa Alistair à se contorsionner. Cette bande d'amateurs avait ligoté ses avant-bras à un élégant fauteuil Voltaire sans prendre la peine de s'assurer de ses jambes. Alistair put ainsi réunir ses pieds sur le rebord de l'assise et pousser de toutes ses forces afin d'arracher les deux bras de son piège. Le pauvre Voltaire ne fit pas long feu face à la violence de l'attaque et Alistair fut libre, deux morceaux de bois fermement liés aux avant-bras.

Les deux hommes qui entrèrent une seconde plus tard, certainement pris du juste remords du travail mal fait, tombèrent sur un tueur au sommet de sa forme, de son art et de sa rage. Au premier son de clé dans la serrure, Alistair bondit vers la porte, se posta dans l'ombre et attendit que le premier entrât. Le second lui emboîta le pas et prit le soin de refermer derrière eux. Ce fut le signal. Alistair fracassa un bras de chaise sur le crâne du premier et priva le second de tout usage de sa mâchoire et de nombre de ses dents en brisant le deuxième bras sur son visage d'un geste circulaire. Ses adversaires avaient eu l'amabilité et la délicatesse de venir armés, ce qui simplifia la tâche à l'Anglais qui s'empara de l'arme du second, lui tira une balle en plein cœur, puis se retourna pour trouver le premier homme à genou et l'achever d'une balle dans la tête. Alistair se débarrassa des bouts de bois cassés et des cordes, puis délesta ses victimes de tout leur armement. Deux pistolets, deux couteaux de bonne facture et une matraque qu'il glissa dans sa ceinture.

Il s'approcha alors de la porte et entendit le son de pas passant devant lui. *Hayley*. Il ouvrit la porte à la volée, vit deux hommes d'Atropos, visa et tira. L'Anglais observa en une seconde le couloir que les deux hommes remontaient et, d'instinct, bondit en arrière alors qu'une balle sifflait à l'endroit même où il se tenait quelques secondes auparavant. Du coin de l'œil, il vit Athénaïs hurler et tirer de nouveau dans sa direction.

Il recula et, soudain, l'enfer se déchaîna. Alistair n'eut le temps que de rabattre la porte pour éviter d'être rôti vif et se jeta dans l'angle de la pièce épargné par l'essence. La porte jaillit de ses gonds et le feu s'engouffra dans la pièce s'emparant de tout, brûlant tout, flamboyant partout. Alistair s'agenouilla et respira pendant que l'air n'était pas saturé de fumée, puis s'empara d'un tapis et s'enroula à l'intérieur pour franchir les flammes qui surgissaient à tout instant. *Hayley.* Arrivé à la porte, il jeta un rapide coup d'œil et constata que le couloir était vide. Il sortit en espérant que nul ne surgirait à cet instant et remonta le couloir.

Le feu avait pris possession de tout. Alistair suffoquait sous l'effet combiné de la chaleur et des fumées. Son instinct de survie lui hurlait de remonter l'autre couloir, celui par lequel Athénaïs avait fui, mais sa raison et son cœur lui dictaient de s'enfoncer toujours plus loin dans le couloir opposé à l'air libre pour retrouver l'Anglaise. Alistair ouvrit une première salle et entra dans un petit bureau abandonné. Nulle trace d'Hayley mais des fumées sombres qui le firent tousser d'abondance. Puis il reprit son exploration, les poumons en feu. Il aperçut entre les larmes, qui obscurcissaient sa vision, une porte au fond du couloir et se rapprocha tant bien que mal, le feu s'attaquant désormais à sa peau. Il brûlait. Le feu avait franchi la protection de ses souliers et de son pantalon et rongeait ses chairs. Alistair frappa le tapis sur ses tibias et ses mollets pour étouffer les flammes dévorantes et il s'avoua, pour la première fois depuis fort longtemps que la faucheuse devait se tenir si près de lui, qu'il sentait son souffle pestilentiel sur sa nuque. Il atteignit la porte et l'ouvrit.

— Enfin, croassa-t-il la voix brûlée par les fumées.

Il ferma la porte derrière lui, fit tomber son tapis sur les flammes léchant la robe d'Hayley et se précipita sur elle. Il la prit dans ses bras, espérant la réveiller. Rien. Alistair chercha le pouls de la jeune femme, mais ses doigts brûlés étaient devenus insensibles et ne lui étaient plus d'aucun secours. Il pencha son visage vers le sien, espérant sentir sur sa peau le souffle… *Chloroforme*. Alistair releva son visage, certain désormais qu'Hayley ne recouvrirait pas ses esprits et observa la salle. *Fenêtre*. Il se releva, chargea le corps d'Hayley en travers de ses épaules et gagna son accès vers la vie. Il actionna l'antique poignée, qui lui fit le bonheur de coulisser, et fut assailli par une bouffée d'air pur. Alistair secoua sa tête pour s'éclaircir les idées, conscient que l'apport d'oxygène avait ravivé les flammes derrière lui. Il se pencha. *Eau. Advienne que pourra*. Alistair escalada la fenêtre, bloquant le corps d'Hayley par un bras et une jambe. Il respira et sauta en s'éloignant autant que possible du mur. La chute fut courte et ses pieds meurtris touchèrent la surface de l'eau avec délices, avant d'enfermer ses jambes dans un carcan de douleur le faisant hurler sous l'eau.

ር≷◆ℰᏆ

B enedict arrivait au point de rendez-vous à l'heure dite. Il portait sous son bras une belle caisse en bois clair ouvragé contenant les deux pistolets en nacre de son père. Il ignorait encore par quel miracle il avait pu estimer nécessaire d'apporter des objets précieux, mais cette initiative s'était révélée fort utile pour les besoins de son enquête. Il faudrait à l'avenir qu'il réfléchît à une stratégie avant de se rendre à l'étranger et de ne compter que sur sa bonne étoile pour l'aider à résoudre ses enquêtes. Benedict marchait d'un pas ferme et rapide à travers le *sestiere* du *Cannaregio*. Il connaissait désormais assez bien la cité des Doges et s'orientait sans trop de difficultés dans les différents *sestieri*.

Benedict tourna à l'angle d'un dernier *rio terà* et constata que le « fils de Garibaldi » était déjà arrivé. Adossé à un mur, il tournait son visage juvénile vers un rayon de lune. Ce détail frappa Benedict. À l'ombre des caves où le républicain déclamait à l'envi ses discours, le jeune homme avait paru plus âgé à Benedict. À la douce lumière de l'astre nocturne, alors que l'Italien ne prenait pas la pause, sa jeunesse éclaira d'un jour nouveau les réflexions de l'agent anglais. Certes, celui qui se faisait appeler le « fils de Garibaldi » était plus âgé que lui, ce qui n'était guère compliqué puisque l'Anglais n'était âgé lui-même que de dix-sept ans. Toutefois, il ne devait guère avoir plus de vingt ans et Benedict se demanda comment un si jeune personnage avait pu se jeter corps et âme dans le combat politique. Au cours des derniers mois, Benedict avait rencontré quelques jeunes gens, dont les convictions l'avaient fort impressionné. D'abord Vladimir, un révolutionnaire russe qui avait disparu entre les mains de l'Okhrana, la police secrète du tsar, puis Frans, un Finlandais qui souhaitait venger son peuple et son frère en détruisant le tsar et, désormais, ce « fils de Garibaldi » qui conspuait le roi d'Italie et rêvait d'une unité italienne républicaine. Benedict avait conscience du caractère préservé de sa vie dans les pensionnats huppés de la noblesse britannique et dans le manoir familial. En vérité, les jeunes nobles de sa connaissance bombaient bien le torse en parlant de la guerre, mais aucun d'eux n'avait connu le feu. Ils rapportaient avec plus ou moins de maladresse les souvenirs qu'ils avaient pu glaner de quelques combattants de leur entourage. Benedict, quant à lui, avait connu le feu à plusieurs reprises et lorsqu'il s'était retrouvé plongé dans le milieu universitaire, où bien peu de ses condisciples avaient vécu de telles expériences, à sa grande surprise, il s'était ennuyé. Il avait alors vu dans la proposition de l'inspecteur principal Jasper Brixton une opportunité de continuer à vivre avec plus d'intensité, tout en préservant sa volonté de poursuivre des études.

Le « fils de Garibaldi » lui fit un signe de tête alors que Benedict le rejoignait.

— As-tu apporté avec toi ce qu'il faut ? Mon contact n'aime pas être dérangé pour faire connaissance, grogna-t-il.

Benedict ne se donna pas même la peine de répondre et

montra la boîte d'un geste sec. Le « fils de Garibaldi » hocha la tête d'un air entendu et se décolla du mur pour guider Benedict vers le fameux amateur d'art vénitien.

Ils progressèrent d'un pas vif à travers les rues quasi vides de Venise, avant de plonger au cœur du *sestiere* de San Polo, un peu plus animé. Benedict se demandait pourquoi son guide était si taciturne ce soir-là. Il échafauda plusieurs hypothèses avant d'en conclure que ce point ne l'intéressait guère pour son enquête. Il se contenta alors d'accompagner le « fils de Garibaldi » en silence. Benedict espérait que les deux agents de la *Special Branch* - supposés le suivre comme son ombre - ne l'avaient pas perdu de vue et qu'ils seraient au rendez-vous pour se saisir de leur compatriote si féru d'affaires d'art.

De son côté, l'Italien était méfiant. Il n'aimait guère cet Anglais sorti de nulle part, aux manières aristocratiques, mais habité par la ferme résolution de soutenir la république italienne. Il avait entendu parler de tels cas auparavant, mais n'avait encore jamais rencontré ce genre de personnage sur sa route. La nouveauté lui déplaisait toujours. Toutefois, peu lui importait la sincérité des convictions du Britannique, tant qu'il vendait des objets précieux pour financer la cause.

Soudain, le « fils de Garibaldi » s'arrêta net devant une porte. Benedict fut surpris et faillit bousculer son accompagnateur taiseux. Il observa le bâtiment qui avait retenu l'attention de l'autre et s'étrangla de surprise. Il connaissait le lieu. C'était l'une des caches de la *Special Branch* à Venise.

Old Venetian courtyard, Venice, Italy, ca. 1890, avec l'aimable autorisation de la Bibliothèque du Congrès (Washington - USA).
https://www.loc.gov/item/2001701043/

Chapitre VIII

L a foule quittait le palais des Doges dans la plus grande bousculade et la plus totale anarchie. Dans un tourbillon de tissus précieux, d'or et de parfum, le feu répandait son odeur âcre et sa fumée dévastatrice dans le moindre recoin du bâtiment, suffoquant ceux qu'il entourait. Kieran parvint à se saisir du poignet de Meredith et, de peur de la perdre dans la confusion, le serra si fort que la jeune fille ne sentit bientôt plus sa main. Pourtant, elle n'y prêta guère attention, occupée qu'elle était à ne pas perdre l'équilibre pour éviter de se faire piétiner à mort par la foule des masques en déroute. À force de coups, Kieran parvint à les entraîner vers un mur d'où ils pouvaient observer le flot de visiteurs en fuite, sans risquer d'être happés par le mouvement. Soudain, l'Irlandais désigna un groupe du doigt.

— Là !

D'instinct, Meredith regarda dans la direction désignée et vit ce qui avait retenu l'attention de son équipier. Une femme couverte d'un manteau écarlate et à la chevelure blonde fendait la foule, entourée de plusieurs hommes encore plus brutaux que l'Irlandais. Meredith eut tout de même une petite pensée pour tous ces Italiens qui se faisaient rudoyer chez eux par des étrangers.

— Athénaïs, souffla-t-elle.

Bien qu'elle ne l'ait jamais vue, Meredith ne doutait pas de l'identité de cette femme. Elle correspondait avec tant d'exactitude à la description qu'en avait faite Hayley... Kieran se jeta sur ses traces, entraînant la jeune espionne à sa suite, mais celle-ci résista.

— Nous ne sommes pas là pour elle !

Kieran la regarda avec surprise, puis pinça les lèvres.

— Votre cousin est un grand garçon. Il savait où il allait. Pour notre part, si nous perdons la trace de cette femme alors qu'elle vient de nous passer sous le nez, je puis vous assurer que votre cousin sera fou de rage. Donc, Meredith, vous venez ou pas ?

Meredith fut surprise, puis piquée au vif. Peu importait à Kieran qu'elle le suive ou pas, il prendrait en chasse celle qu'ils soupçonnaient être la nouvelle Atropos. La jeune fille n'avait pas le choix, la mission d'abord. Elle hocha la tête et ils plongèrent dans la foule à la poursuite de la dame en rouge.

Dehors, la foule se dispersait grâce à l'espace qu'offrait la place Saint-Marc. La fumée et les flammes sortaient des étages du palais des Doges, qui continuait à déverser ses visiteurs par toutes les portes. L'air du large se mêlait à la fumée épaisse et étouffante de l'incendie pour limiter la suffocation de ceux qui sortaient à peine du bâtiment. Réunis en de petits groupes, les victimes de l'incendie observaient avec dépit l'un des joyaux de Venise en proie aux flammes. Toutefois, les services de secours arrivaient et l'espoir de sauver une partie illustre du patrimoine vénitien refleurissait.

Meredith était persuadée que cet incendie avait été déclenché par la femme qu'ils poursuivaient. Prompte à se rallier à l'opinion d'Hayley, la jeune fille avait conçu une haine farouche pour cette criminelle, sans même l'avoir rencontrée. Dissimulée parmi les masques, Meredith observait la dame en rouge contourner le palais en feu avec contrariété. Kieran, quant à lui, était quelque peu désemparé. Il s'attendait à ce qu'Athénaïs et ses hommes se pressassent vers l'intérieur de la ville mais, selon toute vraisemblance, ils avaient en tête un autre plan. Ils fondirent sur le *sestiere* de Castello et longèrent le quai *degli*

Schiavoni. Les deux Britanniques leur emboîtèrent le pas avec prudence. Se déplaçant d'ombre en ombre, ils laissaient une distance certaine entre eux et leurs proies, conscients que ceux qu'ils poursuivaient étaient loin d'être des amateurs. Toutefois, plus ils s'enfonçaient dans le *sestiere* de Castello, moins Kieran parvenait à anticiper les déplacements de ses adversaires. À son grand déplaisir, l'Irlandais avait beau réfléchir, il ne voyait pas où ses cibles voulaient aller. En outre, cet itinéraire ne lui convenait guère, la situation de poursuivants étant par trop exposée. À plusieurs reprises, ils durent plonger dans les ténèbres, protégés des lueurs de la lune par leurs longues capes noires. Méfiants, Athénaïs et ses hommes se retournaient sans cesse, à l'affût du moindre bruit ou mouvement suspect. Soudain, Kieran se tendit. Il avait compris.

— Ils rejoignent un embarcadère.

Meredith le regarda, les yeux ronds comme des billes. Un embarcadère ? Mais comment allaient-ils parvenir à suivre leur trace dans ces conditions ?

ଓ✦ଥ

B enedict priait pour que Williams et Lloyd ne soient pas trop loin de lui. Il était lui-même armé, mais la perspective d'être confronté à un traître appartenant à la *Special Branch* ne lui plaisait guère. Le service étant fort réduit, il y avait bien peu de chance pour que l'agent félon ne l'ait pas déjà rencontré. Il se prépara à un affrontement imminent et féroce. Plongeant la main dans sa veste, il saisit la crosse de son arme, prêt à faire feu sur le premier agent connu qui surgirait de la cache.

Loin de se douter des pensées qui torturaient le jeune Anglais à côté de lui, le « fils de Garibaldi » toqua à la porte en suivant un code complexe. Puis, il attendit, figé en une pause qu'il estimait avantageuse. Pourtant, à cette heure-ci de la nuit, nul ne pouvait le voir, songea Benedict un instant déconcerté.

L'attente fut brève avant que la porte ne s'ouvrît, cédant le passage à un agent... inconnu ? Benedict ne put cacher un bref moment de stupeur. Qui était ce personnage pompeux installé dans l'une des adresses de son service et dont il ignorait tout de l'identité ? Benedict relâcha la crosse de son revolver et espéra que son mouvement n'avait pas été perçu par l'autre. Un coup d'œil sur le nouveau venu le rassura. L'homme au chapeau melon et au long manteau sombre les toisait de toute sa hauteur comme deux fâcheux cancrelats, alors de là à ce que cet arrogant personnage imaginât que l'un de ces jeunots pût appartenir au même service que lui... Le traître observa la rue derrière eux et les invita à entrer. Les deux jeunes gens pénétrèrent dans le bâtiment sans plus de façon et la porte se referma derrière eux.

À quelques distances de là, Williams et Lloyd échangèrent un regard chargé de colère et de dépit. Si la nouvelle recrue du service ignorait qui était l'homme avec lequel il avait rendez-vous, les deux autres membres de la *Special Branch* l'avaient reconnu au premier regard et en avaient été indignés. Quelqu'un allait devoir rendre des comptes à la couronne, au roi et à Jasper Brixton avant que le soleil ne se levât sur Venise. Les deux agents s'adossèrent dans l'ombre. La patience était l'une de leurs qualités.

L'homme les précédait de quelques pas. L'immeuble était simple, propre, pratique, tel que Benedict l'avait vu la première fois. Son esprit ne lui avait donc pas joué un mauvais tour. Ils rejoignirent la pièce principale du rez-de-chaussée où ils s'assirent autour d'une solide table en bois.

— Bien, Messieurs, mon temps étant précieux, nous allons de ce pas entamer les discussions, commença l'inconnu.

— Monsieur, que votre temps soit compté ou pas, il me semble que la bienséance voudrait que nous nous présentions, s'indigna Benedict.

L'homme fut piqué au vif, le rouge lui montant aux joues. Comment ce freluquet osait-il lui donner des leçons de courtoisie ?

— Vous comprendrez qu'en cette matière, nos noms sont inutiles ! Vous pouvez m'appeler Jones si vous le souhaitez.

Jones ? Et pourquoi pas Édouard VII ? gronda intérieurement Benedict.

— Puisque ce point est réglé, je souhaiterais voir les pistolets dont vous souhaitez vous séparer.

Benedict laissa tomber sur la table la boîte en bois clair. L'homme s'en empara aussitôt, l'ouvrit et sortit l'une des armes. Il se saisit d'une loupe dans la poche intérieure de son veston et inspecta en détail la précieuse pièce d'armurerie, puis il actionna le mécanisme du pistolet. Il semblait satisfait mais, en bon négociateur, fit une moue blasée. Il détailla avec la même application le second pistolet, puis s'empara de la boîte pour l'étudier sous tous les détails. Il reposa le coffret, y rangea les deux armes et se tourna vers le « fils de Garibaldi ».

— Convenable.

— Combien ? demanda le jeune Italien avec un air de dédain.

— Cinquante livres sterling.

— C'est une plaisanterie ! s'indigna Benedict en se levant et en écrasant son poing sur la table.

Sans plus réfléchir, il se leva, attrapa la boîte et partit. Il était hors de question de laisser à ce minable, ne fût-ce que pour deux minutes, les précieuses armes de son père. Abasourdis, les deux hommes le regardèrent sortir. Retrouvant ses esprits, le « fils de Garibaldi » se leva, renversa sa chaise dans son élan et se mit à courir après l'Anglais, qui devait financer une partie de sa révolution.

CR✦ℰ

L e choc fut rude. Le *rio de la Canonica* était moins profond que ne l'avait espéré Alistair en sautant du premier étage, chargé du corps d'Hayley. Après quelques secondes de bien-être, quand l'eau du canal avait refroidi ses brûlures, la souffrance avait repris ses droits. Non seulement l'eau salée ajoutait, à la douleur des brûlures du feu, celle du sel, mais ses pieds heurtèrent avec violence le fond du canal. Alistair en profita pour donner une impulsion et regagner la surface. Il surgit de l'eau à pleine vitesse et espéra - un peu tard - qu'aucune gondole ne croiserait la route de sa tête. Son ange gardien dut entendre son inquiétude, car ils émergèrent dans un canal vide, l'eau n'étant animée que par les reflets du feu dansant dans les étages du palais des Doges. Alistair sentit alors le corps d'Hayley peser lourd sur ses épaules. Il lâcha la jeune femme et la rattrapa alors que son corps plongeait déjà à pic. *Mais qu'est-ce que... Le gilet d'acier !* Alourdie par sa robe de velours, ses jupons et son gilet d'acier, Hayley coulait. Alistair attrapa la femme à bras-le-corps, maintenant sa tête hors de l'eau, incapable de regagner la rive, toutes ses forces passant dans leur maintien à flot. *Trouve une solution, sinon nous allons y passer tous les deux.* Alistair observa le canal où il se trouvait. Peu profond, peu large, le canal donnait à l'arrière du palais des Doges où nul ne regardait. L'avantage était le peu de profondeur. *Mais on peut se noyer dans trente centimètres d'eau.* L'inconvénient était qu'il n'y avait pas de rive. Alistair se contorsionna pour observer les alentours. Le pont des Soupirs d'un côté, le pont de la Paille de l'autre. *Il faut que je rejoigne les abords du Grand Canal, là au moins quelqu'un finira par nous voir.* Tant bien que mal, Alistair emporta avec lui le corps d'Hayley.

La progression était lente, la robe se chargeait chaque instant de plus d'eau et la dormeuse pesait toujours plus lourd dans ses bras. L'espion se débattait contre les flots, conscient que tous les regards étaient tournés vers les étages et que les chances de tomber sur quelqu'un regardant vers l'eau s'amenuisaient de minute en minute. Peu à peu, Alistair parvint à se rapprocher du pont de la Paille mais, comme il le pensait, nul ne prêtait alors attention aux flots. Il usa ses dernières forces pour passer sous le pont et s'accrocha avec espoir au premier ponton qu'il croisa, coinçant Hayley entre lui et un poteau salvateur.

— *Aiuto* ! hurla-t-il.

Nul ne bougea sur le pont.

— *Aiuto* !

Quelqu'un allait bien finir par entendre ses appels au secours ! Vite de préférence ! Hayley s'enfonçait toujours dans l'eau. Soudain, un homme surgit du quai, sauta dans la gondole la plus proche et manœuvra le bateau. Quelques instants plus tard, la gondole se postait à côté du ponton.

— À trois, je me saisis de la dame et vous m'aidez à la monter à bord, dit l'Italien.

— Faites attention, sa robe l'entraîne vers le fond, répondit Alistair en italien.

L'homme ricana.

— Les femmes et leurs fanfreluches ! dit-il en se saisissant d'Hayley par la manche.

L'homme attira la dormeuse près de la gondole et saisit sa robe par la ceinture. Soulagé du poids de la jeune femme, Alistair put retrouver quelques forces et se hissa tant bien que mal dans le bateau. Il se porta aussitôt au secours de l'Italien, qui avait hissé Hayley hors de l'eau, mais ne parvenait pas à la faire basculer dans le bateau. Leurs efforts conjugués leur permirent de mettre Hayley à l'abri. Alistair s'écroula alors dans l'embarcation. Adossé contre le bateau, il s'octroya quelques minutes pour récupérer son souffle, pendant que leur sauveur providentiel rapprochait la gondole du quai principal. Le sauvetage avait enfin été remarqué et quelques badauds s'amassaient sur l'embarcadère, certains par curiosité, d'autres pour aider.

À peine la gondole amarrée, Hayley fut sortie du bateau et couchée à même le sol, Alistair se précipita et prit son pouls, pendant que leur sauveur empruntait son monocle à un monsieur et le mettait sous le nez d'Hayley. Une fine buée apparut sur le verre. *Le cœur bat, elle respire.* Le corps d'Alistair s'affaissa d'un coup et il tomba inconscient sur Hayley.

ର✦ଈ

A listair ouvrit les yeux avec difficulté et toussa aussitôt. Une toux caverneuse, rauque, qui faisait trembler toute sa cage thoracique. Il était revenu, sans savoir par quel moyen ou miracle, dans la suite qu'il occupait avec Hayley au *Danieli*. *Hayley...* Il se redressa déclenchant aussitôt une toux plus rageuse que la précédente.

— Vous allez finir par cracher vos poumons, Monsieur Clifford.

Alistair bondit du canapé sur lequel il était assis et détailla l'homme qui l'avait sauvé. Plus grand qu'il ne l'imaginait, brun, yeux noisette, athlétique... un peu trop pour être honnête... Un confrère et non un gondolier, comme il l'avait cru. *Italien...*

— Aurais-je affaire au mystérieux Donatello ? demanda l'Anglais.

Le sourire étincelant de l'Italien répondit pour lui.

— Vous avez de la chance, Monsieur, conclut Alistair.

Donatello sembla surpris. Il se disait en toute bonne logique que le plus chanceux des deux était tout de même ce fou d'Anglais. Encore étonné, il observa Alistair s'approcher de lui sans comprendre et fut soudain saisi au col.

— Vous connaissez ma réputation, Monsieur. Celui qui touche à mon partenaire est un homme mort et, hier, vous avez meurtri les bras de mon équipière.

Donatello déglutit. Même si le dialogue lui semblait absurde, voire ridicule - on ne tuait tout de même pas un homme pour un bleu sur le bras - il sentait que l'Anglais ne plaisantait pas et connaissant sa réputation... Alistair le relâcha, prenant même le soin de lisser le col froissé par ses soins.

— Une vie contre vie. Sans vous, Hayley se serait noyée aujourd'hui, alors vous voilà sauf.

Donatello regarda Alistair avec stupeur, puis sourit et éclata d'un rire clair. Il lissa son gilet de velours noir et rajusta ses manches immaculées.

— Je ne suis pas si simple à tuer, Monsieur Clifford.

— C'est aussi ce que disait Atropos.

Donatello fit une moue. Sur ce terrain, il ne battrait pas l'Anglais. Tous connaissaient Atropos et son tueur. L'Italien changea de tactique. Il fit le tour du salon, évitant avec soin de passer devant Alistair, puis alla s'asseoir en toute dignité dans l'un des fauteuils. Alistair sourit. Il aimait le cran de son homologue et prit place en face de lui.

— Vous êtes dur au mal, Monsieur Clifford.

Alistair leva un sourcil en signe interrogatif.

— Vos jambes. Vous ne vous êtes même pas aperçu qu'un médecin les avait nettoyées et bandées.

Alistair décida qu'il pouvait être utile de s'intéresser à ses jambes. Il jeta un coup d'œil et constata que le fond de son pantalon avait été coupé et que des bandes de coton blanc entouraient ses pieds et ses mollets. Avait-il mal ? Pas pour l'instant, mais il ne doutait pas qu'avec le temps, ses brûlures se rappelleraient à son bon souvenir.

— Le médecin a laissé un pot d'onguent à votre attention.

— Et Hayley ?

— La dame va bien, mais elle ne s'est pas encore réveillée. Droguée, je suppose ?

— Où est-elle ?

— Dans son lit.

— Qui l'y a mise ?

Donatello sourit avec calme.

— Je ne suis pas ce genre d'homme, Monsieur Clifford. J'ai fouillé au corps votre partenaire, comme vous l'auriez fait à ma place, mais je n'abuse pas des femmes endormies. Des brancardiers vous ont apportés dans le salon et ont installé la dame dans le lit. Des femmes de chambre se sont chargées de la déshabiller avec l'aide du médecin.

Alistair observa Donatello. Quel âge pouvait-il avoir ? Un peu plus jeune que lui, c'était certain. Pouvait-il faire confiance à cet homme ?

— Que faisiez-vous sur le quai, Monsieur ?

— Manifestement, ma réputation ne m'a pas précédé, dit Donatello en riant. Donatello Izzo, pour vous servir, Monsieur Clifford. Quant à ce que je faisais sur le quai, je surveillais la soirée du doge. Fort mal, j'en ai conscience, au vu du désastre survenu. Peut-être aurez-vous l'amabilité de me donner quelques renseignements sur les événements…

Tiens, donc, notre ami italien a raté son coup et apprécierait d'avoir quelques éléments à fournir à ses supérieurs… Alistair haussa les épaules et s'enfonça dans son fauteuil. La brûlure réapparaissait.

— Je n'ai pas vu grand-chose de cette fête. J'ai seulement assisté à la fin du discours enflammé du doge, puis j'ai participé bien malgré moi à une soirée privée, au cours de laquelle ce curieux personnage m'a confié aux bons soins de ses alliés allemands, avant que toute cette joyeuse bande ne soit supprimée par Atropos… La nouvelle, bien sûr, l'autre n'étant pas revenu d'entre les morts.

— Et le doge ?

— Mort, comme les autres.

— Qui est Atropos aujourd'hui ?

— C'est plus une organisation criminelle qu'une personne… bien que j'aie tout de même quelques doutes.

Donatello se rejeta en arrière dans le fauteuil, fixant son regard sur le plafond.

184

— Voilà qui n'arrange guère nos affaires ! Le doge était certes envahissant, mais le camp des républicains vénitiens est partagé entre ceux qui veulent conserver l'unité italienne et ceux qui veulent restaurer la république de Venise. Le doge n'était donc pas une menace, du moins pas pour le moment. En revanche, cet homme avait l'avantage de lutter avec férocité contre le trafic d'œuvres d'art. Venise se vide peu à peu de ses trésors, Monsieur Clifford, et nous ignorons encore les rouages de ce pillage !

— Je pense, pour ma part, que plusieurs filières se sont installées à Venise, conscientes de l'immense richesse de la cité et de l'instabilité de la nouvelle Italie. Selon toute vraisemblance, l'une de ces filières est tenue par Atropos.

— Et vous êtes venus détruire cette filière ?

— Pas au début. Nous devions simplement identifier et éliminer celui, celle ou ceux qui avaient repris le flambeau d'Atropos. Disons que nos affaires se sont compliquées.

— Ce qui ne concerne pas le trafic ne m'intéresse pas. En fait, le ministère de l'Intérieur italien serait plus que satisfait du démantèlement de l'un de ces réseaux, quel que soit l'auteur de ce démantèlement. Pour en revenir au doge, je suppose que l'incendie a été déclenché pour cacher le crime…

— Entre autres. Je dirai que l'incendie a aussi été motivé par un vif besoin de se débarrasser d'Hayley et de ma personne.

Donatello ricana, son grand sourire emportant tout sur son passage.

— Vous êtes un homme très apprécié, Monsieur Clifford. Je ne vous envie guère ce talent ! En revanche, il y a un point inquiétant dans ce que vous m'avez rapporté de votre soirée fort constructive. Que venaient faire des Allemands à la soirée du doge ? Le Deuxième Reich est supposé être l'allié du royaume d'Italie, pas de ceux qui veulent jeter à terre l'unité italienne.

— Qui ils étaient, je l'ignore, reprit Alistair. Quels liens ils avaient avec le doge, je l'ignore aussi. Toutefois, ce soir, ils étaient venus prendre livraison de ma personne. Le doge m'avait prévenu. Je devais quitter Venise, sinon il ne pourrait rien faire pour moi. Je n'ai pas compris ce à quoi il faisait référence. De toute façon, cela n'aurait rien changé à notre affaire. J'ai une mission et j'entends bien la mener jusqu'à son terme.

Un silence s'imposa pendant que les deux espions faisaient le point chacun de leur côté sur les événements de la nuit.

— Alors Atropos est désormais une organisation criminelle... Trafic d'art donc et quoi d'autre ?

Alistair haussa les épaules.

— Si les quelques survivants de la bande du premier Atropos ont repris leurs activités habituelles, nous parlons d'une organisation criminelle globale. Assassinats, enlèvements, trafics en tous genres voire, au sommet de leur art criminel, déstabilisation d'une région ou d'un pays.

— Atropos aurait-elle pu être engagée pour déstabiliser la monarchie italienne ? s'étrangla Donatello.

Alistair réfléchit à la question. Était-il possible que dans l'ombre, à l'insu de tous les services secrets européens, un tel réseau criminel ait pu s'organiser, étendre son influence et croître au point de réapparaître au sommet de sa puissance, tel qu'il était lorsque celui qu'il avait abattu était encore le maître ? Déstabiliser la monarchie italienne n'était pas rien. Certes, l'unité italienne était récente et les tensions dans le pays étaient encore vives, mais l'Italie était un vaste pays, dont les habitants comprenaient pour la plupart la nécessité de s'allier. Alistair n'avait pas envisagé cette affaire sous un angle si sombre, mais cette hypothèse offrait de trop nombreuses perspectives pour être écartée d'un revers de la main.

— La difficulté est que nous ignorons à quel stade de développement en est Atropos. S'ils sont encore en cours de création ou de développement de leur réseau, la réponse est non. S'ils sont revenus au même point de domination de la criminalité européenne qu'il y a quatorze ans, la réponse est oui.

— Sombre perspective… Pour le moment, dans quels pays Atropos est-elle réapparue ?

— À ma connaissance et de façon certaine, en Grande-Bretagne et en Italie. Je soupçonne toutefois la France d'être aussi infestée par cette peste. Après tout, Atropos était français et celle que nous soupçonnons d'être à la tête de la branche vénitienne est aussi française.

Donatello siffla.

— Cela commence à faire beaucoup. Bien, je vais de ce pas prévenir mes services et nous allons vous aider à éradiquer la menace vénitienne.

Il se leva d'un bond, prêt à en découdre.

— Faites attention à qui vous parlez, l'avertit Alistair. Quand on affronte Atropos, les traîtres ne sont jamais loin.

Donatello acquiesça d'un signe de tête, puis prit congé. Alistair le regarda partir sans avoir la force de se lever. Les brûlures avaient envahi ses jambes et son esprit. Il tendit la main vers le pot d'onguent.

ରୈ✦ଛ

Kieran et Meredith observaient avec impuissance Athénaïs et ses hommes embarquer dans le bateau qui les attendait. Kieran jeta un coup d'œil alentour. La *riva* était certes bordée de nombreuses embarcations, mais bien peu capables de tenir en mer. Des gondoles, des gondoles et encore des gondoles…

— Pourquoi ne pas emprunter l'une de ces gondoles ? chuchota Meredith.

— Parce que nous devons les suivre dans des eaux où la houle est trop forte pour ce genre d'embarcation. Ce qu'il nous faut, c'est un bateau de pêche…

Kieran fouilla du regard les ombres mouvantes amarrées et, dans un éclair de lune, repéra enfin ce qu'il cherchait.

— Venez.

Alors que le navire d'Atropos prenait le large, Kieran et Meredith bondissaient dans un petit bateau de pêche muni d'une voile solide et de rames. En marin avisé - il était fils de pêcheur après tout - Kieran défit les amarres et leva la voile en moins de temps qu'il en fallut à Meredith pour s'asseoir. Elle ne savait pas si elle avait le pied marin... Elle pensait qu'elle n'avait pas le pied marin... Les premiers remous secouèrent sans ambages la frêle embarcation et Meredith en conclut qu'elle n'avait pas du tout le pied marin. Elle s'accrocha au bois du banc sur lequel elle était assise et regarda Kieran s'affairer. L'Irlandais semblait savoir avec précision quoi faire d'un bateau, tout était pour le mieux. Meredith se remémora sa traversée de la Manche pour rejoindre Paris et constata que les sensations étaient bien différentes entre un bon gros navire à vapeur et un frêle esquif à voile. Elle se sentit blêmir, se concentra sur son souffle et son estomac. Après réflexion, elle n'aurait peut-être pas dû prendre ces deux petits-déjeuners pourtant déjà lointains, mais soudain très frais dans sa mémoire.

Kieran parvenait à ne pas se laisser distancer. Toutefois, la navigation dans la lagune de nuit était ardue, même pour un marin tel que lui. Son père n'aurait pas manqué lui prôner la plus vive attention en de telles circonstances. Si, au moins, il avait su où ses cibles partaient, il aurait pu choisir un itinéraire plus conforme aux possibilités de son bateau. L'Irlandais était un fin connaisseur de la lagune et de ses chenaux balisés. Les *brìcole* n'avaient pas de secret pour lui. Ces balises, formées de trois *pali* - sorte de pieux en bois imputrescible - montraient aux marins s'ils étaient dans les voies navigables ou pas. La profondeur de la lagune était traîtresse, les hauts-fonds côtoyant les eaux plus profondes dans une parfaite anarchie. Pour savoir si le bateau s'aventurait dans la partie navigable, le *palo* portant le numéro de la *brìcola* devait être visible depuis le bateau... D'où la difficulté de naviguer de nuit dans la lagune. Aidé par ses souvenirs et par le chemin emprunté par le navire plus massif d'Atropos, Kieran espérait arriver à bon port sans s'échouer… Il lui faudrait un peu de chance tout de même.

ᘏ✦ᘒ

B enedict était en colère. En colère contre le cuistre doublé d'un traître qui avait osé lui proposer cinquante livres sterling pour les pistolets de collection de son père et en colère contre lui-même qui avait perdu son sang-froid face à cet odieux personnage. Il était rare que Benedict Clifford perdît son calme, mais l'homme qu'il venait de rencontrer était parvenu à le faire sortir de ses gonds en un rien de temps. Comment ce Britannique, ayant manifestement bénéficié d'une éducation sans faille, pouvait-il servir la couronne et la trahir dans le même temps, en s'attachant à un autre maître autrement plus ténébreux ? *Atropos.* L'inspecteur principal n'allait pas apprécier qu'il fût reparti sans le moindre indice concernant le réseau criminel.

Benedict réfléchissait. Pourquoi avait-il perdu tous ses moyens face à ce traître ? Parce que justement c'était un traître ! Le premier de sa connaissance. Sa courte vie d'agent ne l'avait confronté qu'à des espions étrangers ou à des traîtres, mais étrangers eux aussi, donc des traîtres à leurs propres pays, pas au sien. Benedict découvrit alors qu'il était patriote. Il aimait son pays, le roi et la couronne. Il se sentait animé d'un violent sentiment patriotique. Cette révélation bouleversa le jeune homme. Il n'avait jamais douté de ses sentiments pour la Grande-Bretagne, mais il comprenait mieux désormais pourquoi il avait accepté sans y réfléchir la proposition de Jasper Brixton. L'inspecteur principal avait-il repéré en lui ce que lui-même n'avait jamais soupçonné ? Son supérieur était un homme avisé. À l'occasion, Benedict se promettait de lui poser la question. Pour le moment, il se demandait comment il allait pouvoir rattraper son manque de discernement lors de sa mission...

Benedict entendit alors le pas de course derrière lui. Il sourit. *Les affaires reprennent*, comme disait Alistair.

Le « fils de Garibaldi » le rattrapa et le saisit à l'épaule. Fou de rage, son intention première était de faire pivoter le jeune Anglais sur lui-même et de lui imposer sa domination physique. Toutefois, loin d'être aussi frêle qu'il le paraissait de prime abord, l'Anglais se révéla vigoureux et se dégagea de sa poigne d'un coup d'épaule. Le rapport de force s'inversait.

— Qu'est-ce-qui t'a pris ? gronda l'Italien, bien décidé à reprendre l'avantage.

Benedict le regarda avec mépris.

— Tu ne vas pas me dire que tu allais accepter cette offre ridicule ?

Les joues du « fils de Garibaldi » s'embrasèrent.

— Tu ne m'as même pas laissé le temps de négocier !

— Parce que tu appelles cela de la négociation ? De deux choses l'une, soit ton acheteur est un imbécile, soit il nous prend pour des imbéciles.

Le calme de Benedict en imposa à l'Italien. Sentant qu'il reprenait pied dans la partie, Benedict continua :

— Tu es intelligent, alors explique-moi pourquoi tu fais affaire avec une telle canaille ?

Le « fils de Garibaldi » ne s'attendait pas à devoir rendre des comptes à quiconque et encore moins à ce petit lord.

— Contrairement à ce que tu penses, cet homme a des alliés puissants...

L'Italien prit un air de mystère qui devait, du moins dans sa pensée, le mettre à son avantage. Benedict n'y prêta même pas attention.

— Quel genre d'alliés ?

— Du genre que tu ne souhaiterais pas croiser la nuit dans une rue déserte.

— Tu les connais ou c'est ce qu'il t'a dit ?

— Bien sûr que je les connais ! s'indigna' le « fils de Garibaldi ». Tu me prends pour qui ?

Le jeune homme se rengorgea, conscient qu'il reprenait le contrôle d'une discussion qui lui avait échappé pour une raison inconnue.

— Je te prends pour un jeune idéaliste, qui pourrait bien être entraîné dans une histoire qui le dépasserait. J'ai connu quelqu'un qui te ressemblait...

Benedict disait vrai ce qui n'échappa pas à l'Italien. Mais qui était ce satané Anglais ?

— Je ne sais pas pour qui tu te prends, mais tu es un peu trop jeune pour donner des leçons à qui que ce soit, bougonna l'Italien vexé.

— J'ai peut-être plus d'expérience que tu ne le penses et je te prédis que ton acheteur ne va pas tarder à avoir des soucis. Il est par trop visible et imbu de sa personne pour passer inaperçu. Si j'étais toi, j'éviterais de me faire remarquer en sa présence.

Benedict estimait que la conversation avait assez duré et tourna les talons laissant ses insinuations faire leur chemin dans l'esprit du « fils de Garibaldi ». *Pourvu que Williams et Lloyd fassent ce qu'il faut...*

Benedict aurait été rassuré s'il avait pu observer la cache de la *Special Branch* au même moment. Loin de se préoccuper de toquer à la porte ou de prévenir de leur arrivée, Williams et Lloyd ouvraient la porte, armes aux poings. Ils entrèrent en trombe dans le bâtiment, surgirent dans la pièce principale et mirent en joue un Archibald Templeton suffoqué. Encore attablé à la table où les deux jeunes gens l'avaient abandonné, il consultait un petit carnet noir.

— Avez-vous perdu la raison ? s'indigna-t-il.

Alors que Williams le tenait en joue, aucune expression ne marquant son visage, Lloyd rangea son arme dans son étui de poitrine et se saisit de celui qui avait été l'un des agents de liaison des services secrets britanniques en Italie. Williams observait la scène avec flegme et s'empara du carnet tombé sur la table. Il empocha l'objet.

— J'espère pour vous que vous aurez de meilleurs arguments pour l'inspecteur principal.

— Pardon ? Brixton est ici ? balbutia Archibald.

Le visage de Williams s'anima enfin pour se marquer d'un sourire carnassier.

— En personne et tout entier dévoué à vous trouver, conclut-il. Il a toujours dédié beaucoup de temps aux traîtres dans votre genre.

Le sang quitta le visage d'Archibald Templeton. Il allait au-devant de très gros ennuis et le savait.

ᐒ◆ᐓ

L es idées d'Hayley étaient embrouillées. Elle avait mal à la tête comme rarement dans sa vie. Elle avait la nausée aussi... La jeune femme considéra tout de même que ses douleurs étaient une bonne nouvelle. Elle était encore parvenue à survivre. Par quel miracle, elle l'ignorait... Toutefois, elle avait mal partout et avait une furieuse envie de vomir, ce qui signifiait qu'elle n'était pas au paradis... ou alors la présentation qui en était faite était tout à fait mensongère.

Elle ouvrit les yeux. *Nuit. Baldaquin. Hôtel ?* Comment avait-elle pu revenir saine et sauve dans sa chambre ? L'Anglaise tentait de réunir ses souvenirs mais, après avoir été droguée une fois de plus - cela devenait pénible -, elle n'avait que quelques sensations étranges. De la fumée. De la chaleur. Une eau glacée. Une bousculade, des cris.

Hayley décida qu'il était temps de reprendre son destin en main. Elle se redressa et eut la sensation précise que son crâne tombait en morceaux. Elle attendit un moment afin que son corps acceptât la position assise, puis elle bascula ses jambes par-dessus le bord du lit. *Alistair.* Elle se leva, bénissant le ciel de lui avoir octroyé pour ce séjour un lit à baldaquin et, se cramponnant à l'une des colonnes, elle s'approcha de la coiffeuse. Son regard erra sur le lit où une rose rouge reposait près de l'oreiller. *Encore* ? Le sol tanguait sous ses pieds, mais Hayley avait désormais un but en tête. Elle devait en avoir le cœur net. Elle lâcha la colonne et s'amarra à la coiffeuse pour se rapprocher de la porte. *Alistair dans le feu.* Elle inspira de tous ses poumons et ouvrit la porte.

Interior of St. Mark's, Venice, Italy, ca. 1890, avec l'aimable autorisation de la Bibliothèque du Congrès (Washington - USA).
https://www.loc.gov/item/2001701006/

Chapitre IX

L a gifle s'abattit avec force sur la pommette d'Archibald. Une gifle pleine, claquante, assourdissante. L'homme se recroquevilla sur lui-même sous l'effet du choc. Jasper Brixton tira une chaise et s'assit en face de celui dont il attendait des renseignements.

— Mon cher Monsieur Templeton, je vous saurais gré d'être plus coopératif. Je ne voudrais pas avoir à perdre patience.

Dans l'angle de la pièce, Benedict assistait à l'interrogatoire. Quand l'inspecteur principal lui avait demandé d'étudier la séance, il ne s'imaginait pas qu'il allait devoir supporter ce genre de spectacle. Il détestait ce traître. Il abhorrait l'obstination que Templeton mettait à demeurer muet, refusant de répondre à quelque question que ce fût. Il exécrait la perte de temps que constituait ce silence, mais il répugnait à demeurer impassible alors qu'un homme était frappé pour le contraindre à parler. Ses principes moraux affrontaient les nécessités de sa mission. Benedict comprenait que Templeton détenait des informations primordiales, qui aideraient à détruire Atropos, et, par ricochet, à sauver nombre de vies innocentes. Il savait que cet homme devait parler, mais il se demandait si d'autres méthodes n'étaient pas envisageables. Comment contraindre un homme à parler contre son gré ? Par la menace, par la force, par la contrainte ?

Désormais loin de ces questionnements, l'inspecteur principal était quant à lui certain de deux choses : Templeton travaillait pour Atropos, Templeton connaissait le potentiel assassin d'Alistair. Aussi, face à l'opiniâtreté du traître à ne pas dire un mot, Jasper Brixton avait-il décidé de recourir aux grands moyens. À sa grande contrariété, Templeton avait peur de lui, mais moins que d'Atropos. Pour l'heure, les gifles n'avaient eu aucun effet. Il devait changer de tactique. Il dévisagea Archibald Templeton, toujours muet.

— Manifestement, vous n'avez pas compris. Atropos est désormais le cadet de vos soucis. Il est inutile de demeurer silencieux pour vous protéger d'eux, puisque deux possibilités s'offrent à vous : soit vous parlez et nous vous renvoyons en Angleterre où vous serez jugé et condamné pour haute trahison, soit vous ne parlez pas et je vous remets dehors en clamant partout que vous nous avez donné tous les éléments nécessaires au démantèlement du trafic d'art vénitien.

Archibald sourit et grimaça dans un même mouvement.

— Vous pensez vraiment que la police britannique peut rivaliser avec Atropos ? Pauvre vieux Brixton ! Quand ils sauront que vous êtes sur leurs traces, votre famille baignera dans son sang avant que vous n'ayez eu le temps de rentrer chez vous.

Jasper Brixton considéra avec sérieux la possibilité d'enfiler un coup-de-poing américain et de ravager la figure de cet imbécile. Toutefois, briser tous les os de la face de ce traître ne l'aiderait pas à avouer quoi que ce fût. L'inspecteur principal demeura impassible pendant ses réflexions et ne sembla guère impressionné, ce qui glaça Templeton. Arrivé au terme de son raisonnement, Brixton se contenta de faire une moue appréciatrice et de se lever. Il enleva et plia sa veste avec attention, puis releva avec méthode ses manches sur ses coudes.

— Je vous ai laissé une chance. Vous pouviez parler et laisser la justice suivre son cours. Vous avez choisi d'être fidèle à Atropos... Messieurs...

Williams et Lloyd s'emparèrent des bras de Templeton et le maintinrent assis sur sa chaise. Brixton sortit une fiole de sa poche de pantalon.

— Ceci, mon cher Monsieur, est un concentré de ce que nous connaissons sous le nom de laudanum. Une sorte de concentré d'opiacé, si vous voulez. L'avantage est qu'avec ce produit, les plus endurcis - dont vous ne faites pas partie - se mettent à parler. L'inconvénient, c'est qu'une fois sur deux ils meurent. C'est encore expérimental, vous comprenez, mais, réjouissez-vous, si vous mourrez, votre misérable vie aura au moins servi à faire avancer la science.

Archibald Templeton hurla ce qui permit à Brixton de déverser une bonne partie de la fiole dans sa bouche en lui maintenant la tête en arrière, l'autre main agrippée à ses cheveux. L'homme s'étouffa, mais parvint à recracher une partie du liquide.

— Vous pouvez le lâcher, Messieurs. Maintenant, nous allons écouter ce que ce Monsieur a à nous dire ou nous l'accompagnerons *ad patres*.

Jasper Brixton s'assit de nouveau en face d'Archibald et attendit avec calme. *Pour un peu, il fumerait sa pipe*, pensa Benedict. Le jeune homme sentait une tension anormale tendre les muscles de son dos. Il détestait les interrogatoires mais, à une longue série de coups, Benedict se dit qu'à tout choisir, il préférait ce concentré de laudanum… à plus forte raison car cela marchait… Archibald Templeton ne parvenait plus à s'arrêter de parler. Brixton noircissait avec méthode son carnet.

Ɑ◆ᴆ

H ayley entra dans le salon, l'angoisse tordant ses entrailles. *Alistair dans le feu*. Était-ce un souvenir ? Une création de son esprit ? Le reflet d'une peur ? Elle avança, titubant encore sous l'effet du chloroforme. Rien ne bougeait dans la pièce. Le son du flux et du reflux de la mer contre les quais de Venise troublait à peine la quiétude de l'hôtel. Elle se dirigea vers le canapé et vit soudain une forme dépasser. Le soulagement envahit la jeune femme et elle approcha avec plus de confiance de la masse sombre, certaine de trouver son compagnon d'armes endormi. Toute à son enthousiasme, Hayley se pencha au-dessus du canapé et découvrit le visage d'Alistair. Transpirant et tordu de douleur. Elle eut un mouvement de recul, comme si elle avait été témoin de quelque indiscrétion. *Il souffre.* Ses idées se firent soudain plus claires, plus vives, l'infirmière reprenait pied en elle. Son regard ausculta le corps allongé, alors qu'elle faisait le tour du canapé et stoppa net sur les jambes de l'homme allongé. Sous les bandages apparaissaient des plaies collant aux linges immaculés posés par le médecin. Hayley se cramponna au dossier du canapé et s'agenouilla près des pieds d'Alistair pour observer les pansements. *Encore en place, bien posés, travail de professionnel. En revanche, la prise en charge de la douleur fait défaut.*

— Ne faites pas cette tête, Miss Fortescue. J'en ai vu d'autres.

Miss Fortescue ? Fatigue physique et intellectuelle. Alistair avait relevé la tête et essayait de cacher sa douleur sous un sourire. Hayley ne s'y trompa pas. Elle se releva, s'approcha du visage d'Alistair et posa sa main sur son front. *Fièvre.* Elle appuya deux doigts sur le cou de l'homme allongé. *Pouls élevé.* Elle se pencha et regarda sous le canapé. Chaque pied du meuble était muni de petites roulettes bloquées par des freins. Hayley connaissait bien ce mécanisme, qui permettait aux femmes de ménage de dépoussiérer les maisons nobles et bourgeoises en peu de temps. Elle se pencha et desserra les entraves.

— Puis-je savoir ce que vous faites, très chère ?

— Restez calme et tenez-vous.

Alistair fut surpris et en cligna des yeux de confusion.

— Mais je suis fort cal…

Hayley fit pivoter le canapé et le poussa en direction de la chambre.

— Mais enfin, tout de même, puis-je savoir ce que…

Alistair était indigné, mais Hayley continua à pousser le canapé et l'arrêta juste à côté de la porte de la chambre. Elle s'assura qu'aucun obstacle n'encombrait le passage et s'approcha d'Alistair.

— Vous allez devoir m'aider, Alistair. Debout, vous allez vous allonger dans le lit.

— Certes non. Le canapé me convient fort bien.

La bouche d'Hayley se serra en une moue contrariée.

— Dans votre état, vous auriez dû être installé dans le lit. Quand on est blessé comme vous l'êtes, les règles de la courtoisie et de la bienséance passent après celles de la médecine !

Alistair sourit, ses yeux s'égayant de petites pattes d'oie.

— Seriez-vous sur le point de me gronder, Miss Fortescue ?

Les yeux d'Hayley s'étrécirent de colère. La gouvernante en elle ressurgissait.

— Alistair Clifford, cessez de faire l'enfant ! Vous êtes blessé et je n'ai pas la force de vous porter pour vous mettre au lit. Aussi, allez-vous vous lever et gagner avec mon aide le lit dans lequel vous allez rester le temps que je vous soigne !

Hayley bouillonnait face à ce patient peu coopératif. *Mais pourquoi* ? Elle avait rencontré des patients plus pénibles qu'Alistair, elle avait éduqué des enfants plus têtus qu'Alistair, mais elle n'avait presque jamais perdu son sang-froid face à eux.

— J'ai déjà été soigné.

— Et vous souffrez le martyre. De deux choses l'une, soit les plaies sous les bandages sont en train de s'infecter et vous pouvez y perdre vos jambes, voire la vie ; soit vous m'aidez et je vous soulage de vos douleurs et vous promets que vous pourrez continuer à user de vos jambes pendant encore de longues années.

Alistair fit une moue contrariée. Il n'aimait guère ne pas

avoir le dernier mot. Toutefois, il souffrait le martyre et une odeur douceâtre l'incommodait… Il s'assit dans le canapé et posa ses pieds au sol. Une douleur fulgurante le traversa de part en part. Hayley le saisit sous les bras.

— Courage, Alistair, je vais vous aider.

Alistair s'accrocha à Hayley pour se relever et passa son bras autour de sa nuque. Hayley attrapa sa main au niveau de son épaule, bloquant ainsi la position, puis elle enserra la taille de son compagnon d'armes blessé. Ils n'avaient que quelques pas à faire pour atteindre leur destination, mais ces quelques pas furent les plus longs de la vie de l'espion. Il ne comprenait pas. Se pouvait-il qu'il eût été brûlé à ce point sans s'en rendre compte ? Son esprit était-il alors si préoccupé par le sort d'Hayley qu'il n'avait pas senti l'intensité des flammes sur ses jambes ? Il portait tout de même un pantalon, des chaussettes et des chaussures, que diable ! Et il s'était enroulé dans un tapis ! Alistair était perplexe lorsqu'il parvint à se laisser tomber sur le lit. Avant qu'il n'allongeât ses jambes, Hayley étendit sur le lit un grand linge propre qu'elle doubla afin de préserver autant que faire se pouvait les magnifiques parures du *Danieli*. Puis elle se précipita dans la salle de bains, se lava les mains et les avant-bras avec soin. Elle s'aperçut alors qu'elle ne portait pas sa robe de chambre, sa chemise de nuit en révélant plus qu'elle ne voulait en montrer. Sa bouche se serra en une moue contrariée. *Tant pis, l'important pour le moment, c'est de soigner la plaie infectée de sa jambe gauche.* Hayley avait reconnu à la première inspiration l'odeur douceâtre de l'infection qui filtrait à travers le bandage. Elle avait pris soin d'allonger Alistair du bon côté du lit pour pouvoir le soigner plus à son aise.

Elle revint dans la chambre, fouilla dans son gros sac de pharmacie et en sortit plusieurs flacons et fioles.

— Tout d'abord, Alistair, je vais vous donner un peu de laudanum. Cela va un peu vous étourdir, mais la douleur sera moins vive.

— Non.

Hayley, qui avait déjà dévissé le flacon, regarda Alistair avec incompréhension.

— Nous ne sommes pas dans notre salon, très chère. Si Atropos choisit le moment précis où je suis un peu étourdi pour tenter de m'assassiner, je ne passerai pas la nuit, ni vous non plus.

Hayley revissa son flacon et, philosophe, sortit un bâton de bois, qu'elle tendit à Alistair.

— Mordez au moins dans cela, vous éviterez de vous couper la langue.

Alistair inspira et grogna dans le même temps. Il avait toujours redouté ce genre d'instructions. Il regardait Hayley sortir ses fioles, puis préparer une pâte étrange à base de plantes et d'huiles odorantes. Il y avait quelque chose d'apaisant dans ses gestes. Elle était calme, travaillait avec soin, organisation et sans précipitation. Elle écrasait certains ingrédients, se contentait de mélanger les autres, prenait une pincée de l'un, une cuillère de l'autre, saupoudrait, malaxait, pour enfin hocher la tête d'un air satisfait.

— La mixture est prête ? s'intéressa Alistair.

— La mixture va vous sauver la jambe.

— Est-ce si grave, Docteur ? Ou m'avez-vous allongé pour le seul plaisir de me voir dans un lit ?

— Ohhh !!!

Hayley était indignée et préféra ne pas répondre. Peut-être était-ce la fièvre qui parlait ? C'était sûrement la fièvre. Elle retourna se laver les mains et s'attaqua enfin au pansement. À peine avait-elle commencé à desserrer les bandes qu'Alistair fut pris d'un violent haut-le-cœur. Il mordit avec conviction dans son bâton de bois. Hayley enleva le pansement et découvrit ce qu'elle soupçonnait. L'une des brûlures les plus profondes suintait d'une manière répugnante. Elle observa le reste de la jambe brûlée et constata avec bonheur que seules trois brûlures étaient profondes et à surveiller, le reste n'étant que des plaies superficielles. Hayley nettoya la jambe à l'eau et au savon, puis elle enduisit toute la jambe de sa pâte antiseptique inspirée des travaux de Pasteur. L'infirmière admirait beaucoup le savant français et espérait de toute son âme que les recherches du grand homme sauveraient nombre de patients, à commencer par le sien. L'Anglaise acheva ses soins en reposant un large bandage sur la jambe gauche.

Elle jeta un coup d'œil à Alistair dont la tête reposait sur l'oreiller, la mâchoire toujours serrée sur le bâton.

— Alistair, je dois vérifier votre autre jambe, puis-je le faire maintenant ou préférez-vous attendre un peu ?

Alistair acquiesça d'un signe de tête sec. Hayley s'attaqua alors à la jambe droite et eut la satisfaction de constater qu'aucune plaie n'était infectée, ni trop profonde. Les brûlures étaient restées en surface. Hayley nettoya la jambe, l'enduisit d'onguent antiseptique et la rebanda avec soin.

— Fini ? grogna Alistair à travers son bâton.

— Oui, vous pouvez arrêter de mordre ce pauvre bout de bois. La jambe droite est propre, sans aucune brûlure d'importance. En revanche, une des brûlures de la jambe gauche s'est infectée.

— C'est mauvais à quel point ?

— Ne vous inquiétez pas, l'infection n'était qu'à son début et je pense que la pâte antiseptique que je vous ai préparée suffira à vous guérir.

— Donc je vais bien.

Alistair se redressa dans le lit.

— Monsieur Clifford, vous restez au lit ! Laissez au moins quelques heures à votre corps pour récupérer !

— Monsieur Clifford ?

— Si vous ne prenez pas plus soin de vous, je vous appellerai Monsieur Clifford ! Je ne suis pas amie avec les irresponsables !

Alistair sourit, puis se rejeta en arrière, les bras sous la tête, s'enfouissant dans le lit.

— Fort bien, soyons amis alors.

Hayley fut surprise que la lutte soit si courte. Elle s'attendait à devoir batailler avec pugnacité avant de ramener Alistair à la raison. Elle rangea et lava avec soin ses affaires médicales, puis revint dans la chambre. Alistair semblait dormir à poings fermés, mais savait-on jamais avec cet homme ? Elle s'approcha et l'observa.

— Merci Alistair.

À sa grande surprise, Hayley déposa un baiser sur le front de l'homme endormi. Elle se releva d'un bond, stupéfaite de son audace et de ce manque de tenue. *Mais qu'est-ce qui m'a pris ?* Hayley regarda avec angoisse le visage d'Alistair et constata avec soulagement que son expression n'avait pas changé. Elle récupéra sa robe de chambre et se glissa sans bruit dans le salon.

Alistair s'autorisa alors un large sourire.

oᴙ◆ꙅᴐ

L a navigation avait été difficile, mais Kieran avait réussi à suivre l'embarcation d'Atropos sans se perdre, sans se faire remarquer, sans chavirer, ni s'échouer dans le labyrinthe de la lagune vénitienne. Un vrai miracle. Il devait avouer que Meredith l'avait aidé, la jeune fille ne se contentant pas de se laisser transporter. Après avoir été malade, l'apprentie espionne avait trouvé son rythme à bord et s'était concentrée sur le jeu subtil des *brìcole*. Elle avait vite saisi le concept et aidé Kieran à éviter quelques écueils. Puis, l'Irlandais avait reconnu la route et avait su où leur poursuite les menait : l'île de Murano.

Kieran n'avait jamais vu l'île des verriers autrement qu'en plein jour, animée par les touristes et l'artisanat du verre. Il devait reconnaître que ces Italiens s'y connaissaient pour créer toutes sortes de bibelots et autres vaisselles précieuses.

Toutefois, les goûts personnels de l'Irlandais ne le portaient guère vers les arts de la table. En cette nuit d'hiver, l'île si plaisante à l'accoutumée prenait des airs de cimetière flottant. Recouverte d'une épaisse brume, sans lumière ni âme qui vive, Murano ne pouvait pas être plus éloignée de son image d'Épinal qu'elle ne l'était alors. L'île était vide, froide, silencieuse, menaçante.

Meredith, quant à elle, ne fut pas troublée par l'aspect peu conventionnel de Murano. Tout d'abord, parce qu'elle ne connaissait pas l'île du verre autrement que par son nom, ensuite parce qu'elle était concentrée sur ceux qu'ils poursuivaient. Il lui avait semblé saisir quelques sons de leur conversation et son impression lui déplaisait fort. Devait-elle en parler à Kieran ? Il ne s'agissait pour l'heure que de suppositions mais, tout de même, la jeune Anglaise n'aimait pas cela... Pas du tout même...

— Kieran, se pourrait-il qu'Atropos soit liée au Deuxième Reich ? murmura-t-elle.

Le front de l'Irlandais marqua la surprise.

— Pourquoi cette question ?

— Certains sons... Quelqu'un parle allemand sur le bateau d'Atropos.

Kieran siffla en silence entre ses dents.

— Fichtre... Si l'empire allemand se mêle de la partie, il va nous falloir jouer serré... Rassurez-moi, Meredith, vous disposez de tout votre armement ?

À ces mots, la jeune fille haussa les épaules.

— Bien évidemment ! Pour qui me prenez-vous ?

Kieran sourit. Il aimait bien travailler avec cette petite lady. Ils accostèrent en silence, à quelque distance de leurs dangereuses proies. Kieran attacha le bateau de pêche au moyen d'un nœud savant, de façon à pouvoir le défaire d'un seul coup sec, mais sans que la mer puisse s'emparer, en leur absence, de leur meilleure chance de survie. Alors que Kieran se chargeait de l'embarcation, Meredith faisait le guet, les mains sur ses armes. *Une vraie petite espionne...*

L'ombre avait permis aux deux Britanniques d'approcher du lieu de rendez-vous en toute discrétion. Si Meredith avait dû parier sur l'aspect du repaire d'Atropos, elle n'aurait certes pas choisi la simple maison un peu en retrait à laquelle elle était adossée. Pourtant, le doute n'était pas permis. Outre Athénaïs et ses hommes, une dizaine d'autres personnes était entrée depuis qu'ils surveillaient les lieux et, pour le plus grand déplaisir de Meredith, la plupart d'entre elles parlaient allemand. Les derniers visiteurs étaient arrivés quelques minutes auparavant, quand Kieran fit signe à la jeune fille de le suivre. Il avait crocheté l'une des serrures et, après avoir jeté un coup d'œil à l'intérieur, s'était décidé à entrer. Ils ne pouvaient pas passer la nuit à attendre que d'autres personnes arrivassent. La porte s'ouvrit sans trop de grincements et les deux espions s'infiltrèrent dans la modeste masure. Meredith referma la porte derrière eux et, se retournant, fut prise de stupeur. Qu'était cet endroit ? Elle avait l'impression de se retrouver dans la réserve d'un musée clandestin. Tout l'espace de la pièce était envahi par des statues de toutes les époques, posées à même le sol, par des tableaux recouverts de simples draps, entreposés de façon à faire subir une attaque cérébrale à tout conservateur digne de ce nom. *La caverne d'Ali Baba...*

— Au moins, nous savons désormais comment Atropos fait sortir les œuvres d'art de Venise… grogna Kieran.

L'Irlandais avait raison. Atropos utilisait Murano, moins surveillée que ne l'était Venise, pour mener à bien son trafic. Loin des regards indiscrets, l'organisation pouvait entreposer et vendre les biens qu'elle rachetait à bas prix via des acquéreurs comme celui que la *Special Branch* poursuivait. Meredith eut une pensée pour son jumeau et espéra qu'il allait bien. Un geste de Kieran la ramena à sa réalité du moment. L'Irlandais traversait l'étrange réserve et cherchait à se rapprocher de ceux qu'ils surveillaient. Désormais que ses yeux s'étaient habitués à l'obscurité, Meredith voyait la légère lueur filtrer sous la porte. Elle se rapprocha de Kieran et tendit l'oreille. Quelques bruits étouffés de conversation leur parvenaient. L'Irlandais entrouvrit la porte avec prudence. Un peu d'air frais pénétra dans la salle emplie de poussière. Meredith eut soudain un mouvement de recul, quand les voix lui parvinrent fortes et claires. La porte avait atténué les conversations bien au-delà de ce qu'elle avait imaginé. Les autres étaient juste à quelques mètres.

— Que voulez-vous que j'y fasse ? Cet Anglais se fait un malin plaisir de contrecarrer chacune de nos actions, grinça Athénaïs en français.

— Et vous dites qu'il a abattu nos hommes sans leur laisser la moindre chance de s'expliquer…

L'homme ne semblait pas convaincu. Meredith aurait voulu voir le visage de l'interlocuteur de la Française. Elle trouvait qu'il avait une diction distinguée, malgré un fort accent allemand. Cette langue lui glaçait décidément le sang. L'inconnu continua :

— Toutefois, cette information correspond aux renseignements dont nous disposons sur cet homme. Alistair Clifford doit être éliminé.

Meredith sentit ses entrailles se tordre, mais elle ne bougea pas. Si ces gens avaient décidé d'abattre Alistair, elle devait apprendre par quel moyen ils envisageaient de parvenir à leurs fins. Son regard se posa sur le visage de Kieran à peine visible dans la pénombre, mais elle put y voir ce qu'elle recherchait : la même détermination que la sienne.

— Parfait, colonel, nos objectifs concordent donc. Atropos a décidé de se débarrasser de ce gêneur une bonne fois pour toutes et ce sera avec plaisir que nous partagerons son exécution avec vous.

Un silence suivit. Si Athénaïs avait espéré obtenir un remerciement ou *a minima* une marque d'approbation, elle dut être déçue. À travers même leur porte de protection, Kieran et Meredith percevaient l'hostilité de l'Allemand.

— Le Reich n'a pas besoin d'une bande de criminels pour régler ses affaires. Contentez-vous de nous livrer les tableaux et nous nous chargerons de Monsieur Clifford.

Meredith était partagée entre le rire et les larmes. Elle se réjouissait de la rebuffade de l'Allemand, mais s'inquiétait de savoir que les tueurs de Guillaume II allaient s'acharner sur son cousin.

— Fort bien, colonel, répondit Athénaïs à peine troublée, nous verrons bien qui de la bande de criminels ou des vaillants agents du *Kaiser* seront les plus efficaces. Si vous voulez bien me suivre, je vais vous montrer les tableaux.

Kieran abattit sa main sur le poignet de Meredith et l'entraîna derrière lui à travers la réserve d'Atropos. Au moment même où leurs ennemis franchissaient la porte, Kieran refermait en silence celle donnant sur l'extérieur.

Dehors, les deux Britanniques prirent à peine le temps de respirer quelques secondes avant de s'éloigner. Cachés dans l'ombre d'un bosquet d'arbres épineux, ils virent la porte s'ouvrir et laisser le passage à deux ombres massives. Kieran fit signe à Meredith de ne pas bouger. La jeune fille aurait voulu lui répondre qu'elle n'avait pas besoin de son avertissement pour le savoir, mais cela aurait signalé leur présence. Elle se tint donc coite en attendant de pouvoir manifester sa désapprobation.

Les deux ombres rejoignirent leurs comparses à l'intérieur et Kieran fit signe à Meredith de le suivre. Ils entamèrent un tour à distance respectable de la maison pour atteindre l'autre côté. Le bâtiment était plus grand que ne le pensait Meredith.

— Il faut que nous sachions ce que prépare Atropos, murmura Kieran.

— Comment ?

— Nous allons attendre que le gros de la troupe parte et nous fouillerons cette cache. Il doit bien y avoir un indice sur ce qu'ils préparent.

Meredith acquiesça d'un signe de tête. Il fallait qu'ils découvrissent ce qui se tramait... Athénaïs semblait un peu trop sûre d'elle pour lui laisser l'initiative.

CR✦ℬ

L e soleil apparaissait à l'horizon et jetait les flammes de sa lumière sur les flots entourant Venise. La cité millénaire prenait des teintes ocre et or aux reflets mouvants. La lueur de l'extérieur éveilla Hayley qui s'était assoupie sur le canapé. Elle cligna des yeux, s'étira comme un chat et se leva. Elle jeta un coup d'œil aux reflets métalliques du revolver qui avait passé la nuit à ses côtés et étouffa un bâillement. Connaissant Alistair, il serait levé dans quelques minutes et elle voulait vérifier l'état de ses jambes, avant de l'autoriser à se mettre debout. Hayley fila vers la chambre et, alors qu'elle allait saisir la poignée, celle-ci tourna devant elle.

— Bonjour Hayley. J'espère que votre nuit n'a pas été trop désagréable.

— Alistair ! Je voulais surveiller vos brûlures avant de vous autoriser à vous lever, s'indigna Hayley.

— Bien heureusement pour moi, très chère, j'ai passé l'âge d'avoir une nurse. Ces dames me rendaient fou et réciproquement. Quant à mes jambes, elles vont fort bien.

— Je n'en crois pas un mot, grogna Hayley en croisant les bras sur sa poitrine.

Alistair ricana et se dirigea vers le salon. Il ne boitait plus, appuyait ses pieds sans hésitation sur le sol, marchait d'un pas vif et délié. Hayley l'observait comme une propriétaire de haras aurait jugé de la convalescence de son étalon.

— Vous êtes un homme têtu, mais je ne le suis pas moins. Avant de partir rôder dans la ville, je changerai vos pansements que cela vous plaise ou pas. Je ne tiens pas à avoir sur la conscience des complications que j'aurais pu éviter.

Alistair leva un sourcil contrarié, ses lèvres brûlaient de rabrouer cette insupportable infirmière doublée d'une gouvernante, quand il vit le pli soucieux sur le front d'Hayley. Elle n'était pas en colère. Elle ne cherchait pas le rapport de force. Elle avait vu hier soir quelque chose qui l'avait inquiétée et voulait bien faire. *Étrange femme. Une seconde insupportable, une autre adorable.*

— Comme il vous plaira, très chère. En attendant, nous allons reprendre des forces et tenter de retrouver Kieran et Meredith. Je me demande où cet Irlandais a entraîné ma cousine…

Les yeux d'Hayley s'ouvrirent comme des soucoupes.

— Ils ne sont pas dans leur chambre ?

— Pas à ma connaissance.

— Mais où sont-ils ?

Hayley sentait la peur tordre ses entrailles avec entrain.

— Je l'ignore, très chère. Ils enquêtent. Ne vous inquiétez pas. Ce cher Kieran est une canaille, doublé d'un filou hors pair. Il ne se laisse pas capturer facilement.

— Une canaille, doublé d'un filou ? Et vous lui avez confié une innocente jeune fille ?

Hayley s'effondra sur l'un des fauteuils. Alistair profita de l'accalmie pour commander le petit-déjeuner, puis la rejoignit.

— Je vous rappelle tout de même que ma cousine est très loin d'être une innocente tourterelle. Elle a déjà tué plusieurs hommes sans sourciller…

— Ce n'est pas une raison pour l'exposer au danger !

— Elle est espionne, très chère. C'est elle qui a choisi d'être exposée et elle semble s'en porter fort bien au demeurant. Pour changer de sujet, je vous saurais gré de bien vouloir faire ce que vous devez pour mes jambes assez rapidement, car je ne souhaite pas bayer aux corneilles toute la journée.

— Dès que vous aurez fait votre toilette, je vous ferai les

pansements pour la journée.

Sans répondre, Alistair se précipita dans la salle de bains, laissant Hayley en proie à ses pensées. L'Anglaise se leva, sortit dans le couloir et constata que la porte de leurs voisins était fermée. Kieran n'avait pas laissé ses souliers sur le pas de la porte cette nuit-là.

CR◆ED

B enedict était contrarié. Après avoir assisté à une scène pénible où un homme qu'il estimait ne s'était pas conduit en gentleman, il devait désormais faire le coursier et rendre visite à son cousin et à sa sœur. Non pas que cette visite lui fût désagréable, mais il n'aimait guère être considéré comme le « petit nouveau » à qui l'inspecteur principal pouvait donner les corvées... Bien qu'il fût bel et bien le « petit nouveau »... Benedict était de méchante humeur et commençait à se dire que s'il n'y prêtait pas attention, il serait bientôt aussi ronchon que sa sœur. Il arriva au *Danieli* et admira une nouvelle fois cette magnifique institution vénitienne. Pour sa part, il devait se contenter des quartiers de la *Special Branch*, une mauvaise chambre où ils étaient quatre à dormir... Avait-il bien fait de choisir la police, toute spéciale qu'elle fût, plutôt que les services secrets ?

Tout à ses pensées, Benedict s'engouffra dans le hall du *Danieli* où il put apprécier le luxe de l'hôtel, puis il fut autorisé à monter pour accomplir sa mission. Il eut à peine le temps de toquer à la porte qu'un Alistair fort pressé ouvrit et l'attira à l'intérieur. Benedict fut contrarié de constater que son cousin n'avait pas encore enfilé son gilet et se promenait en pantalon et chemise devant Hayley... qui était elle-même en robe de chambre ? Benedict regarda avec force le sol, refusant ne serait-ce que d'apercevoir l'ancienne gouvernante de sa sœur dans cette tenue.

210

— Bonjour Monsieur Benedict, s'exclama Hayley, loin de s'imaginer la gêne qu'elle avait suscitée chez le jeune homme. Comment allez-vous ?

— Fort bien, Miss Fortescue. J'espère que vous vous portez bien vous-même et que votre mission se déroule pour le mieux.

Alistair ricana, conscient pour sa part de ce qui perturbait son cousin. Si ses pensées n'avaient pas été à ce point tournées vers Atropos, il aurait partagé le trouble de son jeune cousin. Couverte de sa robe de chambre en soie et dentelle ivoire, Hayley avait de quoi émouvoir plus d'un homme.

— Venez vous asseoir, Benedict. Que nous vaut votre aimable visite ? demanda Alistair en s'asseyant dans l'un des fauteuils.

Benedict le rejoignit et s'installa, alors qu'Hayley lui apportait une tasse de thé et quelques biscuits.

— Merci, Miss Fortescue. Je dois avouer que je n'ai guère eu le temps de prendre mon petit-déjeuner ce matin.

— Brixton vous fait-il travailler à ce point, cousin ?

Benedict tordit sa bouche en une moue désapprobatrice. Il aimait à ce que les convenances soient respectées.

— L'inspecteur principal travaille beaucoup lui-même et j'ai le plaisir de vous annoncer que nous sommes parvenus à trouver notre traître.

Benedict ménagea son effet et prit le temps de boire une gorgée de son thé odorant. *Divin…*

— Nous sommes tout ouïe, cousin ! le rappela à l'ordre Alistair.

— C'était Archibald Templeton, votre agent de liaison.

Alistair bondit.

— Nom de Dieu !

L'Anglais se mit à marcher le long de la pièce, lançant çà et là quelques imprécations sous le regard d'Hayley et de Benedict.

— Qu'avez-vous pu apprendre ? demanda Hayley.

— Pas grand-chose dans un premier temps, et pourtant je puis vous assurer que l'inspecteur principal est convaincant, mais lorsque ce traître a été contraint de boire une mixture à base d'opium, il s'est montré plus bavard et nous a expliqué comment il avait été recruté, ce qu'il avait fait, ce qu'il avait dit et surtout comment il avait contribué à l'expansion d'Atropos en Italie.

— Comme à la belle époque !

Alistair revint s'asseoir et fit signe à Benedict de parler.

— En vérité, il n'a fait que confirmer ce que l'inspecteur principal subodorait. Archibald Templeton a le vice du jeu. Il s'est ainsi créé des dettes insurmontables et lorsque Atropos s'est rapprochée de lui afin de le faire bénéficier de son offre habituelle, trahir ou mourir, il n'a pas hésité un instant. Il a trahi sans vergogne. Heureusement pour nous, ce monsieur n'était pas très apprécié de sa hiérarchie, qui ne lui a confié que des renseignements de seconde zone, jusqu'à votre arrivée à Venise. Dès l'instant où il a connu votre lieu de résidence, il l'a transmis à Atropos. Selon lui, l'organisation vous a laissé un message dès votre arrivée.

Alistair et Hayley regardèrent avec surprise le jeune homme.

— Aucun message, répondit Alistair.

Benedict haussa les épaules. L'homme avait dû délirer quelque peu sous l'effet de la drogue.

— Archibald Templeton s'est ensuite chargé de monnayer à faible coût l'achat d'œuvres d'art de qualité, qu'il faisait livrer sur l'île de Murano pour qu'Atropos puisse les vendre et les faire sortir d'Italie. Nous avons découvert sur lui un carnet sur lequel il a noté scrupuleusement toutes les transactions qu'il a faites pour le compte d'Atropos.

— J'aime les gens organisés, dit Alistair avec un grand sourire.

— Malheureusement, le carnet est codé.

— J'ai horreur des gens suspicieux, s'indigna Alistair.

212

Hayley ne put s'empêcher de rire sous cape. Quelle que soit la situation, cet homme demeurait toujours drôle à ses yeux.

Imperturbable, Benedict continua :

— Nous sommes en train de décoder le carnet mais, à part confirmer que nombre de familles vénitiennes ont vendu à bas prix leurs biens et qu'un nombre certain d'églises ont été pillées, le carnet ne recèle guère de trésors. Templeton n'est pas stupide au point de noter le nom de ses contacts.

Alistair joignit les mains devant sa bouche, signe chez lui d'une intense réflexion.

— Et que deviennent vos étudiants révolutionnaires au milieu de tout cela ?

— Le « fils de Garibaldi », ou du moins celui qui se fait appeler ainsi, est au cœur du trafic. Il encourage ceux dont les familles ont quelques biens à les vendre à ses contacts, ou à voler les lieux de culte pour céder le fruit de leurs larcins aux mêmes acheteurs. En revanche, ce qu'il ignore, c'est que son précieux acheteur est désormais aux mains de la *Special Branch.*

— Sous vos airs de jeune homme bien sous tous rapports, vous êtes une véritable teigne, mon cousin... Soit dit sans vous offenser.

Mais Benedict était offensé ! *Une teigne ?* Alistair s'amusa de la réaction de son cousin.

— C'était un compliment, mon cher. Je voulais simplement vous féliciter d'être plus redoutable que votre apparence de gentil garçon ne le laisse supposer. Qu'allez-vous faire pour ce « fils de Garibaldi » ?

— L'inspecteur principal m'a demandé de le détourner d'Atropos et de tenter de le rallier aux intérêts de la Grande-Bretagne. Contre un soutien financier de notre part, nous souhaiterions qu'il continue sa révolution.

— Le royaume d'Italie dérange donc à ce point nos intérêts... Étrange... Je pensais que les Italiens étaient de loin le peuple le moins hostile de la Triple Alliance.

— Je ne suis pas dans le secret des dieux, cousin.

Benedict se leva, salua d'un bref signe Hayley qui lui rendit son salut. Il inclina légèrement la tête en direction d'Alistair.

— Vous saluerez Meredith de ma part, cousin.

— Je n'y manquerai pas, Benedict. Prenez soin de vous.

Benedict tourna les talons et sortit sans un regard pour ceux qu'ils quittaient. Alistair referma la porte derrière lui.

— Vous l'avez vexé, constata Hayley d'un air un peu triste.

— Mon cousin a un ego à faire pâlir d'envie le roi lui-même. Malheureusement, le noble art policier ne semble pas lui réussir au caractère…

Alistair haussa les épaules avec fatalisme. Qu'y pouvait-il après tout ? Chacun choisissait ce qu'il faisait de sa vie et se débrouillait ensuite pour le meilleur ou pour le pire. Il retourna dans la chambre pour finir de s'habiller, Hayley sur les talons.

— Je vais me préparer. Laissez-moi un gros quart d'heure et nous partons, l'informa-t-elle.

— Prenez tout votre temps, très chère.

Désolée, ma belle, mais je n'ai pas l'intention de vous attendre. Là où je vais, les dames ne sont pas les bienvenues.

CR✦ຊ

L'attente fut longue. Meredith qui avait fini par se résoudre à s'adosser contre un tronc d'arbre luttait contre le sommeil en se demandant quand ces maudits criminels allaient enfin partir. Kieran, plus habitué à ces épreuves de patience, reposait son corps pendant que son esprit veillait. Une série de sons inarticulés le sortit de sa torpeur en un claquement de doigts. Il se redressa prêt à l'action. Meredith, prise de sommeil, se releva tant bien que mal en étouffant un bâillement. Elle allait devoir améliorer cette partie de son métier d'espionne.

— Que se passe-t-il ?

— Ils partent.

La jeune Anglaise tendit l'oreille et se rangea à l'opinion de Kieran. Le temps de l'action était enfin venu ! Elle sentit son corps se gonfler d'une énergie nouvelle, toute fatigue oubliée. Elle avait découvert cette sensation lors de sa première mission, une sensation inconnue qui l'avait bouleversée et qu'elle avait aimée au point de la rechercher avec ferveur. Désormais, elle savourait chaque instant où elle ressentait cette force la galvaniser. Meredith aimait la violence de ces moments précédant le combat. Son esprit se faisait alors affûté et son corps se durcissait dans l'attente des coups à donner et à recevoir. Kieran se faufila vers la maison, s'approchant d'une fenêtre éclairée, suivi de près par son équipière qui se glissait dans son ombre. L'Irlandais jeta un coup d'œil à l'intérieur.

Tout aguerri qu'il fût, il ne put s'empêcher d'avoir un mouvement de recul et d'horreur. Tendue sur un morceau de bois, la peau du visage d'Alistair le contemplait.

Arsenal, Venice, Italy, ca. 1890, avec l'aimable autorisation de la Bibliothèque du Congrès (Washington - USA).
https://www.loc.gov/item/2001701052/.

Chapitre X

A listair contempla la mer un bref instant avant de partir. Son esprit vagabonda sur les flots mouvants sous les rayons d'un pâle soleil d'hiver. Dans d'autres circonstances, il aurait adoré boire une tasse de thé en écoutant le frou-frou des étoffes glisser sur le corps d'Hayley, avant d'entamer une belle journée de promenades et de visites de la cité des Doges. Il avait tant de merveilles à faire découvrir à l'intrépide Hayley, mais ce temps n'était pas venu. Pour l'heure, il devait abattre Atropos et tous ses serviteurs. Il l'entendit se préparer en toute hâte de l'autre côté de la porte et n'avait pas l'intention de s'attarder au point que cette charmante créature exigeât de le suivre. Il vérifia une dernière fois que son gilet pare-balles, ses armes et ses munitions étaient en place et sortit.

En marchant dans le couloir, il s'aperçut que ses brûlures se rappelaient à lui en une douleur sourde la plupart du temps, mais le mal n'avait rien de comparable avec celui de la veille. Hayley était sans l'ombre d'un doute la meilleure infirmière qu'il ait eu le plaisir de connaître dans sa vie. Les pansements qu'elle lui avait faits devaient tenir toute la journée selon elle… Il verrait bien. L'Anglais avait vérifié la chambre de Kieran et Meredith en passant. Personne. Il espérait que l'Irlandais faisait attention à sa cousine… Ce n'était encore qu'une jeune fille après tout… Dangereuse et armée, mais une jeune fille quand même.

Alistair inspira et descendit l'escalier d'un pas décidé. *À nous deux, Atropos.*

CR✦ED

A larmée par le recul de Kieran, Meredith jeta un coup d'œil à l'intérieur et sentit le hurlement déferler dans sa gorge, avant même de pouvoir interpréter ce qu'elle voyait. La main de Kieran s'abattit sur sa bouche étouffant le cri primal de la jeune fille. Il la souleva dans ses bras et l'éloigna du repaire d'Atropos.

— C'est un masque, Meredith. Ce n'est pas le visage d'Alistair. C'est un masque.

Kieran sentit Meredith se détendre contre lui, mais le cri avait-il pu être ignoré par leurs ennemis ? Des ordres jetés en allemand lui fournirent la réponse à sa question. Kieran se jeta en arrière emportant avec lui vers les bosquets d'arbres Meredith dont les pieds ne touchaient plus le sol. À l'abri des végétaux, il posa la jeune fille et sortit son arme de son étui. Cette vision réveilla Meredith. *Un masque...* Quoiqu'ils préparent, elle n'allait pas rester les bras ballants. Elle devait reprendre ses esprits pour affronter leurs ennemis avec les idées claires. À l'abri des ombres de la nuit, elle suivit Kieran sur le chemin menant à leur embarcation, arme au poing, le cœur battant encore avec fureur de la peur qu'elle avait subie. Soudain, une brindille craqua à côté d'eux. Sans y penser, son bras partit comme une flèche et lança une lame. L'homme qui s'écroula eut seulement le temps de percevoir un éclair sous la lumière de la lune avant d'être transpercé. Son hurlement alarma les autres et les environs vrombirent de cris furieux lancés en allemand.

Imperturbable, Meredith continua sa route derrière Kieran. Un autre craquement surgit devant eux et trois silhouettes sortirent de la nuit pour leur bloquer le passage. Kieran se jeta sur le côté au moment où les balles déferlèrent. Il répliqua aussitôt dans un vacarme assourdissant et abattit deux ombres. La troisième s'écroula sous une lame d'argent.

Les Britanniques approchaient de leur bateau, quand le gros de la troupe ennemie, attiré par les coups de feu, fondit sur eux.

Meredith abandonna ses couteaux pour se saisir de ses revolvers. Ni elle, ni Kieran n'étaient prêts à céder le moindre pouce de terrain. Les balles s'écrasaient autour d'eux, mais ils répliquèrent ensemble, obligeant leurs adversaires à se tenir à une distance raisonnable. Ils sautèrent dans leur bateau de pêche, Kieran libérant l'amarre d'un coup sec. La voile prit le vent en quelques secondes et ils fuirent sous les cris de fureur de leurs poursuivants.

Le petit bateau affrontait la mer avec vaillance. Kieran le menait à vive allure, espérant distancer leurs poursuivants. Le poids léger de l'embarcation jouait plutôt en leur faveur mais, en bon marin, l'Irlandais savait qu'en cas d'éperonnage, ils couleraient corps et biens. Il s'éloignait donc le plus vite possible de Murano avec l'idée un peu folle que la mer ferait renoncer leurs ennemis.

— Les voilà, gronda Meredith.

Kieran jeta un coup d'œil par-dessus son épaule et vit un obscur fantôme fondre sur eux. Plus rapides qu'il ne l'avait escompté, les Allemands manœuvraient leur navire avec art.

— Ils se rapprochent, constata Meredith en vérifiant ses revolvers.

Adossée à la coque du petit bateau, la jeune fille ne souffrait plus du tout du mal de mer. Son esprit était occupé ailleurs. Kieran changea de direction et fonça vers les hauts-fonds. Meredith observa la manœuvre audacieuse avec surprise. Cet Irlandais était vraiment étonnant.

— Vous cherchez à nous échouer ? demanda-t-elle.

— Certes non ! Je cherche à les entraîner là où nous avons une chance de passer et eux aucune. Nous sommes bien plus légers qu'eux, profitons-en.

Meredith se garda bien de commenter l'initiative n'ayant aucune notion des hauts-fonds vénitiens. Elle supposait que Kieran savait ce qu'il faisait et surveilla l'approche de leurs adversaires. La manœuvre inhabituelle de l'Irlandais sembla déstabiliser les Allemands quelques instants, mais ils ne renoncèrent pas pour autant à leurs proies. Le lourd navire suivit le petit bateau de pêche dans les hauts-fonds, qui révélèrent sans tarder leur présence. À son grand déplaisir, Kieran sentit le fond de son embarcation racler sur le relief sous-marin. *Ne t'échoue pas, ne t'échoue pas, ne t'échoue pas.* Sa prière dut être entendue car, quelques mètres plus loin, la profondeur de l'eau s'accrut et le frêle esquif s'échappa de la bande des hauts-fonds pour retrouver une voie navigable. Kieran s'engagea en vitesse dans le couloir d'eau profonde et pria la Vierge Marie, qu'il venait d'entrevoir dans une niche surplombant une *brìcola*, de lui permettre de rejoindre Venise en toute sécurité. Un fracas de bois et de cris lui répondit. Les Allemands venaient de s'échouer.

Kieran sourit dans l'obscurité, ses dents reflétant pour quelques instants la clarté du jour naissant. Meredith vit avec soulagement le navire de leurs ennemis s'éloigner dans l'aube et se reposa enfin. Elle s'adossa contre la coque et la tête lui tourna. *Pas encore ce mal de mer !* Elle releva la tête et fut prise de faiblesse.

— Ça va, Meredith ? s'inquiéta Kieran.

— Non.

Kieran leva les sourcils dans un mouvement d'inquiétude et de surprise mêlées. C'était bien la première fois qu'il entendait la jeune fille se plaindre. Même à l'aller quand elle avait vomi tripes et boyaux par-dessus bord, elle n'avait pas émis le moindre gémissement. Il observa le navire allemand et, constatant qu'il était à une distance respectable, attacha la voile, figea la direction du navire et s'approcha de Meredith. Il posa sa main sur le front trempé de la jeune fille.

— Vous avez mal quelque part ?

Meredith ouvrit les yeux. *Ai-je mal ? Oui, à la hanche droite.* Elle posa la main sur sa hanche et grimaça de douleur. Kieran se pencha, observa le côté de la jeune fille. Le pantalon noir luisait sous la lune.

— *Jesus Christ* ! Vous avez pris une balle !

Kieran sortit un grand mouchoir blanc de sa poche et le roula en boule.

— Appuyez ça contre votre hanche, Meredith, de toutes vos forces ! Je vous ramène à Venise.

Kieran reprit la barre et libéra la pleine vitesse du navire de pêche. Alistair allait le tuer… Mais il devait d'abord ramener Meredith à Venise et trouver un médecin. Le soleil apparut à l'horizon leur ouvrant le chemin vers la Sérénissime.

ﻌ♦ﻌ

P rodiguer les soins nécessaires à son équipier avait épuisé Hayley. Elle profitait du moment de calme offert par sa toilette pour réunir ses idées. Elle était parvenue tant bien que mal à refaire les pansements d'Alistair et avait eu une pensée sincère pour les infortunées nurses de ce gentleman. Bien qu'elle appréciât l'homme, Hayley en était arrivée à la conclusion qu'Alistair avait dû être un défi à la patience de toutes ses gouvernantes. D'après ce que Lady Rosalinde Clifford lui en avait dit, Alistair avait usé de nombreuses nurses durant son enfance. Hayley avait toujours considéré que s'être vu confier Meredith avait été une épreuve en soi, mais Alistair devait en être une autre… Même adulte en usant d'arguments médicaux et frappés au coin du bon sens, il était difficile de le faire se tenir tranquille plus de dix minutes. Pourtant, Hayley pressentait que les événements allaient prendre une autre tournure dans la journée qui débutait. Aussi, voulait-elle à toute force bander avec soin les jambes abîmées d'Alistair, quoi qu'il en dise.

Hayley avait aussi eu le temps d'envisager avec sérieux la nécessité de réviser son opinion en matière de vêtements. Elle n'aurait jamais imaginé en arriver à de telles conclusions, mais Meredith avait raison. *Les robes sont d'un embarras sans nom en mission !* Hayley avait donc sorti l'ensemble constitué d'une chemise blanche à jabot, d'un pantalon et d'un gilet en velours noir que Meredith avait acquis pour elle. L'Anglaise observait avec dépit les vêtements, estimant le tout fort laid. Toutefois, si elle souhaitait être plus libre de ses mouvements, il fallait en passer par ce… costume ? Hayley soupira et resserra son gilet d'acier autour de son torse avant d'enfiler la chemise. Elle entendait les pas impatients d'Alistair dans le salon qui allait et venait comme un lion en cage. L'Anglaise acheva de s'habiller et jeta un coup d'œil à son reflet dans le miroir. La chemise à jabot était assez jolie, mais le reste était affreux… Elle rajusta une boucle rebelle qui s'était échappée de son chignon et inspira pour recouvrer son calme, que les pas incessants de l'autre côté de la porte entamaient avec une constance certaine. *J'ai mon revolver… Du moins, un nouveau… Heureusement, je n'ai pas perdu la dague du colonel Pouchkine et j'ai mon gilet.* En revanche, elle devait fixer son étui à revolver et ne parvenait pas à l'attacher de façon à ce qu'il ne la gênât pas. *Je vais demander à Alistair.* Hayley sortit de la chambre, prête à solliciter l'aide de son compagnon d'aventure quand le parfum flottant dans la pièce la prévint. *Pas Alistair.* Elle porta la main à son revolver.

— Et bien quand même ! Ce n'est pas trop tôt, *Bellissima* !

Les yeux d'Hayley s'ouvrirent en grand et elle chercha du regard son compatriote.

— Qu'avez-vous fait d'Alistair ? grogna-t-elle.

Donatello sourit. *Dommage, la dame est déjà prise.*

— Bien le bonjour, *Bellissima*. Donatello Izzo, pour vous servir. Heureux de vous voir remise, d'autant plus que la dernière fois que je vous ai vue, vous étiez en train de vous noyer avec votre ami.

— Pardon ?

Donatello ricana, ce qui contraria fort l'Anglaise.

— Votre fier chevalier ne vous a pas raconté ?

Hayley sentit que sa patience atteignait ses limites. Elle saisit la crosse de son revolver.

— Monsieur Izzo, je vous saurais gré de bien vouloir répondre à ma question. Qu'avez-vous fait de Monsieur Clifford ?

Donatello était choqué.

— *Ma* ! Rien, *Bellissima* ! Quand je suis arrivé, le salon était vide ! J'ai juste entendu des bruits dans la chambre et je me suis dit que vous étiez occupés avec Monsieur Clifford !

Hayley se sentit rougir jusqu'à la racine des cheveux.

— Nous n'avons pas ce genre de relation avec Monsieur Clifford !

Donatello se rapprocha en un clignement d'œil et se saisit de la main d'Hayley.

— Alors, c'est parfait ! Je peux vous assurer que votre beauté est bien au-dessus de toutes les descriptions faites de vous. Si vous me permettez…

— Je ne permets pas.

Hayley enfonça le canon de son revolver dans les côtes de l'Italien, qui reprit aussitôt ses distances.

— On ne peut pas dire que vous soyez sensible à l'atmosphère de Venise ! grogna-t-il.

— Je suis en mission, Monsieur Izzo. J'ai failli mourir hier, mon partenaire est blessé et est parti jouer les loups solitaires, je n'ai aucune nouvelle d'une jeune fille qui m'est chère et des tueurs sont à nos trousses. Aussi, me pardonnerez-vous peut-être de n'être pas sensible au romantisme de l'Italie.

Donatello acquiesça d'un signe de tête, magnanime.

— *Sì*, je vous pardonne. Vous avez de bonnes raisons.

Hayley rangea son arme.

— Puisque vous êtes là, Monsieur Izzo, vous allez m'aider.

Donatello eut l'air surpris.

— Vous aider ? Et vous aider à quoi ?

— Tout d'abord à enfiler cette saleté d'étui à revolver, ensuite à retrouver Monsieur Clifford, enfin à arrêter Atropos.

Pour une fois, les mots manquèrent à l'Italien. Il se contenta d'observer la femme en face de lui afin de définir si elle plaisantait ou pas… Contre toute attente, elle semblait sérieuse.

— Très bien, Monsieur Izzo. Qui ne dit mot consent, comme dit le proverbe. Tout d'abord, vous allez me dire pourquoi le roi d'Italie est si patient avec les révolutionnaires de tous bords ?

Donatello fut ébahi. Non seulement la dame ne plaisantait pas mais, encore, elle voulait lui extorquer des renseignements. Il haussa les épaules. Après tout, la question qu'elle posait n'était pas très dangereuse.

— Ce que vous devez comprendre, *Bellissima*, c'est que le roi d'Italie ne peut pas combattre sur tous les fronts en même temps. L'unité italienne est récente et ses ennemis sont nombreux. *Vittorio Emanuele III* est prudent. Il classe ses ennemis par ordre de dangerosité. Actuellement, il est plus préoccupé par les socialistes et les grèves massives des ouvriers que par les républicains. D'abord parce que nombre de républicains veulent maintenir l'unité italienne, ensuite parce que les républicains vénitiens luttent contre la vente illégale des œuvres d'art de la Sérénissime. D'ailleurs, c'est dans ce but que la reine d'Italie vient soutenir les démarches vénitiennes pour récupérer les biens spoliés. Le roi veut montrer que la grandeur de Venise est aussi la grandeur de l'Italie.

— La reine ? La reine d'Italie vient à Venise ?

— *Sì*… Elle est arrivée hier soir.

— Je n'aime pas ça… Je ne sais pas pourquoi, mais je n'aime pas ça… Quel intérêt Atropos pourrait-elle trouver dans un attentat contre la reine ?

Hayley ne parlait plus vraiment à Donatello, qui s'en aperçut. *Étrange cette habitude de réfléchir à voix haute pour une espionne…*

— Vous délirez, *Bellissima*. Votre Atropos renaissante

n'aura pas le cran de s'attaquer à la reine d'un pays aussi puissant que l'Italie ! grommela-t-il.

— Ils auront reçu un contrat… Ou ce serait une démonstration de force, Atropos est de retour… Je ne sais pas ! Mais cela m'étonnerait que la visite de la reine se passe sans difficultés !

— Quel renseignement me cachez-vous ?

— Aucun ! C'est… mon instinct.

Hayley avait un peu honte de cette réponse, mais c'était la stricte vérité. Elle n'avait aucune information tangible à présenter pour étayer son point de vue, mais la présence de la reine d'Italie bouleversait l'échiquier vénitien et éclairait sous un jour différent la présence d'Athénaïs et de ses hommes dans la cité millénaire.

Deux coups violents furent donnés contre la porte. Hayley et Donatello se saisirent aussitôt de leurs armes.

— Ce qu'il y a de bien avec vous, *Bellissima*, c'est que l'on ne s'ennuie jamais !

Hayley s'approcha de la porte, se colla au mur et saisit la poignée.

ᘓ◆ᘔ

L a nuit avait été courte pour Benedict. Il avait tenté en vain de convaincre le « fils de Garibaldi » durant une bonne partie de la soirée de la nécessité de changer ses alliances habituelles, avant de rentrer au repaire de la *Special Branch* pour l'une des nuits les plus pénibles de sa vie. Archibald Templeton avait, sans aucun doute possible, décidé d'empêcher de dormir tous les agents présents en hurlant comme un damné que des crabes et des araignées le dévoraient vif. Benedict fut très impressionné par les accents de sincérité des hurlements du prisonnier. Il s'en alarma auprès de Williams, - son voisin de couchette -, ce dernier marmonnant un laconique « opium » pour toute réponse. Benedict en avait alors déduit que les effets de cette drogue étaient très sous-estimés par ses contemporains, qui en consommaient autant qu'ils pouvaient en trouver. Il avait essayé tant bien que mal de dormir un peu avant que l'inspecteur principal ne vînt le réveiller cinq minutes après son endormissement, à ce qu'il lui semblait.

Le vaillant jeune agent était donc reparti en mission le ventre vide, les yeux cernés et l'humeur en berne. Il avait débuté sa journée par la visite à Alistair et à Miss Fortescue, qui lui avait fort opportunément offert une tasse de thé, puis il était retourné à la recherche du « fils de Garibaldi ». L'inspecteur principal avait été fort clair sur son cas :

— Vous trouvez ce gamin, Clifford, et vous le travaillez au corps jusqu'à ce qu'il accepte notre offre. C'est une question de vie ou de mort pour lui. Vous comprenez, Clifford ?

Oui, Clifford comprenait. Benedict savait que dès l'instant où Atropos réaliserait que son agent sur place avait été identifié, la vie d'Archibald Templeton et, par ricochet, celle du « fils de Garibaldi » ne tiendraient qu'à un fil. Atropos ne faisait pas de quartier, du moins c'est ce qu'il avait lu dans les anciens rapports de son service. Quelque chose lui disait que la situation ne devait guère avoir changé.

Plongé dans ses pensées, Benedict retournait sans y penser vers la gargote servant de point de ralliement aux jeunes révolutionnaires vénitiens. En cette heure matinale, il espérait trouver le « fils de Garibaldi » seul pour une fois et pouvoir le convaincre de renoncer à sa folle alliance avec Atropos. À sa grande contrariété, Benedict trouva porte close. Comment allait-il entrer dans cet établissement ? La porte à l'arrière. Lors de sa dernière visite, le jeune Anglais avait remarqué une porte donnant sur une petite cour intérieure. Selon lui, avec un peu d'escalade, il pourrait rejoindre ladite cour et entrer dans la place. Benedict observa les alentours et, constatant que nul ne le surveillait, il prit son courage à deux mains et grimpa le long de la façade. Après quelques frayeurs, il atteignit le premier étage, ce qui lui permit de contourner le bâtiment en passant de balcon en balcon, puis il rejoignit son objectif. La cour était déserte et Benedict se laissa tomber avec moins de souplesse qu'il ne l'avait escompté. Il se remit debout d'un bond et frotta son costume sali par ses exploits sportifs.

Assez fier de ses prouesses, il s'empara plein de confiance de la poignée de la porte, qui refusa de tourner. Benedict en fut fort dépité... fort contrarié même et se mit à tambouriner contre la porte comme un fou. Il était hors de question qu'il repartît en sens inverse. Il en avait assez de ces missions impossibles où il se retrouvait sans cesse à faire le pitre, alors que sa seule volonté dans la vie était d'étudier en toute quiétude ! Soudain, au milieu de sa colère, la porte s'ouvrit.

— C'est toi ? Mais tu es fou, ma parole !

Le « fils de Garibaldi » apparut, troublé, un peu pâle, loin de sa prestance habituelle. Il s'effaça de l'entrée et céda le passage à Benedict.

L'intérieur de l'auberge était sombre, du moins plus sombre qu'à l'accoutumée. Benedict attaqua bille en tête.

— Ton fameux acheteur vient d'être arrêté ! Tu m'as mis dans une situation impossible !

Le « fils de Garibaldi » ne put cacher sa frayeur.

— Je sais. Je ne comprends pas. Il était si sûr de lui ! D'après lui, on jouait sur du velours ! Atropos devait nous protéger de ce genre de problèmes !

— Atropos ?

Enfin, nous y voilà ! songea Benedict.

— Oui, c'est le nom de ses contacts. Une organisation internationale qu'il disait, plus puissante que les États ! Tu parles ! Le voilà aux mains de la police italienne et, moi, sans le sou pour financer la cause !

— C'est la police italienne ?

— Qui d'autre ?

— Oui, tu as raison… Est-ce que le bonhomme tiendra sa langue ?

— Ça m'étonnerait ! Tu as vu comment il est ! Pleutre, sans scrupule, il va dénoncer tous ceux qu'il pourra !

Benedict observa le jeune Italien et se dit que s'il ne parvenait pas à le convaincre maintenant, il ne le pourrait jamais.

— En fait, tu as plus peur d'être dénoncé que de ne pas pouvoir financer la cause…

Le « fils de Garibaldi » fut piqué au vif. Il empoigna Benedict par le col. À sa grande stupéfaction, Benedict ne réagit pas et se contenta de sourire.

— Bien, nous allons pouvoir parler maintenant, mon frère.

Benedict était stupéfait. Sa manœuvre avait fonctionné. Le « fils de Garibaldi », qui s'appelait en réalité Maurizio, avait avalé l'hameçon et la ligne tout entière. Non seulement il avait expliqué à Benedict comment les œuvres d'art quittaient Venise, via Murano, mais encore il acceptait le financement de ses riches amis - c'est ainsi que Benedict avait qualifié le gouvernement britannique dans un premier temps - pour poursuivre son œuvre révolutionnaire ! Tout était parfait dans le plus parfait des mondes.

Benedict repartait le cœur léger, le visage baigné par le soleil d'hiver vénitien, qu'il trouvait pour sa part déjà fort éblouissant. Sur le chemin du retour, il prit le temps de boire un expresso en terrasse et se dit qu'il se contre-fichait de ce que pourrait bien en penser l'inspecteur principal Jasper Brixton. Clifford - comme il aimait à l'appeler - allait lui montrer qu'il fallait le traiter avec un peu plus de déférence ! L'attention de Benedict fut attirée par un masque, qui filait d'un bon pas. *Étrange, ce costume rouge.* Puis, il retourna à son café et, pris d'une soudaine fantaisie, commanda un deuxième expresso et un croissant fourré de confiture. Ces Italiens savaient vivre tout de même.

CR ◆ ED

H ayley ouvrit la porte d'un coup sec et pointa son arme sur l'auteur des coups. Kieran s'engouffra dans la chambre, portant Meredith dans ses bras. Accrochée à son cou, la jeune fille transpirait d'abondance, un masque de douleur figé sur le visage. À cette vision, Hayley rempocha son arme, claqua la porte derrière Kieran et se précipita pour le précéder dans la chambre. Elle devait protéger le lit et sa parure en étoffe fine du sang qu'elle soupçonnait de couler du corps de Meredith. Elle étendit plusieurs épaisseurs de linges propres sur le matelas du *Danieli*, qui n'avait jamais dû voir passer autant de blessés que depuis les dernières vingt-quatre heures. Avec l'aide de Donatello, Kieran déposa en douceur Meredith sur le lit. Hayley observa le pantalon trempé de sang et se précipita sur son sac de secours. Elle courut dans la salle de bains et se lava avec soin les mains et les avant-bras. Kieran, mal à l'aise, ne parvenait pas à détacher son regard du visage crispé de Meredith.

— Elle a pris une balle, finit-il par marmonner.

— J'ai vu, répondit Hayley. Quand ?

— Il y a une heure et demie environ. À Murano.

Donatello nota l'information avec intérêt. Il allait s'intéresser de près à ce qui se passait la nuit sur l'île de Murano.

— Pouvons-nous vous aider ou voulez-vous que nous sortions ? demanda l'Italien.

— J'ai besoin qu'elle ne bouge pas pendant que je lui enlève la balle.

Hayley avait découpé le pantalon de Meredith pour voir la blessure et commençait à la nettoyer. La balle n'était pas vraiment mal placée, mais toute intervention chirurgicale avait ses risques.

— Ne devrait-elle pas aller à l'hôpital ? demanda Donatello.

— Non ! cria Meredith. J'ai confiance en Hayley.

Kieran acquiesça d'un signe de tête, ôta sa veste, releva les manches de sa chemise au-dessus des coudes et se lava les mains et les avant-bras avec soin. Donatello l'imita, la mission pouvait attendre quelques minutes. Pendant ce temps, Hayley avait sorti son chloroforme et endormait sa patiente.

— Tout va bien se passer, Meredith, ne vous inquiétez pas.

Meredith plongea ses yeux bleu foncé dans ceux presque violets de sa gouvernante.

— Je ne… m'inquiète… pas…

La tête de la jeune fille retomba sur l'oreiller, endormie ou évanouie, Hayley ne savait laquelle de ces options avait emporté la conscience de sa jeune protégée.

— Monsieur Izzo, je vous prie de bien vouloir appliquer le tampon de chloroforme sous le nez de Miss Meredith pendant encore quelques minutes. Monsieur Donough, veillez à ce qu'elle ne bouge pas.

Donatello appuya le tampon sur le visage de la jeune fille, pendant que Kieran prenait place au-dessus d'elle, la tenant fermement, tout en veillant à ne pas la blesser davantage. Meredith lui avait fait l'effet d'un oisillon blessé lorsqu'il la portait dans ses bras. *Une âme de guerrier dans une poupée de porcelaine.* Les entrailles de Kieran se tordaient en tous sens et il aurait préféré être le destinataire de cette balle plutôt que de maintenir sa toute jeune alliée pendant qu'elle était opérée.

Concentrée, Hayley désinfecta la peau de Meredith, puis passa à l'alcool et au feu ses instruments chirurgicaux. Elle se rapprocha de la jeune fille. *Par pitié, sainte Zita, faites que ma main ne tremble pas.* Elle se signa et plongea sa pince dans la plaie.

CR✦BO

A listair n'était pas fier de lui. Filer comme un voleur ne faisait pas partie de ses habitudes. Toutefois, il se rasérénait en s'avouant qu'il n'avait aucune envie d'affronter Hayley et de lui expliquer pourquoi il ne voulait pas d'elle aujourd'hui. Ce n'était pas de la défiance, ni la conséquence de la nuit dernière. Il voulait juste être libre de tuer sans son beau regard fixé sur lui. Dès que cette mission toucherait à sa fin, il se promettait de faire le clair dans son cœur et de choisir l'orientation définitive qu'il souhaitait donner à sa vie. Une vie de dandy libre de jouir de tous les plaisirs ou une vie d'homme marié en compagnie d'une femme merveilleuse. Si un an auparavant, une quelconque devineresse lui avait annoncé qu'à cette date, il serait père d'un garçon de dix ans et qu'il songerait à se marier, Alistair aurait congédié l'impudente et se serait gaussé de cette histoire farfelue aux quatre coins de Londres.

Son esprit retrouva le chemin de son présent et enferma ses douces pensées loin dans son cœur. Alistair était de nouveau le tueur préféré des services secrets britanniques et allait montrer aux ennemis du roi ce qu'il en coûtait de réveiller les chimères. Ses pas l'avaient mené au palais des Doges mais, en cette heure matinale, les portes étaient closes. Ce genre de détail n'avait jamais préoccupé l'Anglais, qui contourna le bâtiment pour retrouver la porte dérobée par laquelle il avait suivi le masque la première nuit.

Le soleil clair de ce matin d'hiver changeait l'impression générale des lieux, mais les points de repère qu'il avait alors pris avaient l'avantage d'être insensibles au jour ou à la nuit. Une corniche en forme de lierre, l'enseigne d'un café, un balcon sculpté... Toutes sortes d'indices qui le remettaient sur la route du lieu de réunion du conseil des Dix. Puisque le doge avait partie liée avec Atropos, quoi de plus naturel que de tenter de retrouver les autres membres du conseil pour leur demander quelques explications. Alistair supposait que les tenants de la république vénitienne échangeaient un soutien à leur cause contre une tolérance pour les petites affaires de l'organisation criminelle. Le doge avait lutté en apparence contre le trafic, mais il avait permis en sous-main l'organisation de ce même trafic. Rien que de très classique en vérité. Alistair s'était toujours méfié des parangons de vertus qui se gardaient bien, en général, de faire ce qu'ils prônaient. La seule chose surprenante en cette histoire avait été la fidélité du doge à l'unité italienne. Contre toute attente, celui qui souhaitait la restauration de la Sérénissime avait trahi ses idéaux pour la grandeur de l'Italie. Les hommes ne cesseraient jamais de le surprendre.

Alistair approchait de sa destination. La bouche d'égout n'était plus très loin. Son plan était simple : désormais que leur chef avait été éliminé par leur alliée, il espérait une belle trahison du conseil des Dix. Malgré son sens de l'orientation, il tourna un peu en rond dans les rues labyrinthiques de Venise, avant de retrouver le *rio terà* abritant l'entrée souterraine de la salle secrète de réunion. Il espérait qu'il n'allait pas retomber dans l'une des grands-messes des républicains, sa précédente expérience n'ayant rien eu de sympathique. Après un coup d'œil circulaire, Alistair souleva la lourde plaque cachant l'accès recherché et tomba sur un égout.

— Mais qu'est-ce que ?

L'Anglais observa la ruelle. Mêmes bâtiments, mêmes balcons, même topographie... Alistair se pencha pour observer de plus près la conduite et, la tête la première dans l'égout, il découvrit ce qu'il cherchait. Quelques mètres après l'ouverture, la canalisation disparaissait et laissait place au couloir qu'il avait arpenté la première fois. Un leurre...

— Petits futés... sourit Alistair.

Les républicains avaient posé en toute hâte un morceau de tuyau pouvant créer l'illusion d'un simple égout. Toutefois, dans leur précipitation, ils avaient oublié de rendre leur illusion réaliste : l'égout était propre. Alistair se glissa dans le morceau de tuyau, puis déboucha deux mètres plus loin dans le couloir menant à la salle secrète du conseil des Dix. Contrarié de s'être sali, le dandy frottait avec force son costume noir et s'arrêta seulement devant le court escalier menant au sous-sol de l'immeuble. Plongé dans une quasi-obscurité, l'espion sondait les ténèbres. Nulle trace d'activité dans le bâtiment. Il crocheta la serrure et entra.

Dix minutes plus tard, Alistair dut se rendre à l'évidence, l'immeuble était vide. Il fut fort contrarié de ce contretemps. Où allait-il mettre la main sur les membres du conseil des Dix ? L'Anglais se doutait que la plupart d'entre eux devaient appartenir d'une manière ou d'une autre aux familles patriciennes de Venise. Toutefois, les investigations seraient longues et ennuyeuses avant de pouvoir déterminer qui faisait quoi dans ce jeu de masques. La patience n'avait jamais été sa qualité première... La plupart du temps, sa tactique préférée consistait à trouver un nœud de vipères et à y mettre le feu ou des grands coups de bâton, selon son humeur... Il en ressortait toujours quelque chose. En bien ou en mal, mais quelque chose quand même. L'absence d'adversaires, quant à elle, était pire que tout... disons l'absence d'adversaires visibles pour être plus précis. Tapie dans l'ombre, Atropos attendait de pouvoir lui plonger un couteau dans le cœur - ou tout autre objet mortel à sa convenance - et l'Anglais n'était pas de ceux qui attendaient leur sort les bras ballants. *Bien... Ils aiment jouer à cache-cache. Voyons si je peux les dénicher...*
Alistair repartait vers le souterrain quand un déclic caractéristique résonna derrière lui. Il leva les mains au-dessus de sa tête.

— Monsieur Clifford, je ne m'attendais pas à vous rencontrer ici.

Attributed to Carlo PONTI, Rialto. Venice, about 1865, 84.XO.735.1.19,
©The J. Paul Getty Museum, Los Angeles.

Chapitre XI

L e soleil était haut dans le ciel quand Hayley, pâle, sortit de la chambre. Kieran et Donatello patientaient à l'extérieur, assis dans le salon. L'Italien avait hésité à plusieurs reprises à partir à la poursuite d'Alistair, mais il avait estimé que la proximité de ses équipiers lui ferait plus sûrement rencontrer celui qu'il recherchait. Quand il entendit la porte se refermer, Kieran sauta sur ses pieds.

— Comment va-t-elle ?

Hayley se rapprocha de lui, avec un faible sourire. Elle n'avait ni la force, ni le courage de se composer le visage rassurant des soignants pour les familles.

— Meredith a eu de la chance, la balle s'est logée contre l'os de la hanche sans le traverser. Je pense qu'elle a été touchée par un ricochet, sinon la balle aurait fait plus de dégâts. Toutefois, je serai plus tranquille quand elle aura recouvré un peu de couleur. Elle a perdu beaucoup de sang.

Kieran passa ses doigts dans ses cheveux à plusieurs reprises. Il avait toujours détesté que l'un de ses équipiers soit blessé, alors une jeune fille… Espionne ou pas, redoutable ou pas, Meredith n'en demeurait pas moins à ses yeux une jeune lady que son cousin lui avait confiée. Que dirait Alistair ? Et pire, que lui dirait-il lui lorsqu'il la verrait à son réveil ?

— Tu t'attendris l'Irlandais, se murmura Kieran à lui-même avec un triste sourire.

L'espion se secoua. Il s'attendrissait en effet et la mission était loin d'être terminée. L'Irlandais détestait la situation présente et avait besoin de passer la colère, qu'il sentait enfler en son cœur, sur quelqu'un. Quoi de mieux que de repartir en chasse des responsables de la blessure de son équipière ? Si Alistair avait été là, il ne se serait pas laissé détourner d'Atropos par sa cousine, toute blessée qu'elle fût. Après s'être assuré que la jeune fille allait aussi bien que possible, ce qui était le cas, l'Anglais se serait jeté aux trousses d'Atropos avec encore plus de rage. Kieran se tourna vers Hayley.

— Où est Alistair ?

La bouche d'Hayley se figea en un trait dur, ses lèvres perdant de leur éclat sous la pression.

— Il est parti seul, je ne sais où.

— Tant pis.

Hayley fut surprise par cette réponse.

— Nous agirons sans lui, continua Kieran. La présence de Monsieur Izzo est, à cet égard, une chance. Atropos dispose d'un masque en caoutchouc reproduisant le visage d'Alistair à s'y méprendre. C'est à croire qu'ils ont pris l'empreinte sur lui…

Hayley le regarda les yeux ronds.

— C'est cela. La première fois que nous avons été assommés et conduits au doge, je n'ai pas compris pourquoi ils nous avaient libérés si facilement, en nous demandant simplement de quitter Venise. Ils ont pris l'empreinte du visage d'Alistair pour réaliser ce masque, mais pourquoi ?

— Si je prenais l'empreinte du visage d'un homme pour réaliser un masque, *Bellissima*, vous pourriez être sûre que ce serait pour le charger d'un quelconque méfait que je réaliserai.

Kieran leva un sourcil surpris à « *Bellissima* », mais acquiesça au reste des propos de Donatello. Hayley ne semblait pas même avoir noté l'insistance de l'Italien à l'appeler par ce mot doux. Son esprit était occupé ailleurs, dans des terres bien plus sombres où Atropos s'amusait à menacer, à nuire et à détruire. *Commettre un crime avec l'apparence d'Alistair… Un crime…*

— La reine ! dit Hayley comme une évidence.

Donatello perdit un peu de son teint halé sous le choc. Il se leva d'un bond et sortit comme un fou de la chambre. Kieran lui emboîta le pas, ignorant où courait l'Italien, mais certain qu'il allait retrouver Atropos et Alistair au bout de la piste. Hayley hésitait… Pouvait-elle laisser Meredith seule ou devait-elle abandonner Alistair à Atropos ? Meredith était en sécurité, blessée mais soignée.

— Alistair.

Elle se précipita à la suite des deux hommes, refermant tout de même la porte derrière elle.

Hayley courait comme rarement dans sa vie. Elle avait perdu de vue les deux hommes, mais savait où elle devait se rendre. Si Hélène de Monténégro, reine consort d'Italie, était à Venise, où pouvait-elle résider sinon au palais royal ? L'Anglaise se félicitait d'avoir étudié le plan de Venise à ses heures perdues et savait dans quelle direction elle devait aller. Une fois de plus, tout se tramait autour de la place Saint-Marc. Construit sur l'ordre de Napoléon en face du palais des Doges, le palais royal de Venise avait été la résidence de l'impératrice Élisabeth d'Autriche, la célèbre Sissi, pendant ses séjours à Venise. Sous le soleil de midi, Hayley sentait le poids de son gilet d'acier sur ses épaules, mais elle appréciait la liberté de mouvement que lui offrait son pantalon. *Laid mais confortable.* Lorsqu'elle parvint non loin du palais royal, elle soupira d'aise en voyant Donatello en grande discussion avec le garde en faction devant l'entrée. Derrière lui, Kieran montrait quelques signes d'impatience. Hayley ralentit le pas pour ne pas alarmer davantage le garde et les rejoignit.

Sentant quelqu'un approcher dans son dos, Kieran retourna d'instinct et se détendit à la vue de l'espionne. Hayley se plaça à côté de lui et observa en silence la scène que Donatello jouait. Elle ne comprenait pas le sens des mots prononcés mais, l'Italien étant assez démonstratif dans sa plaidoirie, elle comprit qu'il menaçait et cajolait tour à tour le garde s'opposant à leur passage. Soudain, elle fut prise d'une inspiration. Elle chercha autour de son cou la chaîne dorée et, tirant dessus, fit apparaître de son décolleté le médaillon vermeil et or de la république de Venise. Sans un mot, elle le montra au garde et le transperça de son regard violet. L'homme ne se préoccupa plus de Donatello et de son flot de paroles pour observer le médaillon et la femme qui le portait. Belle, riche, déterminée... portant une tenue d'homme ? Il était interdit aux femmes de se travestir ainsi en Italie, même à Venise, ou bien elles devaient cacher leur visage sous un masque. Le garde vénitien vacillait. Se pouvait-il que cette femme fût l'un des membres du conseil des Dix ? Une patricienne... Comment pouvait-il expliquer autrement le culot extraordinaire avec lequel elle le toisait, lui un garde du palais royal... Elle ne cillait pas, sûre de son fait, brandissant l'emblème de la république de Venise en attendant qu'il lui cédât le passage. Pouvait-il résister au conseil des Dix ? La nouvelle de la mort du doge s'était répandue comme une traînée de poudre, mais le conseil était encore là... Même le roi ne cherchait pas à les anéantir, alors qui était-il pour s'opposer à eux ? Le garde fit un signe de tête à Hayley et la laissa passer avec ses deux compagnons.

Quand Hayley le croisa, elle inclina avec délicatesse la tête pour lui signifier ses remerciements. *Une grande dame*, songea le garde. Hayley n'avait en réalité aucune autre possibilité de lui dire merci, sachant qu'au moindre mot qu'elle prononcerait la magie s'évaporerait avec son accent anglais.

Dans le hall, Donatello reprit la direction des affaires et s'engouffra dans un escalier, bousculant au passage deux autres gardes qui espéraient l'arrêter dans son ascension. Les hommes se mirent aussitôt à rameuter leurs semblables et à le poursuivre, mais ce détail ne perturba guère l'Italien. Kieran saisit le bras d'Hayley et l'entraîna dans un autre couloir.

— Mais que faites-vous ?

— Inutile de suivre notre ami italien. Il est par trop voyant pour qu'Atropos ne le remarque pas. L'espionnage se fait dans l'ombre, Miss Fortescue.

Kieran jeta un coup d'œil au médaillon vermeil, qui reposait sur le gilet en velours noir d'Hayley.

— Un coup de génie, Miss. Heureusement que vous n'avez pas eu à parler, dit-il avec un charmant sourire. Alistair a beaucoup de chance d'être entouré de femmes aussi intrépides et intelligentes que Miss Meredith et vous.

Hayley se redressa quelque peu offensé.

— Je n'ai guère de liens avec Monsieur Clifford !

Kieran l'observa de son regard vert et vif, puis sourit paisiblement.

— Peut-être de votre point de vue, mais du sien…

Hayley voulait savoir ce que ce diable d'Irlandais avait remarqué, mais un bruit de pas cadencé lui fit passer sa question. Ces espions étaient décidément tous exaspérants avec leur manie de mettre leur nez dans les affaires des autres ! Kieran s'enfonça dans l'ombre, entraînant à sa suite Hayley.

— Remettez votre médaillon à sa place et nous allons explorer ce palais. Si quelqu'un a pris l'apparence d'Alistair, nous le trouverons.

— Pensez-vous qu'il ressemblera vraiment à Alistair ?

Dans l'urgence, Hayley avait omis d'appeler Alistair par son nom. Ce détail n'échappa pas à Kieran qui sourit avec amusement.

— Pas pour nous.

L'Irlandais reprit son sérieux et retourna dans le hall. S'il devait fouiller ce palais, pièce par pièce, pour mettre la main sur le tueur d'Atropos, il le ferait. Hayley rentra son médaillon sous sa chemise et lui emboîta le pas. Mal fixé, l'étui de son revolver cognait son côté au rythme de ses pas.

— Mon cher Monsieur Clifford, je dois vous avouer que votre aide nous a été précieuse.

L'homme s'exprimait en un français sans accent. Alistair se demandait s'il n'était pas tombé sur l'un ou l'autre des exécutants d'Atropos. Il décida que d'une manière ou d'une autre, l'homme ayant entamé le dialogue, il serait grossier de lui tourner le dos. En outre, Alistair avait décidé de longue date que s'il devait mourir d'une main ennemie, il regarderait la mort en face. Les mains toujours en l'air, l'Anglais se retourna et vit avec étonnement un petit homme trapu le menacer de son revolver. Le Français sourit, remit la sécurité de son arme et la rangea sans précipitation.

— Marcel m'avait dit que vous aviez des nerfs d'acier, Monsieur Clifford.

Alistair baissa les mains et tira sur ses manches, afin de défroisser son costume.

— Marcel ?

L'homme le regarda avec un sourire en coin.

— Marcel Sergent, Monsieur Clifford. Une connaissance commune.

— Services secrets français, donc.

— Pour vous servir et servir la République bien entendu. Marcel m'avait dit deux choses à votre sujet en réalité : il m'avait précisé que vous aviez des nerfs d'acier, ce que je viens de vérifier, et il m'avait confié que si je voulais semer le chaos quelque part, il me suffisait de vous mettre dans le jeu, il avait aussi raison sur ce point.

— Petit, trapu, Français… C'est vous qui avez remis le médaillon à Hayley.

— Une beauté rare, cette dame, et bienveillante… Entre nous, je me demande ce qu'elle fait dans les services secrets. Trop tendre pour cela.

— J'ai moins de réserve que vous quant à la tendresse, mais c'est une femme intelligente et fiable.

— Indubitablement. Elle a d'ailleurs démasqué notre Athénaïs de Coulonges au premier regard.

— Vous la surveilliez ?

— Monsieur Clifford, je n'allais pas laisser une parfaite débutante dans notre noble art affronter, dès sa première sortie, une furie de l'enfer telle qu'Athénaïs. J'ai bien sûr veillé à ce que la dame sorte des griffes de notre adversaire sans embarras. Mon ami le comte Albrizzi m'y a aidé.

Alistair sourit. Ces Français étaient vraiment de drôles d'oiseaux. Braillards et fanfarons dans la vie, mais intelligents et silencieux dans les affaires. Cet homme était de la même trempe que son défunt ami, Marcel Sergent, le père de Philippine.

— Comment se porte Philippine ?

Le Français sourit de toutes ses dents. Il appréciait beaucoup la jeune femme et se faisait un point d'honneur à veiller sur elle depuis la mort de son père.

— Elle se porte à merveille et m'a demandé de vous saluer de sa part. Elle est comme son père, elle ne tarit pas d'éloges à votre égard.

— Lorsque vous la verrez, veuillez lui adresser de ma part mes meilleurs souvenirs. Bien, je ne voudrais pas être grossier, mais nous avons une ennemie commune à défaire, Monsieur…

— Leduc, Nicolas Leduc. Nous avons effectivement une aimable dame à appréhender, ainsi que tous ses charmants petits camarades… Plutôt morts que vifs selon moi…

— Nous sommes du même avis, Monsieur Leduc. Les agents d'Atropos sont toujours mieux morts que vifs. Puis-je vous demander ce que vous faites dans ce palais ?

Nicolas s'approcha d'Alistair avec des airs de propriétaire.

— Comme vous, Monsieur Clifford. Je cherche le conseil des Dix pour mettre la main sur Atropos. L'assassinat du doge a été un rude coup pour mon enquête. Il était le seul à agir à visage découvert.

— Vous voulez dire que vous ignorez quels sont les membres du conseil des Dix ? demanda Alistair.

— Tout juste. J'ai assisté à toutes les réunions possibles et, à aucun moment, l'un ou l'autre de ces masques n'a révélé son identité.

— Comment pouvez-vous savoir dans ce cas qu'ils sont vénitiens ? Il pourrait aussi bien s'agir des hommes d'Atropos, ou de simples leurres.

— J'ai songé à cette possibilité, mais ces hommes et ces femmes - elles sont trois dans le conseil - luttaient avec trop de zèle contre le trafic d'art pour être autre chose que ce qu'ils paraissaient. Ce sont les vrais héritiers de la république de Venise.

— Contrairement au doge.

Nicolas sourit. Cet Anglais était intelligent et l'intelligence avait toujours fait partie des qualités qu'il admirait le plus chez ses alliés et ses adversaires.

— Effectivement, le doge voulait lutter contre le trafic qui vide peu à peu Venise de ses chefs-d'œuvre, mais il a été rattrapé par son ambition. Le soutien financier d'Atropos l'a aidé à accéder à la magistrature suprême de la Sérénissime, en contrepartie de son silence face à l'emprise d'Atropos sur la ville, tout en laissant les membres du conseil des Dix lutter au cas par cas contre les ventes qu'ils parvenaient à surprendre.

— Que vient faire la France au milieu de cette histoire ?

— Que vient faire la Grande-Bretagne, Monsieur Clifford ? Nous avons le même but, détruire la nouvelle Atropos avant qu'elle ne gagne en puissance et ne se dissémine comme la peste noire. Une grande responsabilité m'incombe en cette affaire, car je connais celle qui a réuni les anciens compagnons de Ferrières pour refonder l'organisation.

— Qui est-ce ? Cette femme semble persuadée de me connaître, mais je suis quant à moi certain de ne l'avoir jamais rencontrée.

— Oh si, vous la connaissez, Monsieur Clifford. Athénaïs de Coulonges est la fille de Robert Ferrières, son unique héritière.

CR ◆ EO

B enedict était heureux de son début de journée. Il comprenait mieux le goût des Italiens pour les cafés en terrasse depuis qu'il les avait lui-même expérimentés. Il se sentait de bonne humeur, prêt à affronter une longue journée de labeur sous les directives implacables de l'inspecteur principal Jasper Brixton. Pourtant, quelque chose le taraudait, mais il ne parvenait pas à comprendre ce qui pouvait le préoccuper à ce point. *Rouge.* En quoi le rouge pouvait-il être perturbant ? Benedict marchait dans le dédale vénitien quand le souvenir d'Hayley s'imposa à lui. Hayley avait parlé d'une dame en rouge… *Une dame en rouge… Le masque rouge…*

— Maurizio !

Benedict se précipita à travers les rues de Venise, espérant qu'il se trompait, espérant de toutes ses forces qu'il allait retrouver le jeune Italien en vie et l'écrasant de sa superbe. Il courait à en perdre haleine, aussi vite que ses jambes pouvaient le porter. Il courait contre le temps, contre l'évidence. Comment allait-il expliquer cela à l'inspecteur principal ? *C'est une question de vie ou de mort pour lui. Vous comprenez, Clifford ?* La voix de Brixton résonnait en lui. Oui, il avait compris mais il n'avait pas pris la mesure des paroles de son supérieur. Il n'avait pas pris au sérieux cette femme… Qu'une femme puisse assassiner un homme, c'était ridicule, anormal, contre-nature. *Imbécile !* Benedict approchait de l'auberge. *Pourtant, tu en connais des femmes qui ne tremblent pas quand elles doivent abattre quelqu'un !* Il priait pour que la porte soit ouverte. *Tu en as croisé des meurtrières !* La poignée céda sous sa pression. *Alors quoi ? Que te fallait-il de plus pour comprendre ?*

Benedict entra et eut sa réponse.

S a fille ? Alistair cherchait dans ses souvenirs et l'image le frappa comme la foudre. Ferrières, installé à une table, une petite fille sur ses genoux. Rieuse, ses incisives de lait tombées laissaient un trou adorable dans sa dentition de bébé. Quand était-ce ? Dix-huit ? Dix-neuf ans auparavant ? Au tout début des Moires. Alistair ferma les yeux, bouleversé. *Sa fille*. Il n'avait jamais songé à la fille du pire tueur qu'il avait eu le malheur de croiser dans sa vie. Il comprenait mieux l'attitude si étrange d'Athénaïs. Elle voulait le faire souffrir, mais endormait Hayley pour qu'elle ne sentît pas le feu la consumer. Ce geste lui avait paru si étonnant, si inattendu, qu'il avait eu du mal à se convaincre qu'il s'agissait de la même femme qui le vouait aux gémonies. *Sa fille...* Il était l'assassin de ce père qui faisait tant rire la petite fille au sourire sans incisives. Alistair inspira de tous ses poumons pour retrouver quelque sérénité. Nicolas eut la délicatesse d'attendre quelques secondes avant de reprendre :

— J'ai moi aussi été pris de vertiges quand j'ai compris qui était Athénaïs, mais ne vous y trompez pas, Monsieur Clifford, la petite fille que vous avez rencontrée jadis n'existe plus. Elle a été remplacée par une tueuse endurcie, dépourvue de toute pitié. Nous devons l'arrêter comme vous avez arrêté son père.

— Pourquoi a-t-elle tué le doge et ces Allemands ?

— Des Allemands ? Je n'ai vu nulle mention d'Allemands dans le rapport de la police vénitienne.

Alistair sourit. Nicolas Leduc lui plaisait. Avec son physique un peu bonhomme et ses manières bourgeoises, il devait se glisser partout sans que personne ne s'inquiétât de sa présence. Un homme de sa condition et de son éducation était à sa place où qu'il soit.

— Pourtant, les Allemands étaient là. Le doge m'avait

prévenu de partir de Venise, sinon il ne pourrait rien pour moi. Quand Athénaïs a compris que j'allais lui échapper et que son associé de circonstance avait choisi de contenter les alliés de l'Italie plutôt qu'elle, elle l'a tué. Puis elle a abattu tous les hommes présents, avant de mettre le feu au palais des Doges.

— Elle a donc sciemment abandonné son meilleur soutien dans le trafic d'art…

— Et donc l'une des mannes financières permettant la résurrection d'Atropos. Mais dans quel but ? Je me refuse à croire que cette femme ait supprimé son allié sans avoir un autre plan. Si elle est à moitié aussi retorse que son père, il y a autre chose. Elle a un plan. Le trafic d'art ne doit plus rapporter assez.

— Si elle est aussi retorse que son père, cela pourrait être vrai, intervint Nicolas. Historiquement, le trafic qui a toujours rapporté le plus d'argent à cette organisation, ce sont…

— Les armes. Et quoi de mieux qu'une guerre pour vendre des armes. Atropos n'a pas assassiné les Allemands par hasard, elle les a abattus en toute connaissance de cause. Des Allemands assassinés à Venise, cela créera des tensions au sein même de la Triple Alliance.

Nicolas sembla pensif. Il marchait dans le hall du palais secret du conseil des Dix sans se préoccuper d'être discret ou pas. Alistair reprit conscience du lieu où ils se trouvaient et songea qu'ils pourraient poursuivre leur conversation ailleurs.

— Je n'aime pas cela, gronda Nicolas.

— Poursuivez votre pensée.

— La reine. Si Atropos veut vraiment déclencher une guerre, ce n'est pas entre les membres de la Triple Alliance, mais entre la Triple Alliance et la Triple Entente qu'elle devrait créer des dissensions.

Une guerre européenne… Les tensions étaient vives entre les Nations et la moindre étincelle pouvait embraser les esprits.

— Quelle reine ? demanda Alistair.

— La reine d'Italie est en visite à Venise aujourd'hui.

Les yeux d'Alistair faillirent jaillir de leurs orbites. La reine d'Italie était dans la même ville que l'héritière d'Atropos ? Avec ce genre de tueur, les coïncidences n'étaient pas permises. La pensée de Nicolas suivit la même direction. Le Français se jeta en avant, ouvrit la porte et céda le passage à Alistair, qui se précipita dans la rue.

— Palais royal, place Saint-Marc, cria dans son dos Nicolas.

Dans sa course, Alistair fit un signe de la main pour signifier à son nouvel allié qu'il avait entendu. Nicolas referma la porte derrière lui et partit au petit trot. Il finirait bien par rattraper l'Anglais… peut-être pas à Venise toutefois. Ce bougre-là courait trop vite pour lui, mais il était certain de retrouver l'Anglais, ici ou ailleurs, en temps et en heure pour la scène finale. Pour sa part, il devait tenir compte des nouvelles perspectives, que lui ouvrait cette conversation fort instructive. *Tu avais raison, Marcel, l'homme est digne d'intérêt.*

CR✦EO

B enedict entra dans l'auberge. Le soleil qui passait par la porte ouverte illuminait la scène d'une lumière crue dont se serait passé le jeune Anglais. *Regarde. Contemple ce que ton incompétence a fait.* Maurizio gisait dans une mare de sang, le cœur percé d'une lame, la gorge tranchée. Benedict s'approcha du jeune homme et vit qu'une enveloppe et une rose rouge avaient été laissées sur le corps. Cette fleur contraria le jeune homme au plus haut point. Le tueur pouvait-il être cynique au point de se gausser de ses victimes par-delà la mort même. Tuer un homme et laisser une rose sur lui équivalait dans son esprit à cracher sur son cadavre. Un acte de pur mépris. Il se pencha et pinça les lèvres de stupeur à la vue de l'enveloppe.

« *Pour Clifford* »

L'Anglais se baissa pour ramasser l'enveloppe tachée de

sang et prit soudain conscience que l'assassin pouvait encore être là. Benedict n'était pas lâche, mais il avait été blessé à chacune de ses missions et souhaitait vivement mettre fin à cette funeste série. Il sortit son revolver et glissa l'enveloppe dans sa poche. Que devait-il faire ? Maurizio était mort et il ne pouvait plus rien pour le jeune homme. Que feraient Alistair ou Jasper Brixton à sa place ? Pour Alistair, il hésitait, son cousin était vraiment une tête brûlée parfois. En revanche, concernant son supérieur, le doute n'était pas permis. L'inspecteur principal lui dirait de sortir de l'auberge, de refermer la porte derrière lui et de partir d'un air naturel, afin de ne pas attirer l'attention sur lui.

— Désolé Maurizio.

Benedict lança un dernier regard sur celui, qui avait été si plein de vie et d'orgueil, et se signa. Puis, il recula jusqu'à l'entrée de l'auberge, rangea son revolver et referma la porte derrière lui. Il jeta un coup d'œil dans la rue et ne vit pas âme qui vive. Il se confectionna une allure de touriste et repartit en flânant, les sens en éveil, prêt à défendre chèrement sa peau au moindre bruit suspect.

⊂⊃ ♦ ℘

D onatello avait entraîné derrière lui la majeure partie des gardes du palais royal, avides d'arrêter ce fou qui courait dans les couloirs en hurlant à l'assassin et, plus grotesque encore, qu'il appartenait aux services secrets italiens. Il était parvenu jusqu'à l'étage, où la reine Hélène de Monténégro avait ses appartements et avait constaté que les Anglais l'avaient abandonné à son triste sort. Il entra en trombe dans l'une des pièces et tomba sur celui qu'il recherchait depuis son arrivée dans le palais : le chef des services secrets italiens, Luigi Mancini. Sec, court, l'homme posa son regard sombre sur l'intrus, sa bouche disparaissant presque en une ligne fine et dure.

Quand les gardes entrèrent à la suite de Donatello dans une indescriptible cohue, ils refluèrent aussitôt sur un simple signe de tête du redouté Luigi Mancini. Donatello était quant à lui partagé entre deux sentiments contraires. Il était soulagé d'avoir rejoint celui qui était le mieux placé pour prendre les mesures d'urgence s'imposant pour la protection de la reine, tout en sachant que son supérieur n'apprécierait pas qu'il ait perdu les Anglais dans sa cavalcade.

— Que signifie cette intrusion, Izzo ?

La voix était claire, articulée avec soin, un peu traînante comme si celui qui parlait réfléchissait déjà à la phrase suivante, soucieux d'avoir toujours un coup d'avance sur son interlocuteur.

— Nous devons prendre des mesures de protection renforcée pour la reine maintenant ! Atropos va tenter d'assassiner sa Majesté sous les traits d'un agent anglais.

Luigi leva les sourcils d'un air curieux, puis sortit de la salle sans un mot, faisant claquer ses souliers sur-mesure sur les parquets précieux. Donatello profita de ce court répit pour se préparer aux explications à venir. L'accalmie fut courte. Quelques instants plus tard, Luigi réapparut le front un peu plus rouge qu'à l'accoutumée. Signe d'une intense colère, selon Donatello.

— Je viens de m'accrocher avec l'entourage de la reine alors j'espère que vous avez des explications satisfaisantes à m'offrir.

Donatello déglutit pour s'éclaircir la voix, du moins le pensa-t-il pour se rassurer.

— Comme je vous l'ai signalé, une équipe d'agents anglais est arrivée à Venise, il y a deux jours, pour détruire la branche vénitienne d'Atropos.

Luigi fit un signe de main agacé. Inutile de reprendre l'histoire dès le commencement.

— Ils ont suivi Atropos jusqu'à Murano et ont découvert un dépôt de tableaux et d'autres œuvres d'art mais, surtout, qu'Atropos avait réalisé un masque aux traits de l'un de leurs agents...

— Quel agent ? le coupa Luigi.

— Alistair Clifford.

Luigi siffla entre ses dents. Donatello en fut stupéfié. Il n'avait encore jamais eu l'occasion de voir son supérieur exprimer autre chose que des reproches ou des grognements.

— Continuez.

— Les Anglais en sont arrivés à la conclusion qu'Atropos s'apprêtait à commettre quelque forfait sous l'apparence d'Alistair Clifford.

— Logique.

— J'ai alors songé à la reine. Quoi de mieux pour se débarrasser de son ennemi juré que de le faire accuser d'un crime capital ? Il serait jugé, condamné à mort, déshonoré. Tout ce qui avait fait que cet homme avait été respecté serait annihilé. Sans parler des tensions internationales qu'un tel crime pourrait susciter.

Luigi sonda de son regard presque noir les tréfonds de l'âme de son agent.

— Logique aussi. Où est Monsieur Clifford actuellement ? Le vrai, j'entends...

— Je l'ignore.

Le regard inquisiteur s'obscurcit encore.

— Incapable ! Nous arrêterons donc tous les hommes correspondant à la description de Monsieur Clifford et nous ferons le tri ensuite. En attendant, allez me chercher les Anglais que vous avez perdus.

Donatello ne demanda pas son reste et fila. L'entretien ne s'était pas aussi mal passé que dans ses craintes, du moins selon les normes habituelles d'un entretien avec Luigi Mancini.

CR✦ EO

A listair frotta une fois de plus son costume. Comment pouvait-il espérer se faire passer pour un dignitaire italien en arrivant en sueur et froissé au palais royal ? Il se dirigea malgré tout d'un pas ferme et décidé droit sur l'un des gardes en faction devant le palais. Il choisit sans le savoir l'infortuné soldat ayant déjà eu affaire à ses équipiers.

Plein de la morgue des nobles auxquels rien ne résiste - surtout pas les hommes devant les portes -, il fonça sur l'entrée sans se préoccuper du garde. Surpris, l'homme décida tout de même d'affronter la tempête qui se préparait. Il baissa son arme de faction pour bloquer la route d'Alistair. Comme le soldat s'y attendait, l'homme observa avec colère celui qui osait s'imposer entre lui et sa destination.

— Mais quel crétin ! gronda Alistair dans un italien parfait. Comment oses-tu me barrer le passage, malappris !

— Personne ne passe sans laissez-passer, annonça le garde d'une voix ferme.

— Un laissez-passer ? Un laissez-passer ? Moi ? Mais cet idiot ne me reconnaît pas ! Veux-tu un cours sur le gotha vénitien, imbécile ? Un laissez-passer, moi ? L'héritier du royaume de Lombardie-Vénétie ?

Alistair continua à hurler, le soldat se tassant peu à peu sous le coup de ses injures. Se pouvait-il qu'il eût affaire à un prince ? L'homme ne pouvait appartenir qu'à la haute noblesse, son indignation ne pouvant être feinte. Pourtant, les ordres étaient stricts : personne ne devait entrer sans laissez-passer... Le garde se tourna vers ses frères d'armes et les vit dubitatifs. S'il bloquait un prince à la porte du palais alors qu'il était attendu, c'était la reine elle-même ou l'un de ses conseillers qu'il allait faire attendre... Il reporta son attention sur l'autre toujours en train de vitupérer, le spectacle ayant désormais réuni autour d'eux quelques badauds et curieux toujours avides de sensations fortes et gratuites... Le garde céda. Après tout, le palais grouillait de ses semblables, à ceux de l'intérieur de prendre le relais. Il avait eu plus que sa part en imprécations de toutes sortes au cours de la matinée.

Voyant l'arme se relever, Alistair saisit sa chance et s'engouffra dans le palais en répandant autour de lui toute sa mauvaise humeur.

À peine entré, l'Anglais fit profil bas et s'insinua dans un couloir du rez-de-chaussée sans attirer l'attention sur lui. Il observa les mouvements pressés des gardes dans les couloirs et en conclut que les services italiens attendaient une visite désagréable. *Tant mieux. Plus on est de fous, plus on rit.* Il jeta un coup d'œil au palais royal de Venise. Superbe bâtiment, mais difficile à sécuriser. Beaucoup de portes, de couloirs, de fenêtres. Rien d'infranchissable pour un tueur expérimenté et le nombre de gardes n'y changeait rien. Il devait trouver la reine et veiller à sa sécurité. Ne connaissant pas le bâtiment, Alistair ne pouvait que supposer que la suite de la reine devait se trouver dans les étages supérieurs. Elle devait loger dans les mêmes appartements que l'impératrice Sissi avant elle. Le tout était désormais de s'approcher sans se faire repérer par les gardes et le tueur… Alistair jeta un coup d'œil circulaire autour de lui et trouva ce qu'il cherchait. Un soldat arrivait droit sur lui. L'Anglais ne bougea pas, laissant l'homme s'approcher. *Tu seras parfait, mon ami.* Le garde faisait peu ou prou la même taille que lui et semblait déterminé à apprendre qui pouvait être cet inconnu replié dans un couloir tranquille. Alistair fit soudain un pas en arrière, disparaissant de la vue de l'autre.

Quelques secondes plus tard, le garde atteignit l'embrasure de la porte où Alistair s'était tenu. Le soldat resserra sa prise sur son arme mais, jeune et inexpérimenté, il entra, inconscient du risque qu'il prenait. Après tout, il était armé et l'autre non. Il fit un pas dans la salle et fut à l'instant saisi, un bras s'entourant autour de son cou. La force exercée sur sa trachée l'empêcha de crier ou même de respirer et il eut beau se débattre, Alistair avait bloqué sa prise d'une main derrière sa tête. Il sentit l'homme se détendre sous sa pression et tomber évanoui. Alistair attendit quelques secondes puis libéra l'infortuné, ne souhaitant pas tuer le jeune homme. Il referma la porte derrière lui et s'intéressa à l'uniforme qu'il allait emprunter. Ces Italiens étaient des hommes de goût. L'uniforme était classique et élégant, la coupe avantageuse. Petite touche appréciable, le jeune homme portait un képi bleu dans lequel l'Anglais pourrait camoufler ses cheveux longs.

Quelques minutes, plus tard, Alistair sortait de la salle revêtu du bel uniforme de l'Italien, le soldat ayant été ligoté avec une corde de rideau et laissé évanoui dans une solide armoire. L'Anglais se dit qu'il aurait dû attendre qu'un officier passât à sa portée pour lui voler son uniforme, mais le temps pressait et il ne pouvait pas se permettre de laisser le tueur d'Atropos atteindre sa cible. La difficulté pour Alistair consistait à savoir s'il recherchait un homme ou une femme. Après tout, il ignorait tout de ce tueur et n'était là que par le fil du hasard et de ses intuitions.

Soudain, son regard attrapa l'image de ce qu'il ne s'attendait pas à rencontrer ailleurs que dans son miroir : lui-même. Alistair cacha son visage sous son képi et se dissimula aux yeux de cet inconnu si reconnaissable. *Mais comment ?* La solution jaillit en lui. Quand il avait été assommé avant d'être conduit devant le doge… Alistair n'était pas parvenu à comprendre pourquoi le doge les avait fait si artistement enlever avec Hayley pour les congédier à leur réveil. Désormais, il comprenait. Atropos avait profité de son inconscience pour prendre l'empreinte de son visage et fabriquer un masque lui ressemblant trait pour trait. *Et il va assassiner la reine sous mon apparence.* Tous les éléments de la guerre européenne en préparation défilèrent dans l'esprit de l'Anglais. Un espion britannique serait capturé juste après le meurtre de la reine d'Italie, les tensions entre la Triple Alliance et la Triple Entente flamberaient, la guerre serait déclarée, Atropos s'enrichirait avec le commerce des armes pour atteindre une puissance sans précédent…

Alistair sortit de ses pensées juste au moment où le tueur à son image s'échappait par un couloir adjacent. Une détermination nouvelle envahit l'Anglais. À l'aube d'une vie qu'il espérait encore longue et en compagnie de ceux qu'il aimait, il était hors de question que les fantômes du passé vinssent l'arracher à ses doux rêves. Le tueur dévia soudain de sa direction première et disparut. Conscient que son ennemi pouvait le mener vers sa cible ou vers des complices l'attendant de pied ferme, Alistair se prépara au combat.

ღ✦�°

Au *Danieli*, quand Benedict entra dans la suite d'Alistair et d'Hayley, il ne s'attendait pas à trouver les lieux vides. Il avait dû insister à la réception pour monter, assurant qu'il avait rendez-vous avec les époux Winterley et qu'il ne pouvait pas attendre que le personnel de l'hôtel se décidât, alors qu'il avait déjà rencontré ses amis à plusieurs reprises sans la moindre difficulté. La vision de cette chambre vide le perturba. Où étaient-ils tous partis ? Il avait un pli urgent à remettre à Alistair et n'avait pas le loisir d'attendre toute la journée leur retour !

Cette journée était vraiment l'une des pires que le jeune homme eût vécue. Après avoir quitté l'auberge, il avait couru voir l'inspecteur principal Jasper Brixton qui s'était emparé de l'enveloppe, l'avait mise devant une lumière afin d'en sonder l'intérieur. Puis, son supérieur en était arrivé à la conclusion que ce pli ne lui était pas destiné mais était, sans aucun doute possible, adressé à son cousin. Au grand déplaisir du jeune Anglais, Brixton s'était emparé d'un coupe-papier et avait éventré l'enveloppe pour lire le document. Que son supérieur s'autorisât à lire en toute connaissance de cause une lettre adressée à Alistair était choquant, mais qu'il lui tendît la missive d'un air de dégoût pour qu'il participât à son forfait était outrageant. Pourtant, loin de se formaliser de l'air indigné de son agent, Brixton avait insisté jusqu'à ce que Benedict lise le document. Puis, il avait récupéré la lettre et l'avait remise, comme si de rien n'était, dans son enveloppe.

— Allez remettre ce pli à votre cousin, voulez-vous ?

Qu'il le voulût ou non, Benedict n'avait en réalité pas le choix et ses pas l'avaient conduit au *Danieli*. D'où son dépit de trouver la chambre vide… *À moins que…* C'était quelque peu cavalier de sa part, mais il devait pousser ses investigations jusque dans la chambre à coucher. Benedict écouta à la porte, ce contre quoi sa bonne éducation se révolta, et n'ayant entendu aucun bruit, il ouvrit.

Son cœur eut un raté quand sa sœur, allongée un gros pansement ensanglanté sur la hanche, lui apparut dans toute sa pâleur spectrale.

— Meredith !

Benedict se précipita à son chevet, posant deux doigts sur son cou. Il ne s'autorisa à respirer que lorsque le pouls de sa sœur pulsa sous ses doigts. Le jeune homme sortit son arme et la vérifia. Puis il la posa avec détermination sur le chevet à côté de lui, avant d'avancer un fauteuil à côté de Meredith. *Nul n'a songé à la couvrir !* Les couvertures et draps gisaient inutiles à côté de Meredith. Il rabattit l'ensemble sur le corps endormi, bordant sa sœur de son mieux. Peu importait l'attente, peu importaient les risques, il souhaitait sur tout ce qu'il avait de plus cher qu'Alistair, Hayley et Kieran fassent rendre gorge à ceux qui l'avaient ainsi blessée.

Ses yeux se posèrent sur une rose rouge tombée sur le sol. Il se pencha et observa la fleur avec perplexité. *Se pouvait-il que…* Il fallait qu'il prévînt Brixton.

Chapitre XII

Q uand il arriva dans le couloir quelques secondes après le tueur, Alistair trouva les lieux vides. Il était évident que ce couloir n'était pas celui de la reine. Nul garde, nul serviteur n'en surveillait l'accès. Alistair plongea sa main dans l'une de ses poches pour enfiler un coup-de-poing américain à pointes. L'arme était rudimentaire mais efficace. Un léger craquement lui fit savoir qu'il n'était plus seul dans le couloir. Sans attendre le premier coup, Alistair se retourna et frappa de toute sa force le premier crâne à sa portée. L'homme n'eut pas même le temps de crier, touché à la tempe, il s'effondra la tête en sang. Avant même que le corps ne touchât le sol, l'Anglais était aux prises avec deux féroces combattants. Silencieux, violents, brutaux, les trois hommes se rendaient coups pour coups dans une étrange danse de mort. À l'étroit dans le couloir, les deux assaillants d'Atropos ne parvenaient pas à déborder Alistair, conscient que si l'un ou l'autre parvenait à passer dans son dos, sa mort ne serait alors qu'une question de minutes. L'Anglais s'essoufflait, ce qui n'était pas bon signe, d'autant plus qu'un troisième combattant attendait patiemment de pouvoir intégrer le cercle des lutteurs. Contre toute attente, un cri étouffé parvint de l'assassin qui patientait. Alistair jeta un coup d'œil derrière ses adversaires et sourit d'un air féroce, ce qui les déstabilisa. Que se passait-il dans leur dos ? L'un d'eux ne put se résoudre à demeurer dans l'ignorance, ce qui lui coûta la vie. Au moment même où il se tournait, il reçut une lame de jet dans le cou. Le second tueur attaqua de plus belle. Il parvint à déstabiliser Alistair, qui rebondit sur le mur du couloir, et se jeta de côté pour éviter un coup fort mal placé. Il saisit le poignet de l'homme tenant l'arme désormais plantée dans le mur et le désarma d'un coup de genou. Puis il plongea son propre couteau dans le bas-ventre de son adversaire, qui hurla avant de se voir intimer le silence par un garrot métallique.

— Content de te voir Kieran.

— Content de te voir Alistair. Je vois que tu as trouvé quelques-uns des partisans de notre chère Atropos.

— Oui mais l'un d'entre eux porte un masque à mon effigie.

— Je sais. Nous l'avons vu avec Meredith.

Alistair n'écoutait plus. Il se jeta en avant, déboula dans le couloir principal et dégringola l'escalier à la poursuite de la dame en rouge.

Alistair ne pouvait comprendre comment cette harpie avait pu disparaître si vite ? À peine en chasse, aussitôt perdue. Il devait au moins lui reconnaître une capacité extraordinaire à se fondre dans le paysage, voire dans les murs puisqu'il n'y avait guère d'autre moyen d'échapper à sa sagacité. *Tu as dû la dépasser. Reviens sur tes pas.* Alistair fit demi-tour au moment où le tranchant de la main d'Athénaïs le frappait à la tempe. La tête d'Alistair partit à la volée, mais le coup de la tueuse avait perdu en puissance du fait du mouvement inattendu de l'Anglais. Loin d'être perturbée par ce genre d'aléas, Athénaïs frappa en parallèle sur les deux côtés du cou d'Alistair lui coupant la respiration. L'Anglais toussa, mais son instinct du combat reprit le dessus. Il bloqua le coup suivant d'Athénaïs dont il attrapa la main. Le genou de la femme jaillit et Alistair évita un coup bas de justesse, mais fut atteint dans le haut de la cuisse. Son poing gauche partit mais, vive comme un chat, son adversaire évita le coup et profita du déséquilibre de son ennemi pour lui assener un coup de pied dans le ventre. Alistair perdit l'équilibre, mais faucha d'un coup de pied les jambes d'Athénaïs qui tomba elle aussi à la renverse. Ils se redressèrent tous deux, leurs revolvers braqués l'un sur l'autre. En silence, ils se relevèrent et s'examinèrent avec soin. L'adversaire était donc à la hauteur de sa réputation. Les pensées des deux tueurs suivaient la même direction et chacun en conclut que l'heure de l'affrontement final était loin d'être arrivée. La lutte serait âpre, sauvage, sans pitié, silencieuse et sournoise.

Un étrange sourire s'épanouit sur la bouche de la Française. Enfin, elle trouvait quelqu'un prêt à la défier. Elle qui, dans l'ombre, avait rebâti l'empire criminel de son père, elle qui avait exécuté tous ceux qui lui avaient résisté comme le lui avait enseigné son père, elle qui avait massacré tous ceux qui n'avaient pas voulu réintégrer Atropos comme le lui avait appris son père, elle trouvait enfin un adversaire à combattre et c'était justement celui qui avait tué son père. *Pas de grand nom sans un grand adversaire.* Alistair Clifford et Atropos entreraient dans la légende ensemble.

Athénaïs fracassa au sol une fiole juste devant les pieds de son ennemi qui bondit en arrière et toussa aussitôt. L'acide rongeait tout à son contact, libérant un gaz toxique, qui attaqua à l'instant les poumons et les yeux d'Alistair. Il se jeta en arrière, en toussant, le bras gauche replié sur le nez et la bouche. À travers ses larmes, il vit la Française disparaître.

L'Anglais voulait se jeter à nouveau dans la course, mais sa raison prit le dessus. Avec ses jambes endommagées, il n'était pas de taille à affronter la fille du pire tueur de la dernière décennie. D'autant plus que la dame semblait avoir hérité de la férocité de son père et bénéficié de ses précieux conseils dans l'art du combat. L'orgueil d'Alistair en pâtit, mais il regagna les étages qu'il avait quittés et se remit à la recherche de celui qui avait emprunté son visage.

Revenu dans les étages hauts où il trouverait selon toute vraisemblance la reine et ses gardes, Alistair se félicitait d'avoir emprunté cet uniforme qui lui permettait de passer quasi inaperçu. Il fouilla avec méthode une première aile du bâtiment et constata qu'au vu du nombre de soldats présents, ses petites échauffourées en compagnie d'Atropos et de ses hommes n'étaient demeurées confidentielles que par le fruit du hasard. La reine d'Italie était protégée et bien protégée. Seul un fou ou un fanatique oserait plonger dans cette mêlée pour commettre ses méfaits… sauf à porter le visage d'un autre et à disparaître en laissant à son aimable double la difficile tâche d'assumer son crime.

Soudain, Alistair retrouva celui qu'il cherchait. L'homme marchait d'un pas ferme et décidé, le pas même que l'espion anglais avait adopté pour entrer dans le palais. L'autre se retourna et le vit. Alistair ne fit aucun effort pour se dissimuler à son regard, persuadé qu'il avait été repéré depuis longtemps. Il perçut plus qu'il ne vit le sourire sous le masque. Le faciès était de bonne qualité, mais pas assez souple pour bouger avec le naturel d'un vrai visage. L'homme accéléra et tourna à l'angle d'un couloir perpendiculaire. Alistair se jeta à sa suite et entrevit dans sa course une porte en train de se refermer. Il fonça dans le couloir, percuta la porte qui rebondit contre le mur et tomba nez à nez avec de nombreuses armes pointées droit sur lui.

Le premier mouvement d'Alistair aurait été de lever les mains en évidence au-dessus de sa tête, mais la présence de son double le dissuada d'un tel geste. Il ne tenait pas à prendre un coup mortel du tueur pendant qu'il aurait les bras levés. *Mais* ? Le tueur d'Atropos avait revêtu ses propres vêtements ! C'était donc désormais lui l'usurpateur, puisqu'il portait un uniforme volé. Raison de plus pour se concentrer sur l'autre et révéler par tous les moyens possibles sa véritable identité. Il avait aussi bon espoir que les autres feraient la différence entre son visage et le masque, certes bien réalisé, mais ne pouvant tenir la comparaison avec la nature.

— Bravo Messieurs, vous êtes parvenus jusque dans les

appartements privés de la reine d'Italie, annonça Luigi Mancini. Toutefois, comme vous pouvez le voir, vous n'irez pas plus loin... Du moins pour l'un ou l'autre d'entre vous. Reste à savoir lequel.

Alistair observa l'assemblée d'un coup d'œil circulaire. Garde, garde, garde, l'homme qui venait de parler, garde, garde, garde, Donatello, garde, garde, et Hayley... *Hayley ?* Son regard se posa avec stupéfaction sur le visage pâle aux yeux violets, qui braquait son revolver alternativement sur les deux Alistair.

— Quand vous aurez fini vos stupidités, vous serez bien aimable d'abattre mon voisin, grogna l'autre.

Nombre de fusils et de revolvers se braquèrent sur le vrai Alistair. Il était stupéfait. Non seulement l'homme lui ressemblait à s'y méprendre, mais il avait contrefait sa voix !

— Félicitations, *Maestro*, vous me copiez jusque dans ma voix.

Certaines armes hésitèrent de nouveau entre les deux hommes.

— Vous avez dû me suivre pendant quelque temps afin d'apprendre à parler comme moi. J'admire votre art, mais je pense que ceux qui me connaissent dans cette salle vont me permettre de me différencier de vous.

— Quel talent ! Impressionnant, cher ami, vous m'imitez à la perfection.

L'homme se tourna avec lenteur vers Alistair pour lui faire face. Alistair ne put s'empêcher de l'imiter et se concentra sur son ennemi pour mieux le défaire.

— Puisque vous êtes si sûr de vous, mon cher, continua le tueur, vous serez bien aimable de me donner le nom de la charmante personne aux yeux bleus qui nous regarde sans savoir lequel d'entre nous est le bon.

Alistair sourit.

— Miss Hayley Fortescue, infirmière, gouvernante et maintenant espionne au service de sa Majesté le roi.

Luigi Mancini posa son regard sombre sur Hayley et s'approcha d'elle. Hors de portée des oreilles indiscrètes, il lui souffla :

— Madame, si vous connaissez Monsieur Clifford, dites-nous lequel est le vrai.

Hayley tourna ses yeux myosotis vers ceux de Luigi, qui se dit que les services secrets anglais disposaient tout de même de bien belles espionnes.

— Qui est Louis ? demanda-t-elle soudain.

— Mon fils adoptif, répondirent les deux Alistair ensemble.

Le regard d'Hayley se fit plus perçant. Elle approcha de deux pas en avant pour observer les deux hommes de plus près, la main crispée sur la crosse de son revolver.

— Comment s'appelait le précepteur de Louis ?

— Thomas MacMillan, répondirent-ils encore en cœur.

Hayley observait les deux hommes, les deux commençaient à paniquer. Elle avait beau connaître Alistair, elle savait que voir à quel point Atropos connaissait les détails de sa vie devait l'alarmer au plus haut point ; quant à l'autre, ce jeu des questions-réponses ne pouvait que le mener à sa perte, sa connaissance de la vie de son ennemi ne pouvant s'étendre dans tous les domaines.

— Quel est le nom de mon parfum ?

Alistair sourit. Cette femme était vraiment intelligente.

— *Jicky*, répondit l'autre.

La bouche d'Alistair s'ouvrit devant toutes les armes qui se tournaient vers lui. Une goutte de transpiration choisit ce moment pour couler le long de son front. Le bang d'un revolver résonna dans la pièce saisissant tous les hommes. Le tueur s'effondra, une balle dans le cœur, l'arme d'Hayley fumant encore. Les gardes se précipitèrent pour désarmer le mourant et cédèrent la place à Luigi Mancini. Le directeur des services secrets laissa courir ses doigts autour du visage de l'homme à terre et trouva ce qu'il cherchait. Il glissa ses doigts sous la matière molle du masque et le décolla.

— Bien joué, Madame, dit-il en se retournant.

Toutefois, Hayley ne le regardait pas. Elle ne regardait personne d'autre qu'Alistair. Elle s'approcha de lui et, dans un geste naturel mais qu'elle jugerait plus tard d'une familiarité scandaleuse, elle essuya du bout de ses doigts la goutte de transpiration qui avait coulé sur le front de l'Anglais. Alistair la laissa faire, saisit sa main alors qu'elle quittait son visage et embrassa la paume de la jeune femme en plongeant ses yeux dans les siens. Hayley sentit le rouge envahir ses joues et estima ridicule pour une femme de son âge d'être encore incommodée par ce genre de bêtises.

— Le pantalon vous va bien, très chère.

Hayley se demanda s'il le pensait ou s'il essayait seulement de se montrer aimable. De toute façon, elle avait trouvé trop d'intérêt dans le port de cette tenue pour retourner en mission habillée d'une autre façon.

— Il va vous falloir être plus prudent, Alistair. Ces gens-là savent trop de choses sur vous pour que vous n'ayez pas été trahi par quelqu'un de votre entourage.

Alistair lâcha la main d'Hayley, puis se passa les doigts dans les cheveux. Elle avait raison… comme de coutume.

— C'est vrai. Je vais devoir demander de l'aide à Brixton pour qu'il enquête sur mes domestiques, mes fournisseurs, mes amis…

— Votre famille aussi.

Alistair regarda Hayley avec consternation.

— Ce ne sont pas vos fournisseurs qui ont donné le nom de Louis ou celui du parfum que m'avait prêté Lady Clifford. Un familier aura commis quelque maladresse…

Alistair acquiesça, puis sourit.

— Heureusement que vous ne portez pas de parfum en ce moment, très chère, j'aurais détesté perdre la vie sur une question aussi simple.

— Lady Clifford m'a bien proposé de garder son flacon, mais je ne voulais pas porter le même parfum que tous les dandys de Londres, dit Hayley avec malice. Et, pour votre gouverne, un masque ne transpire pas.

Alistair sourit, des pattes d'oie se formant aux coins de ses yeux.

Luigi Mancini s'était rapproché d'eux sans qu'ils y prêtent attention.

— Loin de moi l'idée d'interrompre les roucoulades d'amoureux, mais je souhaiterais vivement que nous échangions quelques informations.

L'Italien s'était exprimé dans un anglais sans défaut. Alistair posa son regard le plus scrutateur sur Luigi et chercha dans ses souvenirs.

— Chicago, 1893, Exposition universelle. Monsieur Mancini, si mes souvenirs sont bons.

Luigi fut interloqué et ne put cacher sa stupéfaction. L'Anglais se souvenait donc de lui ? Il lui avait pourtant semblé que Clotho n'avait guère prêté attention au petit espion italien qu'il jouait alors.

— Il m'avait bien semblé que vous étiez plus redoutable que ce que vous vouliez bien montrer en Amérique. Comment vous portez-vous, mon cher ?

Luigi se reprit et fit une chose que ses hommes n'avaient encore jamais vue : il sourit.

CR◆ED

L e palais royal fut fouillé de fond en comble à la recherche d'un ou de plusieurs autres tueurs d'Atropos. Athénaïs avait disparu et nul autre qu'Alistair n'avait vu l'héritière de l'empire criminel. Luigi Mancini avait pris lui-même la tête des opérations de recherche, étendant ses investigations à la cité tout entière, puis à Mestre et Murano mais le soir tombé, il se rendit à l'évidence, il ne mettrait pas la main sur la Française ce jour-là.

Le masque avait été enlevé du visage de l'assassin, envoyé pour tuer la reine, mais personne ne connaissait cet homme et, comme de bien entendu, il ne portait rien sur lui qui aurait pu aider à l'identifier. Toutefois, nul ne doutait de ses liens avec l'organisation criminelle renaissante. Alistair avait eu un long entretien avec Luigi Mancini et, après s'être remémorés leurs souvenirs communs, les deux hommes avaient parlé de la politique internationale, de la lutte commune contre Atropos dans chacun de leurs pays respectifs et de la dangereuse montée des tensions entre la Triple Alliance et la Triple Entente. Ils appartenaient tous deux à des camps ennemis, mais étaient trop expérimentés pour ignorer qu'il valait toujours mieux avoir quelques alliés chez l'adversaire. Alistair donna à Luigi tous les renseignements dont il disposait pour l'heure sur Athénaïs de Coulonges. Selon toute vraisemblance, la jeune femme avait soit repris le flambeau de son père, soit était l'une des têtes du réseau criminel. Quand Alistair évoqua la présence des services secrets français, Luigi n'essaya même pas d'étouffer son grondement : on entrait à Venise comme dans un moulin. Cela devait cesser ! Il allait prendre des mesures drastiques pour renforcer le contrôle du roi sur le territoire de l'Italie unie. Après deux bonnes heures de discussion, les deux hommes se séparèrent, conscients que leur prochaine rencontre pourrait être moins amicale… au moins en apparence.

Hayley et Kieran attendaient dans une salle adjacente. Donatello était reparti, depuis longtemps déjà, courir après Athénaïs-Atropos, mais les deux espions ne se faisaient guère d'illusion. La dame semblait être préparée, sinon à toutes, du moins à nombre d'éventualités. À leur grand déplaisir, Luigi Mancini avait exigé qu'ils restassent dans le palais royal le temps pour lui de discuter avec Alistair. Depuis lors, Hayley était l'objet de tous les regards. Tous étaient curieux de cette femme en pantalon, qui avait abattu sans sourciller le tueur envoyé par Atropos, une organisation dont la seule évocation du nom suffisait à semer le trouble dans les cœurs les plus aguerris. L'Anglaise, quant à elle, ne se préoccupait pas des regards posés sur elle et ne songeait qu'à une chose : retourner aussi vite que possible au *Danieli* pour prendre soin de Meredith.

Pour sa part, Kieran était préoccupé. Il comprenait qu'Atropos avait repris dans l'ombre une puissance bien supérieure à celle qu'il avait soupçonnée. Envisager même d'abattre une souveraine était bien au-delà de tout ce qu'il avait imaginé possible… Pourtant, l'Irlandais avait toujours considéré être doté d'une bonne imagination. Atropos était de nouveau prête à défier les États. L'Irlandais s'était lancé dans cette enquête comme dans toutes les précédentes - tête baissée - et n'avait pas envisagé devoir affronter Atropos dans sa toute-puissance. Tout au plus, s'était-il convaincu qu'il s'agissait des derniers soubresauts de la bête, le baroud d'honneur des derniers nostalgiques d'un réseau moribond. Comment Atropos avait-elle pu renaître de ses cendres sans qu'aucun des services secrets ne l'ait su ? Pour recréer un réseau de cette ampleur en si peu de temps, il fallait bien que les criminels aient reçu l'aide d'une puissance… Qui avait joué avec le feu et relancé l'incendie ? Qui avait parié sur des tueurs pour créer le chaos ? Kieran avait bien quelques soupçons, mais il se refusait de condamner avant d'avoir des preuves. Toutefois, l'urgence désormais était de refaire ce qui avait été fait quelques années auparavant et détruire l'hydre avant que toutes ses têtes ne soient au sommet de leur puissance.

Aussi, lorsqu'il arriva, Alistair trouva-t-il ses deux compagnons d'armes plongés dans leurs pensées. Il se renfrogna.

— Où est Meredith ?

Hayley leva un regard triste sur lui, mais elle ne rencontra pas son regard, l'attention d'Alistair était focalisé sur Kieran.

— Elle est à l'hôtel, elle a été blessée.

Le sang reflua du visage d'Alistair puis, sans un mot, il se dirigea vers la sortie. Hayley et Kieran lui emboîtèrent le pas, en silence.

CR◆EO

L orsqu'ils entrèrent dans la chambre, ils furent à deux doigts d'abattre Williams et Lloyd qui attendaient dans le salon. Alistair vit alors le manteau posé sur le canapé et rangea son arme avant de se diriger vers la chambre. Quand il entra, il trouva Jasper Brixton en train d'examiner la hanche de Meredith avec une moue contrariée. Hayley se précipita et rabattit le drap sur la jeune fille d'un air outré.

— Vous n'êtes pas médecin, que je sache !

Jasper Brixton la regarda d'un air surpris.

— Je ne suis certes pas médecin, Madame, mais j'ai été soldat et j'ai vu plus de blessures par balles qu'à mon tour. La jeune fille a eu de la chance. La balle ne l'a pas frappée directement, mais probablement après avoir ricoché sur quelque obstacle inattendu.

Hayley fut stupéfaite. C'était précisément ce qu'elle avait conclu au vu de l'angle d'entrée et du manque de vélocité de la balle. Elle posa son regard le plus scrutateur sur l'inspecteur principal. D'évidence, elle n'était pas la seule à avoir eu plusieurs vies dans la pièce. Brixton continua :

— C'est vous qui l'avez opérée ?

Hayley acquiesça d'un signe de tête.

— Bon travail, doc. Je saurai me rappeler vos talents.

Alistair se rapprocha de Benedict et posa une main sur son épaule. Le jeune homme était debout dans l'angle de la pièce et regardait sa sœur blessée, encore endormie sous l'effet du sédatif qu'Hayley lui avait administré.

— Je refuse qu'elle continue ce travail.

Alistair le regarda et releva le visage de son jeune cousin pour qu'il le regardât à son tour.

— Pourquoi ?

Benedict sembla perdu un instant devant l'inconséquence de la question.

— Pourquoi ? Mais parce qu'elle a été blessée.

— Si mes souvenirs sont bons, vous avez pris un coup de couteau à Paris et une explosion a failli vous tuer à Saint-Pétersbourg. Pourtant, votre sœur ne vous a pas demandé d'arrêter votre travail pour autant.

— Ce n'est pas pareil ! Je suis un homme, je suis supposé faire ce que je fais.

Alistair sourit.

— Les temps changent, mon cousin, les temps changent. Laissez donc Meredith choisir son destin.

Benedict haussa les épaules. Comme s'il avait la moindre chance de convaincre Meredith de faire quoi que ce fût... Il repensa à l'enveloppe et la tendit à Alistair. L'Anglais regarda cette enveloppe tachée de sang avec perplexité, puis haussa les épaules. Son regard se porta sur l'adresse :

« *Pour Clifford* »

Il prit l'enveloppe, nota qu'elle avait été ouverte puis en sortit la carte et lut :

« *Pour Clotho,*
Rouge comme le sang,
Rouge comme celui qui coule dans tes veines,
Rouge comme celui de ceux que tu aimes,
À bientôt,
Atropos »

Alistair rangea la carte et la glissa dans sa poche. Puis, il se

266

tourna vers Brixton.

— Je suppose que vous avez lu ma carte.

— Tout comme vous auriez lu la mienne. J'ai téléphoné à Londres, votre famille est prévenue et j'ai aussi fait informer Lachésis.

— Merci.

Hayley se rapprocha d'Alistair, les yeux grand ouverts. *Les Moires... Les Moires !* Elle n'avait pas compris. C'était sous son nez depuis le début et elle n'avait rien vu... Les divinités grecques du destin...

— Vous êtes Clotho, celle qui file, le Français était Atropos, celle qui ne peut être évitée, et Lachésis, celle qui mesure, qui est-ce ?

Alistair sourit, les yeux pleins d'admiration pour cette femme si intelligente, si cultivée, si douce et si implacable à la fois. Il ne faisait pas bon être l'ennemi de Miss Hayley Fortescue.

— Vous savez.

— Sergueï...

Alistair acquiesça d'un signe de tête.

— Il y a une vingtaine d'années, les services britannique, français et russe décidèrent de s'allier et dépêchèrent chacun un agent supposé faire équipe avec les deux autres dans des missions communes. C'est dans ces circonstances que j'ai rencontré Sergueï et Ferrières. Nous avons collaboré sur quelques rares missions au début, puis nos services nous ont réunis de plus en plus souvent, jusqu'à ce que nous formions un trio quasi inséparable. Notre efficacité nous a fait gagner un surnom qui nous est resté : les Moires. Si tel était votre destin, nous étions sur votre route.

Alistair sourit à ce souvenir. Il avait été gonflé d'un tel orgueil à l'époque. L'enfant chéri des services secrets britanniques.

— Puis, les choses se sont gâtées comme je vous l'ai déjà expliqué. Les crimes se multipliaient, les agents disparaissaient les uns après les autres et quoi de plus naturel que de confier cette épineuse affaire aux Moires ? Sauf que le responsable de tous ces crimes était l'un d'entre nous. C'est Marcel Sergent qui a fini par me convaincre et, avec moi, Serguëi. Marcel avait réuni un dossier complet de preuves : des documents, des témoignages et même des photographies. Notre cible était notre co-équipier. Avec l'accord de nos services respectifs, nous nous sommes mis en chasse. La traque fut plus longue que nous ne l'avions espérée et les morts ont continué à s'accumuler. Un jour, après une nuit sans répit, Serguëi et moi sommes parvenus à isoler Ferrières. Il a été comme nous l'attendions. Dur, implacable, moqueur et nous a attaqués. Serguëi y a perdu son œil, j'y ai gagné des ennemis mortels.

— Et quelques amis, Monsieur Clifford, murmura l'inspecteur principal soudain conscient d'avoir dit tout haut ce qu'il pensait tout bas.

Alistair sourit.

— Et quelques amis aussi, acquiesça-t-il. Maintenant que la fille de Ferrières a pris la relève à la tête d'Atropos, le combat va reprendre. J'espère que Serguëi pourra abandonner la garde de ses petites princesses et me rejoindre.

Hayley s'approcha d'Alistair et saisit sa main.

— Vous n'êtes pas seul, Alistair. Je suis avec vous.

Kieran posa sa main sur celles d'Hayley et d'Alistair.

— Moi aussi, Alistair.

Brixton posa sa main sur les autres.

— Moi aussi, Monsieur Clifford, moi aussi.

Benedict hésita un instant et posa sa main sur celle de son supérieur.

— Moi aussi, cousin. Il va falloir qu'Atropos nous passe sur le corps avant de vous atteindre.

— Et moi aussi !

Tous se retournèrent d'un bloc. Meredith s'était redressée dans son lit, une grimace de douleur sur le visage.

— Je n'ai pas bien compris de quoi vous parliez, mais j'en suis !

Hayley lâcha la main d'Alistair et l'édifice s'écroula.

— Pour le moment, petite cousine, vous serez au repos forcé.

Meredith soupira.

— Déjà que vous êtes pénible quand je suis en pleine forme…

Alistair rit sous cape. Il avait toujours aimé la liberté de parole de sa cousine. Meredith n'hésitait jamais à dire ce qu'elle pensait… et ce qu'elle pensait n'était pas toujours marqué par l'excellente éducation qu'elle avait reçue.

Comprenant qu'Hayley avait besoin d'être tranquille pour soigner la jeune fille, les hommes refluèrent de la chambre, l'inspecteur principal saluant Meredith d'un rapide signe de tête.

Une fois dans le salon, Benedict s'approcha de son cousin.

— Est-ce vous qui avez offert une rose rouge à Meredith ?

Alistair ne put cacher sa surprise.

— Pardon ?

Benedict se tourna alors vers Kieran.

— C'est vous alors !

Kieran observa Benedict avec quelque surprise. Le jeune loup ne plaisantait pas… Il était même furieux et cherchait une échappatoire à sa colère.

— Je puis vous assurer que non. Je n'ai pas eu le temps d'acheter une fleur alors que je la ramenais le plus vite possible pour qu'elle fût soignée.

Brixton leva une main pacificatrice. Il n'était pas toujours le plus à même d'annoncer les mauvaises nouvelles, mais il connaissait ses hommes.

— Que se passe-t-il, Clifford ?

— Il se passe que lorsque j'ai trouvé le corps de Maurizio, le « fils de Garibaldi », son tueur avait posé une rose rouge sur lui à côté de l'enveloppe qui vous était destinée. Et quand je suis arrivée pour trouver ma sœur blessée et endormie dans le lit, il y avait une rose rouge à côté du lit. J'ai dû la faire tomber en rabattant les draps sur Meredith.

Alistair s'assombrit.

— Hayley a trouvé dès la première nuit une rose rouge sur son lit. C'était ça le message envoyé le premier jour...

— Aucun d'entre vous, qui que vous soyez n'est en sécurité, finit Jasper Brixton. La guerre est déclarée, Monsieur Clifford, la guerre est déclarée.

Alistair acquiesça.

— Et bien, à nous Atropos.

Benedict, Brixton, Kieran, Williams et Lloyd approuvèrent. La guerre était déclarée et ils feraient partie des belligérants. Il y aurait des pertes, il y aurait des souffrances, il y aurait des pleurs mais, au bout du combat, il y aurait la victoire.

CR❖ED

P lus tard dans la nuit, Hayley sortit de la chambre où elle était restée plusieurs heures au chevet de Meredith. Elle avait nettoyé et pansé sa blessure, puis avait discuté avec la jeune fille pour lui raconter ce qu'elle avait raté des derniers événements. À son habitude, Meredith ne voulait pas se reposer. Elle assurait que tout allait bien et qu'elle avait assez dormi même si le moindre geste la faisait grimacer. Lasse, Hayley avait fini par lui faire avaler une tisane calmante et avait attendu qu'elle s'endormît avant de rejoindre le salon.

La pièce était à peine éclairée. Seules les lueurs de la lune et des étoiles passant à travers les vitres des fenêtres apportaient quelques lumières. Alistair s'était-il endormi ? Hayley avança en silence dans la salle et finit par trouver l'Anglais assis dans la pénombre, les yeux fermés. Pourtant il ne dormait pas. Quand il sentit un mouvement à côté de lui, il ouvrit les yeux et sourit.

— Comment va-t-elle ?

— Bien, compte tenu des circonstances.

Hayley s'assit dans un canapé et tendit la main vers une tasse de thé qui l'attendait. Froid. Elle grimaça, mais but quand même le breuvage.

— Cela fait quelques heures que je vous attends. Voulez-vous que nous commandions du thé ?

Hayley fit une moue et secoua la tête d'un geste négatif. Elle n'avait pas du tout envie d'attendre un quart d'heure de plus, avant de pouvoir s'allonger sur l'un des canapés et plonger dans un sommeil de plomb.

— Merci, Hayley.

La jeune femme leva un sourcil d'incompréhension et fixa son interlocuteur.

— Merci pour quoi ?

— D'avoir tué cet homme.

Les sourcils d'Hayley se levèrent d'un seul mouvement. Effectivement, elle avait encore tué un homme aujourd'hui… *Une brute en moins sur cette terre.* C'était son troisième. Trois tueurs. Hayley se demanda si elle ne commençait pas à s'habituer à ce genre de besogne car si le premier l'avait profondément perturbée, le deuxième l'avait moins marquée, quant au troisième…

— C'était lui ou vous, alors le choix n'était pas difficile.

— Vous êtes une femme redoutable, très chère. Plus je vous connais, plus je suis étonné par la complexité de votre âme. Qui aurait cru qu'un tueur sommeillait dans la stricte Miss Fortescue ?

— Je crois qu'un tueur sommeille en chacun de nous. Ce sont les circonstances qui décident s'il existe ou pas. Pour parler plus sérieusement, Alistair, qu'allez-vous faire pour vous protéger ?

— La même chose que d'habitude. Me battre.

— Le problème est que la situation a quelque peu changé. Vous avez un fils maintenant et vous pouvez être certain qu'Atropos va l'utiliser pour vous tendre un piège.

— Ils essaieront au moins. En outre, j'ai un autre problème.

Hayley sembla surprise, mais ne dit mot.

— Je crois bien que je vous aime au-delà de la raison.

La bouche d'Hayley s'ouvrit et, alors qu'elle cherchait une réponse, la seule chose qu'elle fut capable de faire fut d'inspirer en silence. Pouvait-elle dire qu'elle était surprise ? Oui, certes. Elle n'était pas surprise des sentiments d'Alistair. Elle était femme depuis assez d'années pour saisir le sens des regards des hommes sur elle. Non, elle était surprise qu'il le lui avouât. Alistair Clifford était un homme bien, un homme d'honneur.

— Pourquoi me dites-vous cela ? Vous savez que ce genre de sentiments ne nous mènera nulle part. Vous êtes riche, je n'ai pas de fortune, juste ce que mon travail peut me rapporter. Vous êtes noble, je suis roturière et j'ai même été domestique. La seule chose dont je dispose c'est mon honnêteté et je ne serai pas votre maîtresse.

— Qui vous parle de devenir ma maîtresse ?

Les joues d'Hayley s'embrasèrent. Se pouvait-il qu'elle ait mal compris ?

— Je vous prie de bien vouloir m'excuser, j'ai dû mal comprendre…

Alistair se leva, défroissa comme toujours sa veste et s'approcha d'Hayley. Il s'agenouilla devant elle et saisit sa main entre les siennes.

— Je ne vous demande rien contre votre honneur. Je vous demande de réfléchir à l'opportunité de devenir mon épouse.

Hayley fixait Alistair avec incompréhension. Était-elle en train de rêver ? Comprenait-elle ce qu'il disait ?

— Imp…

— Avant que vous ne me disiez que c'est impossible, je souhaiterais que vous m'écoutiez. Je sais que vous allez me dire que nous venons de deux mondes différents, que ma famille va s'opposer à ce mariage, que votre famille peut-être va s'y opposer de la même manière. Je ne sais rien d'eux et peu importe, parce que toutes les objections que vous allez formuler, je me les suis déjà faites. Et la seule réponse à tout cela est que je vous aime et je veux passer le reste de ma vie à vos côtés.

Les épaules d'Hayley s'affaissèrent. Depuis qu'elle avait rencontré Alistair, elle avait lutté de toutes ses forces pour étouffer les sentiments qu'elle sentait grandir en elle. Elle était pauvre, domestique, plus âgée que lui...

— Je suis plus âgée que vous.

— Oui, de trois ans et peu me chaut.

— Je suis catholique.

— Et moi sceptique.

— Je suis une meurtrière.

— Et moi un tueur professionnel.

— J'ai vécu dans le péché !

— Moi aussi... mais vous m'intéressez ! dit-il avec un grand sourire.

— Je serai une faiblesse.

— Vous serez ma force. Quand personne ne vous attend chez vous, il est parfois bien difficile de trouver le courage de rentrer.

— Il est hors de question que je vous attende chez vous.

Alistair se contenta de sourire et d'embrasser la paume de la main qu'il tenait entre les siennes.

Hayley n'avait plus guère d'arguments. Elle cherchait pourtant dans les moindres recoins de son esprit, pour faire cesser cette folie.

— Vous allez vous brouiller avec votre famille, perdre votre fortune, déclencher un scandale sans nom, le roi même peut-être s'en mêlera !

Elle se mit debout, mais Alistair refusa de lâcher sa main et se releva en même temps qu'elle.

— Il est certain que ma famille ne va pas apprécier, mais nous avons quelques alliés en son sein. Quant à être déshérité, si tous les nobles épousant des roturières devaient l'être, il n'y aurait plus de noblesse en Angleterre. Enfin, je trouverais particulièrement savoureux que notre bon Édouard VII vienne me faire des leçons de morale. J'ai réfléchi Hayley et je vous donne le temps que vous voudrez pour penser à ma proposition, mais si vous acceptez, vous devez savoir une chose.

— Laquelle ?

— L'espionnage fera partie de notre vie pendant encore de nombreuses années.

Le visage d'Hayley s'illumina du plus beau sourire qu'Alistair lui ait vu jusqu'alors.

— Parfait. Alors, tant pis pour vous, mon ami, j'accepte. Contre vents et marées, je serai vôtre.

Alistair n'en crut pas ses oreilles. Avait-il bien entendu ? Elle acceptait ? Il suffisait de demander pour que cette femme si extraordinaire acceptât de l'épouser. Il sourit à son tour, enlaça Hayley, plongeant enfin ses doigts dans la masse sombre des cheveux de la femme aux yeux violets et l'embrassa.

FIN

Pour les curieux

Pour ceux qui auraient l'envie ou le souhait d'approfondir leurs connaissances historiques sur la période victorienne et edwardienne, la monarchie italienne ou l'histoire de Venise, je peux vous conseiller quelques-uns des ouvrages, films d'époque, images et documents scientifiques qui ont soutenu mon inspiration et m'ont permis de rendre plausible l'arrière-plan historique de ce roman.

SOURCES – LES ILLUSTRATIONS ET OUVRAGES ANCIENS

• PERINI Antonio, *Vues de Venise*, 1855-1870.
http://gallica.bnf.fr/ark:/12148/btv1b8432876d?rk=21459;2
• HAVARD O., *Guide de Rome, Turin, Milan, Venise... accompagné d'un manuel de conversation en italien et en français*, 1893.
http://gallica.bnf.fr/ark:/12148/bpt6k8758908?rk=1545072;0
• GOURDAULT Jules, *Venise et la Vénétie*, 1891.
http://gallica.bnf.fr/ark:/12148/bpt6k932379v?rk=128756;0

BIBLIOGRAPHIE - LES OUVRAGES

ALBERTI Olympia, *Les 100 mots de Venise*, PUF, 2016.

BARJOT Dominique, CHALINE Jean-Pierre, ENCREVÉ André, *La France au XIXème siècle, 1814-1914*, PUF, 1998.

BEDARIDA François, *La société anglaise. Du milieu du XIXème siècle à nos jours*, Seuil, 1990.

BERTRAND Gilles, *Histoire du Carnaval de Venise du XIème siècle à nos jours*, Pygmalion, 2013, Texto, 2017.

CHASSAIGNE Philippe, *Histoire de l'Angleterre. Des origines à nos jours*, Flammarion, Champs, 1996.

CHEVALLIER Jean-Jacques, *Histoire des institutions et des régimes politiques de la France de 1789 à 1958*, Préface de Jean-Marie MAYEUR, Armand Colin, 2001.

CORVISY Catherine-Emilie, MOLINARI Véronique, *Les femmes dans l'Angleterre victorienne et édouardienne. Entre sphère privée et sphère publique*, L'Harmattan, 2008.

FRAISSE Geneviève, PERROT Michelle (sous la direction de), *Histoire des femmes. Le XIXème siècle*, Plon, 1991.

GACHET Delphine et SCARSELLA Alessandro (sous la direction de), *Venise. Histoire, promenades, anthologie & dictionnaire*, Bouquins, 2016.

GOODMAN Ruth, *How to be a Victorian*, Penguin, 2013.

HAMILTON James, *A Strange Business. Making art and money in Nineteenth-Century Britain*, Atlantic Books, 2014.

KAUFFER Rémi, *Histoire mondiale des services secrets*, Tempus, 2015.

METROPOLITAN POLICE, *Special Branch introduction and summary of responsibilities*, 2006.

MILFORD-COTTAM Daniel, *Edwardian fashion*, Oxford, Shire publications, 2016.

PAXMAN Jeremy, *The Victorians. Britain through the paintings of the Age*, Londres, BBC Books, 2010.

BIBLIOGRAPHIE - LES ARTICLES

BERTRAND Gilles, Masque et séduction dans la Venise de Casanova, *Dix-huitième Siècle*, n°31, 1999, Mouvement des sciences et esthétique(s), pp. 407-428.

BROVELLI Ivan, 1848 à Venise : l'imaginaire politique d'une révolution italienne, *Revue d'histoire du XIXe siècle*, 43, 2011.

CAMUFFO Dario, Le niveau de la mer à Venise d'après l'œuvre picturale de Véronèse, Canaletto et Bellotto, *Revue d'histoire moderne et contemporaine*, 2010/3 (n°57-3), pp. 92-110.

GINNAIO Monica, La pellagre en Italie à la fin du XIXème siècle : les effets d'une maladie de carence, *Population*, 2011/3 (Vol. 66), pp. 671-698.

LANARO Paola, Corporations et confréries : les étrangers et le marché du travail à Venise (XVème - XVIIIème siècles), *Histoire urbaine*, 2008/1 (n°21), pp. 31-48.

STENGERS Jean, Une histoire des services de renseignements britanniques, *Revue belge de philologie et d'histoire*, tome 65, fasc. 4, 1987, pp. 826-842.

CR ♦ SO

Pour les plus curieux d'entre vous, je vous précise que Casimir Zeglen, Victor-Emmanuel III, Hélène de Monténégro, Edouard VII et son auguste mère, la reine Victoria, ainsi que Sir Robert Gascoyne-Cecil sont des personnages historiques sur lesquels vous pouvez trouver des renseignements. Les événements de ce roman sont une pure fiction, mais le contexte historique des enquêtes des cousins Clifford tend à être le plus réaliste possible.

En outre, la description des masques vénitiens est fidèle à la réalité, les *bauta*, *volto*, *larva*, *tabarro* et autres costumes sont décrits avec précision et, pour les plus chanceux parmi les curieux, ces déguisements sont toujours utilisés pendant le carnaval de Venise. Bonnes recherches à tous !

Cahier d'illustrations

Grand Canal, Venice, Italy. ca. 1890, avec l'aimable autorisation de la Bibliothèque du Congrès (Washington - USA).
https://www.loc.gov/item/2001701076/

Francis FRITH, Ducal Palace, Venice, about 1859–1880, 84.XM.633.54,
©The J. Paul Getty Museum, Los Angeles.

Riva die Schiavoni—Venice.

Attributed to Antonio PERINI, Riva die Schiavoni - Venice, about 1855,
84.XO.735.1.25, ©The J. Paul Getty Museum, Los Angeles.

The Staircase of the Giant's, Venice, Italy. ca. 1890, avec l'aimable autorisation de la Bibliothèque du Congrès (Washington - USA).
https://www.loc.gov/item/2001700994/

The Doges' Palace, Venice, Italy. ca. 1890, avec l'aimable autorisation de la Bibliothèque du Congrès (Washington - USA).
https://www.loc.gov/item/2001700991/

Venice harbor and Palazzo dei Dogi, Venice, Italy. Venice Italy, ca. 1890, avec l'aimable autorisation de la Bibliothèque du Congrès (Washington - USA). https://www.loc.gov/item/2001701058/.

*San Georgio from Doges' Palace by moonlight, Venice, Italy. ca. 1890, avec
l'aimable autorisation de la Bibliothèque du Congrès (Washington - USA).*
https://www.loc.gov/item/2001701064/

Table des matières